MEMORY HOUSE
记忆坊文化

罪恶无声

To be reborn

脱壳

郑守伟 著

江苏凤凰文艺出版社
JIANGSU PHOENIX LITERATURE AND
ART PUBLISHING

图书在版编目（CIP）数据

罪恶无声.Ⅲ,脱壳/郑守伟著.— 南京:江苏
凤凰文艺出版社，2024.4
ISBN 978-7-5594-8157-3

Ⅰ.①罪… Ⅱ.①郑… Ⅲ.①长篇小说 – 中国 – 当代
Ⅳ.① I247.5

中国国家版本馆 CIP 数据核字 (2024) 第 001744 号

罪恶无声.Ⅲ,脱壳

郑守伟 著

选题策划	记忆坊 & 美读	
责任编辑	白　涵	
特约策划	水　格	
特约编辑	暖　暖	
装帧设计	小贾设计	
排　版	天　缈	
出版发行	江苏凤凰文艺出版社	
	南京市中央路 165 号，邮编：210009	
网　址	http://www.jswenyi.com	
印　刷	环球东方 (北京) 印务有限公司	
开　本	670 毫米 × 970 毫米 1/16	
印　张	65.5	
字　数	900 千字	
版　次	2024 年 4 月第 1 版	
印　次	2024 年 4 月第 1 次印刷	
书　号	ISBN 978-7-5594-8157-3	
定　价	178.00 元（全四册）	

江苏凤凰文艺版图书凡印刷、装订错误，可向出版社调换，联系电话 025-83280257

目录

CONTENTS

CONTENTS

第 1 章
异国

　　千万不要以为你能掌控一切，无论你是好人还是坏人，本事大或者本事小。

　　曾经，朱晓就差点儿认为他手里的这张网可以控制住所有的鱼。后来，一条鱼钻了出去，不再回来了，还咬了他一口，紧接着，第二条、第三条……最后，这张网破了。

　　朱晓开始明白，他们不是自己的鱼，网也不应该是用来围住他们的。

　　许多年前，在京市最冷的几个深夜里，总有一道尚且年轻的身影醉醺醺地踉跄在空无一人的三环大街上，时不时有意或无意地踏碎地面上水洼凝结的冰面。他在心底暗暗发誓，会永远记住那耻辱的一天，会将被警校通报盗窃、赶出警校大门的那一刻和那一道道嘲讽的目光铭记心头。

　　他是京市警校历史上为数不多的全学科满分的学生，被所有人称作天才，即使比起曾破获轰动一时的"330案"和"红衣女连环杀人案"的、最年轻的侦查学教授李可也毫不逊色。但所有的光辉时刻都在那天戛然而止了。

他是被陷害的。

没有人相信他，更没有人站出来替他说话，他将每一个人视作毁掉他光明前途的凶手。离开警校之后，他失去了对前程的判断力，变得彷徨无措，唯有酒精能暂时麻痹躁动的、不甘的、怨恨的心。

上天从不悲天悯人，只会雪上加霜。他蜷缩在街角，迷迷糊糊地望着街灯下洋洋洒洒、突如其来的大雪，下意识地抱紧自己，眼前浮现出了自己冻死街头、白雪裹尸的画面。

不知过了多久，冻僵的他被脚步声吵醒。他吃力地睁开眼睛，望着眼前居高临下俯视自己的影子，哈出一口白气："你是谁？"

"跟我走吧。"

他嗅到了危险的气息，扶着墙颤颤巍巍地站了起来："我不认识你！"

"但我认识你，方涵！"

朱晓被警方通报开除后一个月，一名戴着口罩、提着扫帚和簸箕的女工走进了恭家大院。女工绕过人群，径直走向恭临城的卧房，关上门后，才摘下口罩，恭敬地向恭临城欠身。

恭临城坐在窗前，欣赏着刚刚露出小芽的盆景："井娅，快入春了，有些东西熬过了严冬，就会重新活过来。"

井娅心头一颤，低着头不敢言语。已经过去一个月了，朱晓就像是人间蒸发了一样，她派人找遍了所有地方，都没能找着他。

"罢了。"恭临城没有责怪的意思，拄着龙头拐杖站起了身，"朱晓不是一个窝囊废，又有小希和孔末在身边辅助，那么容易被找着踪迹反倒奇怪了。"

一个月前，朱晓最后一次联系了恭临城，告知他将离开南港一阵子，吩咐他随时待命后，便匆匆挂断了电话。不久后，范雨希也以旅行和散心为由，通过电话向他告别，顺带带走了孔末。

在朱晓的要求下，所有人都未向恭临城透露行踪。

"恭爷，我让人仔细检验过这东西了。"井娅双手奉上了一个小包袱，

"这些东西里安装了微型的报警装置，通过光能自动充电，一旦被损坏，报警装置会向指定账号发送被损坏时的地理位置。"

恭临城掀开了包袱，里面装的是"蜘蛛"周旱死后不翼而飞的金属筷。当夜，周旱在监视井娅的行踪时，通过入侵周遭的监控探头，意外发现了"鬼手"吴点点的身影，在未查探清楚前，他不愿朱晓再心生猜忌，便没有如实汇报，而是亲自前去查探，不料被恭临城从背后偷袭丧命。井娅和吴点点从周旱的尸体上搜出了这一包奇怪的金属筷，担心之下，决定取走研究。

"周旱是一个人才，朱晓好大的本事，竟然能让这样的黑客替他卖命。"恭临城随手将金属筷丢进了抽屉里，"好在我们没有损坏金属筷，否则就暴露了位置。"

"恭爷，朱晓会不会已经怀疑您了？"井娅心有担忧。

关闻泽的身份曝光后，与之关系紧密的恭临城就明白，迟早有一天警方会怀疑到他的头上的，不过是"声音"的身份暂时将他保住了而已。他的目光凝聚在井娅的身上："即使怀疑了又怎样，他们没有证据。一旦有人背叛我，你知道该怎么做！"

井娅点头，语气里泛着一丝阴冷："您放心，目前知道您身份的猎手除了我和猎手榜第三的匿名猎手以外，只剩关闻泽、吴点点和蒋海。关闻泽和我都不可能背叛您，排行第三的猎手身份不详，相信也是值得您信任的人。至于吴点点和蒋海，一旦有异动，我会毫不犹豫地让他们尝尝蛇毒的厉害！"

"不，还有一人。"恭临城叹了一口气。

"您是说，零序猎手，孟萧？"井娅反问，"恭爷，我不太明白，猎手榜是您亲自设定的，为什么孟萧排在了第零位？"

恭临城的眼神倏地阴狠，井娅旋即低下头，不敢多喘一口气。

"这是我最信任的猎手，'暗光'因他而立，排在零序又如何？他失踪了许多年，这些年，不止我在寻他，方涵也在找他。因为只要找到了他，暗光就将不再神秘。"阴晴不定的恭临城突然笑了，玩弄着拐杖上的龙头，胸有成竹，"拉方涵加入暗光的确是我的意思。只是我没有料到，这么多年了，他还不肯向我低头，反而越来越肆无忌惮地窥探我的身份和猎手榜上猎手的身份。"

自方涵加入暗光之后，暗光一分为二，每当井娅物色到新猎手时，方涵的恋人王雅卓都会横插一脚。这些年来，方涵一派的猎手，线人没杀几个，光顾着与他们抢人作对，这令井娅心生不平。

恭临城看透了井娅的心思，意味深长地笑道："年轻人的小打小闹罢了。"

"猎手榜外的猎手被抢去再多也不足惜。但榜上的猎手丢了一个都可惜。好在除了我们之外，没有人看过猎手榜。"井娅提醒道，"但关闻泽的身份已经曝光，恐怕方涵会接触他。"

"已经接触了。"恭临城漫不经心地回答。

井娅一愣："需要我做点什么吗？"

恭临城摇头："任凭方涵能力通天，也无法拉拢关闻泽。"

"恭爷，方涵可是警方曾经的天才卧底，现在又与您对着干，您却仍想将他纳为己用，您真的不担心吗？"

恭临城皮笑肉不笑："他不可能再和警方藕断丝连。"

"为什么？"

"你听说过'标准化病人'吗？"

朱晓梦见了周旱。

"朱队，要不您还是回来把我的这些筷子取走吧。"

朱晓刚离开安全屋，就接到了周旱的电话，不耐烦地怒斥："安全屋是说去就去的吗，万一暴露了怎么办？"

"您也太小瞧这些东西了，您当真以为我电影看多了，造这些筷子是为了给您和线人们灌心灵鸡汤，劝说大家团结？"

"不然咧？"朱晓骂骂咧咧。

"我亲自动手在筷子里安装了芯片，设计了两道程序。要是筷子被人刻意破坏，芯片会自动向您的手机发送定位。太阳能充电，工艺精湛，您不要会后悔的！"

"你让我现在将金属筷交给每个线人，万一被起底了，金属筷不就成了线人们的标志吗？你是生怕暗光不知道谁是线人是吗？"朱晓被气笑了，"就算暗光对我的线人下手，谁会闲着没事去折筷子，手欠吗？"

"损坏时报警只是我设计的迷惑性程序罢了，金属筷的作用不仅如此。金属筷能够感应活体，如果连续三天没有感应到活体，也会向您发送警报。如果线人遭逢不测，死亡三天后，您就能知道尸体的位置；如果金属筷被敌人取走，不接触筷子三天后，您就能知道敌人最后一次接触金属筷的位置。而且，有我的迷惑性程序打掩护，无论敌人如何鉴定，也发现不了金属筷的真正作用！"

"行了，行了！"朱晓不耐烦了，"下次见面我再捎走。"

朱晓猛地从噩梦中惊醒，摸着脸颊的两行热泪，又一次记起了周旱死后不知去向的金属筷。他从未想过，"下次见面"便是死别。他日日夜夜都在等着信息，却始终没有接收到警报信息。

"老朱，您这满头大汗，做春梦了？"

"包一情，安心开你的车！"朱晓收拾了心情，骂道。

为了不轻易暴露东南亚之行的意图，朱晓他们特意在国内各大城市奔走了一个月，直至今天，他们才来到T国。

包一情黑黝黝却又纤细的手娴熟地拨弄着方向盘，不悦道："老娘真他妈白救了你了。"

包一情是一名三十多岁的出租车女司机，也是国内数一数二的"改装车驾驶俱乐部"会员。当夜，"轮胎"包一情接到朱晓的求救信号后，驾驶改装后的出租车越野山间，强势救人，在枪林弹雨下突围了。一个月以来，包一情驾驶出租车，带着朱晓、范雨希和孔末辗转多个城市。来到T国后，众人租了一辆车，包一情又一次当起了司机。

包一情说着，猛踩油门，仪表盘的指针狂飙到了一百八十，车子顿时像是飘在了空中一样。范雨希紧抓安全带，心里打着鼓，包一情刷新了她对女司机的认知，若不是亲眼见到包一倩开车如摆弄玩具一样轻而易举，绝不会相信擅长改装车和极限驾驶的"轮胎"竟是一名女性。

"你慢点儿！"朱晓心底尿了，结结巴巴说。

"放心，这路段不限速！"包一倩回头对着众人露出了大白牙，忽然又一惊一乍地将头伸出窗外，"老娘开这么快，还敢超老娘的车！你等着！"

众人来到异国的第一天是在心惊胆战的油门轰响声中度过的。

人头攒动的街道上，一家干净的餐厅十分显眼，门前站满了排着队等候用餐的人。一个女人报了自己的名字后，被服务员带到了后厨，见到了只能在电视上看见的明星主厨。

女人激动不已，操着一口纯正的T国语："伦威先生，我是您的粉丝！我是依蓝！"

伦威将身前的围裙取下，细心地洗了手后，才与依蓝握手："依蓝小姐，见到您是我的荣幸。请随我来！"

伦威将依蓝带进了自己的工作室，将门反锁后，邀请依蓝坐下："请问您带了什么食材给我？"

"是一些鱿鱼干。"依蓝将手里的袋子递给伦威。

伦威接过袋子，打开后嗅了嗅，客气地回答："很好的食材，您放心，我会在直播上认真烹饪并享用您提供的食材。"

依蓝激动地拍手，直到见到伦威前，她都觉得自己在做梦。她从未想过，竟然有幸能被伦威在网络上抽中，见到伦威本人，更没想到伦威即将在万众瞩目的网络直播间里烹饪自己提供的食材并食用。

"不过，我有一个条件。"突然，伦威话锋一转。

依蓝愣了愣后，问："什么条件？"

"我有个习惯，每个被我抽中并与我见面的粉丝都需要让我抽一管血保存。"

依蓝傻眼了："为什么要抽我的血？"

"是我的个人习惯而已。"伦威礼貌道，"如果您觉得冒昧，请带回您的食材，恕我不能直播对食材的烹饪和享用。"

依蓝着急了："我同意。"

"谢谢您的理解！"伦威站起来取出针筒，"这是我的秘密，请您替我保密！"

依蓝被抽了血，捂着发痛的手臂走出工作室后，伦威盯着针筒里的鲜血，凑上去嗅了嗅，顿时兴奋无比，身体不由自主地痉挛，面色潮红。

天黑了，孔末找了一个阴暗的角落，拨通了电话："我们到T国了。"

许久后，听筒里传来了一道低沉沙哑的嗓音："我知道。"

"此行的任务是找到王雅卓。"孔末继续说。

"我知道。"

孔末皱起了眉头："你什么都知道，还需要我吗？"

"你是否有价值取决于你，而不是我。"

"你要我做什么？阻止他们找到王雅卓吗？"

"不。"

孔末严肃道："方涵，我果然猜不透你。你知道吗，朱晓视你为警界楷模，要是他知道你加入了暗光，你猜他会不会崩溃？"

"朱晓迟早会找到王雅卓，他们也是。你的任务不是阻止朱晓，而是阻止他们。"

孔末深知方涵口中的"他们"是与之对立的"天叔"一派，沉思后问："他们有行动了吗？"

"据我所知，暂时没有。"方涵平静如水地回答，"这一次，警方更快掌握了她的动向，但用不了多久，他们也会知道。"

"你不怕王雅卓被朱晓找到后出卖你吗？"

"她不会。"

"你还真的不把警方放在眼里。"孔末笑道。

"正是因为把警方放在眼里，才会让你不要阻止朱晓找到她。"

孔末的心头一怔："你是想利用警方替你扳倒'天叔'！"

"你很聪明，你的价值就在于此。"

"关闻泽、蒋海、井娅、吴点点和已死的小R。"孔末细数着试探，"猎手榜上的十名猎手，你只知其五，更不知道'天叔'的身份。你连对手是谁都不知道，真的有把握扳倒他们吗？"

"如果你对我没有信心，就不会选择替我做事。"

孔末恼怒道："你的目的是什么？"

"让那些改变了我人生轨迹的人付出代价！"

"'天叔'知晓你的身份，你却不知晓他的身份。"孔末疑惑地问，"你曾是警方的卧底，又一直与他作对，为什么他从不怀疑你，并向警方揭发你？"

"因为他知道我绝不可能再和警方站在同一条战线上。"

"我讨厌别人在我面前说高深莫测的话！"孔末咬牙。

"我也讨厌总是问问题的人。"

"方涵，你太高估自己了，注意你的态度，我掌握了你的身份，是握着你咽喉的人！"孔末威胁道。

方涵笑了，笑意里带着不屑和杀意，先前的平静荡然无存，像极了发狂的疯子："从进入暗光那一刻起，我的命就只握在我的手里。你没有选择，否则，没有好结果的人不止你一个人！"

孔末大惊："你要是敢对孔笙下手，我饶不了你！"

回答孔末的是电话被挂断的声音。

孔末心烦意乱地回到加油站的餐厅时，朱晓和包一倩正狼吞虎咽地吃着食物。

"解个手那么久，你那方面有障碍？"包一倩头也不抬地调侃道。

孔末见范雨希愣愣地坐着，提醒朱晓："朱队。"

朱晓咽下最后一口食物，点了点头，劝告范雨希："丫头，我知道你在想什么。当初撞死你妈妈的T籍司机出狱洗了钱后，便回了T国。但是，咱们此行有任务，不能因公废私。"

"老朱，你这话就像放屁，臭不可闻！"包一倩打抱不平，"有什么事比杀母之仇更重要？小希妹妹，你只管抓人，我给你当司机，别听老朱的。"

"包一倩，你的嘴不毒能死吗？"朱晓瞪了她一眼，"丫头，一切都只是我的怀疑，警方没有确凿的证据，甚至连T籍司机洗黑钱的铁证都没有。即使我们找到了他，也没法儿动他。"

范雨希心不在焉："都别说了。"

"我们的行动事关能否找到方涵！"朱晓又补充了一句，"从今儿开始，你们的任何行动都要我点头！"

"方涵是你爹啊？一提到他，你就跟打了鸡血一样。"包一倩顶嘴。

"众所周知，方涵是警界传奇，是朱队的偶像。"孔末看了看手表，问道，"今晚我们得在车上过一晚了。明儿去哪儿？"

"去清万。"朱晓指着餐厅墙上悬挂的电视，电视上正报道一起发生在清万市的案子：二十岁女性的头部和胯下遭乱石砸烂，手臂发现可疑针孔。

第 2 章
乱石

那年的冬天过去了。

一眼望不到尽头的郊野上，不知是谁筑起了一间砖墙瓦顶、近乎密闭的仓库。前些日子，仓库里还阴冷干燥，随着南风袭来，如今变得闷热且潮湿。仓库里没有窗户，幽暗的角落爬着密密麻麻的蟑螂，时不时有几只老鼠偷偷摸摸地爬过。

方涵被绑在坚硬的铁椅上，发臭的衣服被鞭子抽得开了口子，血淋淋的皮肤发了炎，久久无法结痂。他撑着仅存的一丝意识，绝望地打量着黑漆漆的周遭，如果可以选择，他宁愿立即死去。

这时，仓库的大门被推开了，一道刺眼的光倾泻进来。

"试验第八十天，眼神涣散，意识尚且清晰，人格分裂症状不明显。"一个戴着眼镜的秃顶男人手持纸笔，一边说，一边记录着走了进来。

方涵的喉咙干得火辣辣的，好不容易才挤出几个字："你到底是谁！"

男人取出针筒，将针扎进了方涵的静脉，不知往他的身体里注射了什么药剂。做完这一切后，男人才缓缓说："我叫孟萧。"

方涵被折磨了两个多月，早已经感觉不到疼痛了。这是两个多月来，孟萧第一次自报家门。

"你的目的是什么？"方涵虚弱地问。

孟萧忽地变得兴奋起来："我要将你内心深处的另一个人挖掘出来！"

"放了我！"方涵用力地挣扎，紧绑的绳索磨破了他的皮肉，慢慢渗出了血。

"你的意志比我想象中的更加顽强，看来，'标准化病人'试验还需更多的时间。"孟萧正说着，突然又有一个人进了仓库。

来人戴着面具，喉咙上挂着一个奇怪的装置，步伐矫健地走来："成功了吗？"

来人的声音尖锐而诡异，方涵眯着眼睛观察对方，终于看清来人脖子上挂着的装置是一个变声器。

"还需要一些时间。"孟萧看向来人，"别着急，你看上的人，我会替你摆平。"

"你是谁？"方涵痛苦地低吟。

"有人叫我'天叔'。""天叔"瞥了方涵一眼，转身往外走去，没走几步又停了下来，头也不回地说，"方涵，我得到消息，这两个月，警方发了疯似的找你。你猜，这是为什么？"

方涵的眼神快要无法聚焦，药效令他神志不清，连舌头都发麻了。

"你只是一个被警校开除的警校生罢了，警方没有理由大动干戈地找你。""天叔"沉默了数秒，"找你的警方负责人专门负责卧底行动的部署。你被陷害和开除，只是他们想让你成为卧底警察的策略罢了。"

方涵终于失去了意识，陷入了梦魇般的昏迷。

"天叔"本想摘下面具，但手指触摸到面具时，谨慎地思考后，又放弃了。

"为了不暴露身份，你还是不要亲自来了。"孟萧清楚，"天叔"面具下的那张脸是他的好友恭临城。

恭临城轻轻地摇了摇头："为了他，暴露也值得。咱们的年纪都不小了，是时候培养接班人了。"

"我以为你会选择那小子。"

"这个世界上最恨我和暗光的人就是他，当他不再有后顾之忧，只会成为我的敌人。"恭临城摇了摇头，望向昏睡的方涵，明白孟萧口中的"他"指的是关闻泽，"方涵不一样，他是难得一见的天才，警方需要他，我更需要他。"

"放心吧，我会让你得到他。"孟萧扶了扶镜框，脸上露出一抹阴笑，"警方绝不会想到，他们煞费苦心培养的卧底警察会成为他们最大的敌人。"

车子行驶在清万的街头。

朱晓嫌包一倩开车太快，不再让她碰方向盘，亲自光着膀子开车，才半天时间，手臂就被晒成了黑白两截。他瞥了一眼车上的空调按钮，没狠下手摁。此次出行，江军要求他们只能带一些现金，不允许使用信用卡和储蓄卡，以免暴露位置。一行五人吃喝都需要用钱，他不得不省吃俭用。

熙熙攘攘的街道上，清一色皮肤黝黑的商贩顶着大太阳，不知疲倦地叫卖着。朱晓忍不住吐了一口热气："真他妈热。"

"大哥，这是T国，能不热吗？新闻上说，这地界，十摄氏度出头就有人冻死街头。我估摸着，T国人觉得现在这温度不热，顶多算温暖吧。"包一倩坐在副驾驶座上，心情不悦，"啥时候换我开？"

孔末坐在后座，眼角的余光时不时瞄向闭目养神的范雨希，数次想牵过她的手，但每次都像做贼一样将手缩回去。他也被热得心烦意乱，问朱晓："去哪儿？"

"上头给了我一条情报。清万的唐人街有一个华人侦探，开了一家鼎鼎有名的侦探事务所——沈氏探馆，那里拥有强大的人脉和情报网。来到人生地不熟的地界，我们不得不假手他人。"朱晓解释，"他姓沈，原名不详，大家称呼他为沈先生，也有一些华人称呼他为沈探。"

这条情报是"双喜"提供的。

半个小时后，朱晓带着一行人来到了清万唐人街，稍作打听，便找到了沈氏探馆，但沈探却不在馆里。

　　沈氏探馆坐落在唐人街最不起眼的胡同里，隔壁便是风俗店，门外站着揽客的女人。探馆的牌匾破旧，匾下挂着红灯笼，馆内张灯结彩，却空无一人，像极了招摇撞骗的算命小店。探馆大门上贴着一张公告，用汉字写着一句话：查小三、查奸夫，特惠人民币八百起。汉字下还用T国语和蹩脚的英文翻译了这句话。

　　"垃圾。"孔末扫了一眼公告，毫不留情地骂道。

　　"朱晓，你确定我们找对地方了？"范雨希也狐疑道。

　　"没错啊。"朱晓对了一遍地址，挠着头走进了探馆，吆喝了许久也没人回答。

　　馆里的前台上摆放着一台老式电脑，屏幕上播放着一段网络直播间的重播画面，朱晓观察了一会儿，发现这段视频的首播时间是三年前。画面里，一个戴着厨师帽的厨师取出了一个袋子，然后将袋子里的东西倒入瓮中。厨师将瓮口对向摄像头，众人这才头皮发麻地看清楚，瓮里竟爬满了又白又肥、蠕动着的虫子。不知厨师用T国语说了什么，而后将瓮抱到了燃气灶上，开火慢炖，又往瓮里加入了不少食材。

　　包一倩打了一个激灵："他该不会要吃了这些大白虫吧？"

　　果不其然，不久后，厨师往瓮里倒入了几滴像是红酒一样的调味品后，宣告大功告成，紧接着用勺子将瓮里煮熟的白虫舀进碗里，取出刀叉，对着摄像头慢慢咀嚼起来。包一倩的胃里犯呕，冲到馆外吐了。孔末的眉头紧蹙，强忍着一拳将屏幕砸碎的冲动。

　　厨师细嚼慢咽，动作十分文明，但面部表情非常夸张，很快便双眼迷离，唇齿颤抖，仿佛吃到了绝味佳肴。厨师享用完食物时，激动得满头大汗，对着屏幕竖起大拇指，又说了一堆众人听不懂的话。

　　"这个死变态！"包一倩擦着嘴角跑了进来，"我找了个中国人问了一下，这个恶心的家伙名叫伦威，是当地著名的主厨，几年前靠着烹饪和食用各种稀奇古怪的食材，以及哗众取宠的吃相在网络上爆火，和咱们常说的

'吃播'类似。"

伦威一夜爆火后，在清万开了一家餐厅，前去用餐的客人络绎不绝。每个星期，伦威都会在网络上进行一次烹饪和用膳的直播，网友对他的评价褒贬不一，但不容置疑的是，伦威拥有非常高的人气。据说，伦威会不定期从社交账号上不公开地挑选一些粉丝，与其见面后，烹饪和食用由被抽中的粉丝提供的食材且全程直播。

朱晓暗自咋舌："有人向他提供大白虫子？看来我跟不上T国网友的品位了。"

"老朱，我看咱还是赶紧撤吧，沈探竟然看这样的直播视频，趣味就这样，还指望他能帮咱？"包一倩拉着朱晓往外走。

范雨希突然叫了一声："看！"

朱晓顺着屏幕望去，只见画面上误入了一个人，那人进入厨房，看见伦威正在直播后，匆忙离开了。朱晓按下了暂停键，指着屏幕上误入的那个人说道："是刚波！"

范雨希的双肩抽搐，眼眶倏地湿润。她做梦也不会忘记刚波的名字和样貌，他就是当年撞死范巧菁的肇事司机。

"这段视频的直播时间是三年前，至少可以证明伦威在三年前见过刚波。"朱晓说。

清万郊外的一处崖坡下聚满了围观的人群，崖坡下拉起了警戒线，线外矗立着许多警告牌，用T国语和英语写着：小心落石。

朱晓等人在沈氏探馆内没找到沈探，于是向隔壁的风俗店打听，终于知道了沈探的下落，急忙来崖坡处找他。

昨天，警方在崖坡下发现了一名T籍女子的尸体，尸体的头部和下身都被落石砸烂，血肉模糊。T国警方调查了一个晚上后，得出女子死于落石意外的结论。女子的家属不愿接受这样的结果，于是将尸体抬到崖坡下，要求警方再做调查。

朱晓好不容易在围观的人群里找到了一个会说英语的人，与对方稍做攀谈后，了解了事情的来龙去脉。

"死的女人名叫侬蓝，出身清万富户，但是她家和当地警局的警长有些过节，所以传言警方之所以这么快结案，是警长公报私仇。"那人对朱晓说。

"沈探在这儿吗？"朱晓问。

那人指着人群中一个又高又瘦的男人："那人就是沈探，听人说他曾经是一名警察，还是破案王，后来辞了职，来到T国开了侦探馆。"

"破案王？"朱晓望着沈探，仔细地回忆，"我怎么不知道还有这么一号破案王。"

"招摇撞骗。"包一倩一口咬定。

沈探看上去既像三十岁，又像四十岁，头发很长，扎成了小辫子，不知多久没有修剪过了，脸上的皮肤虽然粗糙，但棱角分明，留着络腮胡，依稀能看出曾经俊俏的模样。他穿着宽松的衣服，脚下踩着裂开的塑料拖鞋，正和泣不成声的侬蓝家属交谈着。

侬蓝的尸体躺在担架上，被白布覆盖。不知沈探和侬蓝的家属说了什么，掀起了白布，观察片刻后，又放下白布，打了一个响指，和侬蓝的家属再度开始了漫长的交流。天快黑了，崖坡下是落石重灾区，围观的人群逐渐散去，很快便只剩下朱晓一行人。

朱晓凑了上去："您是沈探吗？"

沈探回过头，瞄着他们一行人："好久没听到这么纯正的国语了，中国人？"

朱晓点了点头："我是警察。"

沈探听了，立即将朱晓推开："哥们儿，凡事有个先来后到，别跟我抢生意。"

范雨希还想着刚波的事，心不在焉，孔末只觉得燥热，也不说话，只有包一倩上前嘲讽道："我说怎么在馆里找不着你呢，原来是来这儿做起了死人生意。"

沈探将信将疑地问："你们不是来抢生意的？"

朱晓的嘴角抽搐了两下："不是。"

"那一边去！"沈探说着，将侬蓝的亲属扶了起来，用不熟练的英语保证，"案子包在我身上，等下你们就把尸体抬到沈氏探馆去。不过，你们应该知道，我要价很高！"

南港支队里，赵彦辉结束了一天的工作，正要回家时，恰巧遇见了还在加班的白洋。

"赵队，队里有个案子要找一些档案，我在档案室里没找着，听说队里还有另一个档案二室，只有您有那里的钥匙。"白洋说着，眼神不经意地瞥向赵彦辉腰间的钥匙串。

赵彦辉严肃地回答："档案二室里没有你要找的东西，再回档案室找找吧。"

白洋不肯罢休："我都翻遍了，真没有。要不您和我一起去档案二室找找？"

"不必了。"赵彦辉的声音低沉，手指戳着他的肩膀，"白洋，你只是一个协警，不要以为帮队里破了几起案子，就真的成为警察了。有些地方不是区区一个协警能进的！"

为了线人的安全，南港支队没有留存线人身份的电子档案，但白洋坚信，为了应对所有知晓线人身份的警察遭逢不测的意外，警方一定会留一份纸质档案。赵彦辉对档案二室讳莫如深，他猜测线人档案就藏在档案二室里。

白洋故作轻松地笑道："再过两个月就是招考了，赵队，您放心，我会通过考试的。"

"在这之前，踏踏实实干事，少借着我的名号到处耍威风！我是看在井娅的面子上，才让你进支队的，要是坏了我的名声，立马卷铺盖走人！"

白洋赶紧点头："我知道了。"

白洋离开南港支队后，找到了井娅。

"赵彦辉到底是黑了还是没黑？"白洋问。

"半黑半白。"井娅回答。她十分清楚，赵彦辉对她和白洋睁一只眼，闭一只眼，只要不触及他的底线，他便不会与他们撕破脸皮。

"你让我找线人档案，不怕惹恼了他？"

"你跟了他这么久，还没摸透他的性格？他在意的只有自己的职位，只要有人替他背下档案失窃的锅，他就不会轻易与我们开战。因为他有求于我。"井娅撩动着发丝，胸有成竹地说。

"你是要我背锅？"

"怎么，你还真的想当警察？"井娅问，"背了锅后，我会安排你逃亡，到时候你有新的任务。"

众人随沈探回到了沈氏探馆，没多久，侬蓝的尸体被抬进了探馆。

范雨希迫不及待地问："你认识刚波吗？"

沈探把手指竖在嘴前，示意范雨希安静，而后从抽屉里取了三炷香，用蜡烛点燃后，走到探馆里的祭台前虔诚地拜了几拜。朱晓往前走了几步，顿时无语，祭台上摆放的竟是一尊招财猫。

沈探将香插在香坛子里后，才回头问范雨希："刚波是谁？"

"就是进了伦威直播间的那个男人。"范雨希很着急，将沈探拉到了电脑前，"就是这个人。"

沈探摇头："这位妹妹，我就是闲着无聊，翻翻趣味视频看，怎么可能认识他？"

范雨希的心头一阵失落，孔末悄悄对她说："死女人，别担心，我会帮你。"

沈氏探馆里的灯泛着黄，令人昏昏欲睡，木地板上还摆放着一具尸体，尽管被白布遮盖着，但包一情还是起了一身鸡皮疙瘩："你就那么确定侬蓝不是死于意外？"

沈探嘿嘿一笑："是不是意外无所谓，先把钱赚了再说。"

包一情向来心直口快，正要破口大骂，朱晓阻止了她。朱晓道明了来意："听闻沈探人缘好，我们想向您打听一个人的下落。"

"哟，生意来了。"沈探拉过椅子，客气地招呼朱晓坐下，"关于找人，我的确是有些门道，但是你们也知道，我收费不低。"

朱晓揉着脑袋，有些头痛："您说个数吧。"

沈探伸出手指报了一个数。包一倩听了，终于憋不住："你是要抢劫啊！"

沈探不太高兴了："没钱？一切免谈。"

朱晓咬牙切齿地用眼神示意孔末动手吓唬吓唬沈探。孔末立即出手，正要揪起沈探的衣领时，沈探的屁股一滑，不小心摔到了地上，这一摔，恰好躲过孔末的攻击。沈探往后爬了几步后，才站起来紧张地叫嚣："想动手！我会报警的！"

孔末气不过，正要再行动，朱晓担心事情闹大，便带着大家离开了。

众人出了沈氏探馆，孔末才说："他不简单。"

"你是说，他能躲开你不是凑巧？"朱晓一愣，随后在心里嘀咕，"双喜"让他来找的沈探，究竟是何方神圣？

第 3 章
落石

依旧是那年痛苦的回忆。

"'标准化病人'试验第一百八十天，暴力倾向显著，精神崩溃，人格分裂症状明显。"孟萧盯着被五花大绑的方涵，记录道，"方涵，曾经你想成为一名寻常的警察，但他们想让你成为蟑螂，你恨他们吗？"

方涵的目光无法聚焦，呆滞地说："我不是蟑螂……"

"卧底警察生活在阴暗里，将自己伪装成自己最厌恶的模样，许多年甚至至死都无法重见光明。他们为了博取敌人的信任，栽赃嫁祸，践踏了你的尊严，让你背负了莫须有的罪名，导致人人喊打！这不是蟑螂，是什么？"孟萧大胆地走到方涵身后替他松了绑。

方涵起身的第一件事便是反击，但他极度虚弱，轻而易举地就被孟萧摁在了地上。

"你知道蟑螂的处境有多危险吗？只要你一不小心在敌人面前露出马脚，就会立即丧命！不知情的警察会将枪口对准你，你随时都会暴毙！蟑螂而已，人人都想踩死，你成为卧底，潜伏进敌人的内部后，所有人都会视你为坏人，你将背负前所未有的骂名！或许，为了任务，你死后都无法入葬，无法正名！最可怕的不是死，而是死后没有人记得。"孟萧阴笑着，"这是你成为警察后想要的吗？"

方涵头痛欲裂，心脏跳动得厉害。

孟萧松开手，从身上掏出了一把匕首，将方涵拖出了仓库："你看看，那些想把你变成蟑螂的人就在那里，你会怎么做！"

方涵吃力地抬起头，无垠的旷野上，数不清穿着警服的人被绑在木桩上，他们凄厉地哀号着，奋力地挣扎着。方涵双目猩红，汗毛倒竖，鬼使神差地接过孟萧递来的匕首。

孟萧扛着录影机，兴奋地想要记录下这一刻。

方涵突然回眸，目光里的冰冷令孟萧吓了一个激灵，录影机掉落在地，砸碎了镜头。但很快，方涵持着刀冲向了旷野。

孟萧虚惊一场后，再度扛起录影机，跟上了方涵的步伐。镜头损毁了，录影机只能记录下方涵歇斯底里的鬼哭狼嚎。

方涵毫不犹豫地将匕首刺进被捆绑着的人们的心脏。

孟萧激动地在心里欢呼："试验很快就要成功了！"

在孟萧眼中，被方涵施以杀手的人们不过是被捆绑着的冷冰冰的木偶人罢了，但在精神失常的方涵眼中，却是一条条鲜活的生命。

孟萧看着方涵对坚硬的木偶人施暴，泪流满面。方涵将成为他手中第一个成功的试验对象。

方涵和王雅卓一起失踪，王雅卓为什么突然出现，还跑到东南亚了？朱晓回想着那卷只有声音的神秘录影带，心里充满疑惑，辗转反侧，直至天亮也没能合眼。

"朱队，今儿咱去哪儿？"孔末突然问。

"你也一夜没睡？"朱晓起了身，看向邻床的孔末，"最近你的状态有些不太对。"

孔末微微一愣："哪里不对？"

自从两个孔末可以随时互相切换人格后，朱晓就觉得他们多了许多心事。另一个孔末总是头疼，觉得自己去了什么地方、见了什么人，但就是想不起来。

　　"我们的记忆不共享了，我有时也头疼，刘佳老师说这是正常现象。"孔末的心里泛冷，但并未表现在脸上，换了一个话题，"接下来，您有什么打算？"

　　朱晓翻身下床，洗漱后，叫醒了睡在旅馆另一间房的范雨希和包一情，打算再去沈氏探馆会一会沈探。

　　范雨希也一夜未眠，只有包一情睡得最香。包一情听了朱晓的打算，立即反对，不愿再见到见钱眼开的沈探。

　　"必须去。"朱晓立即带着众人来到了沈氏探馆。

　　沈氏探馆刚开门，门上贴着的公告换了新内容：招聘助手。

　　探馆内的桌后，沈探正端着饭碗，一边大口地扒饭，一边盯着屏幕傻乐，嘴角沾满了饭粒。朱晓刚要进门，另一个斯斯文文的男人率先踏进了探馆："我来应聘！"

　　沈探放下饭碗，上下打量着将头发梳得油亮的男人："中国人？"

　　"我叫齐佑光，是一名大夫，在T国被抢劫了，想挣点路费回国。"齐佑光礼貌地对沈探鞠了一躬。

　　"被抢劫了，你该去找警察，或者去找领事馆。"沈探挥手赶人，"我这儿的差事又脏又累，看你长得白白净净的，不合适。"

　　"我听说了，沈探您本领高强，待人热心，所以才来找您帮忙。"齐佑光拍起了马屁，"要是有您的帮助，我还找别人干什么？"

　　沈探一时乐了："我最喜欢说大实话的人。不过，你能帮我干什么？"

　　齐佑光向馆内扫了一眼："听说，昨儿您收了一具尸体，T国天热，再不处理和检查，尸体就该腐化了。在下不才，也经常和尸体打交道，说不定能帮上忙！"

　　沈探一把抓住齐佑光的手，眼里泛着光："当真？"

　　"当真！"齐佑光自信道。

"成交！包吃包住，不过我每个月只付你八百块人民币！"沈探拉着齐佑光往里走，不给齐佑光拒绝的机会。

"沈探！"朱晓叫住了沈探，"我们也来应聘。"

沈探看着朱晓一行人："又是你们？我已经招到人了，不需要你们了。"

"哪有嫌帮手多的，我们不要工资，只要您包吃包住就行。"朱晓拍着胸脯，"我们几个头脑聪明，能打能抗，有的能开车，有的看得懂微表情，真是物美价廉！"

包一倩压低声音怒斥："老朱，你疯了！替他打工？"

"不要工资？"沈探的眼珠子滴溜溜地转了转，顿时心动了。

朱晓补充了一句："我们先去崖坡探一探，如果能带回来一些线索，您就答应我们，如何？"

"成交！"

崖坡处空无一人，时不时有几块石子从坡顶落下来。朱晓带着戴上安全帽的大家来到了崖坡，一路上，包一倩抱怨不断："老朱，合着你把我们拐骗到T国是来打黑工了？"

朱晓走到矗立的警告牌前，回答："上头给的情报不会错。沈探看着不着调，但恐怕不简单，无论他是什么样的人，只要能帮咱找到王雅卓的下落，吃点苦也值得。"

"情报不会错？情报上不是说，沈探是鼎鼎有名的侦探吗，看他那财迷心窍的鬼样子，像是会破案的人？"包一倩不满道，"依我看，他徒有虚名，说不定，名声是他自己散播出去的。"

朱晓不予置评，指着警告牌，猜测侬蓝的家属之所以不愿相信命案是意外，就是因为这些警告牌。来此之前，他们已经打听清楚了，这道崖坡在清万赫赫有名，两年前由工人开挖而成，时常有落石滚落，轻时只掉几块小石子，重时会滚落几百斤的大石头。原先施工方打算把崖坡全挖了，建一座地标建筑，后来由于施工方拖欠工资，工人集体罢工，工程无疾而终，烂尾至今。

为了防止行人被落石砸中，当地在附近拉起了警戒线，立了不少显眼的警告牌，阻止行人误入。所以，即使是大白天，崖坡附近也无人活动。侬蓝的家属不愿相信侬蓝会无缘无故走到落石区，生生被落石砸死。

"孔末，你让另一个你出来帮我分析分析。"朱晓说。

"不。"孔末言简意赅地拒绝。

"为什么？"朱晓反问。

孔末瞪了朱晓一眼，默不作声地走到心神不定的范雨希身边。包一倩讽刺道："你堂堂一个副支队长，没了孔末就不会破案了？没那金刚钻，别揽瓷器活。差事是你自个儿揽的，那就自己解决！"

"得，你们老老实实站着，别到处乱跑，当心落石！"朱晓耸了耸肩，跨过警戒线，进了落石区。

落石区里的地面上铺满碎石，朱晓很快找到了一片干涸的血迹，血迹上被警方用标记线圈出了受害者遇害时的姿态。旁边躺着两块二三十斤重的大石头，石头上也有零星的血迹。

朱晓蹲下身，仔细地观察那两块带血的大石头，发现两块石头的上方和下方都有血迹，立即做出了推测："还真不是意外！"

朱晓抬头仰望高达十几米的崖坡，随后绕到了崖坡后方。崖坡碎石嶙峋，找不到一处安全的地方可以登上崖坡。他又回到崖坡下，端详着血迹周围的地面，像狗刨土一样挖开碎石地面。

很快，朱晓在距离血迹两米远的位置发现了线索。他将那处地面的大小石头挖开，在石缝下又找到了几丝发干的血迹。他立马站起来，观察周遭后，大步走到警戒线前，沿着警戒线绕起了圈子。没多久，他在一处警戒线上摸着了透明胶带，将透明胶带撕开后，警戒线一分为二，崩断在地上。警戒线断开处十分平整，像是被人用剪刀剪开的。

"有发现！"朱晓出了落石区，问坐在一旁的包一倩，"范雨希和孔末呢？"

包一倩白了他一眼："范雨希说要一个人逛逛，孔末不放心，没多久就去找她了。"

"糟了！"

天快黑了，范雨希在伦威的餐厅外排了三个小时队，终于得以进店用餐。餐厅里的人很多，欢声笑语不绝。范雨希坐在餐桌旁，紧盯着用玻璃围成的透明厨房。厨房里，伦威正精心地准备着菜肴，时不时地抬起头对着餐厅里点头微笑，每一次都会赢得客人们的鼓掌和尖叫。

范雨希等候了许久，也没发现刚波在餐厅里出现。

不久后，伦威摘下手套，走到了餐厅，先后用T国语和英语向客人们表达了欢迎："先生们，女士们，今天的菜肴已经全部做完，祝大家在我的餐厅用餐愉快！"

此时恰逢餐厅的电视又一次播报侬蓝的案子，伦威突然抬头，看了一眼屏幕，随后若无其事地回到了后厨。尽管伦威表现得十分寻常，但他仰头看电视时眼角的抽搐和回后厨时略显仓促的步伐依旧没能逃过范雨希的眼睛。

用餐完毕后，客人们逐渐离店，范雨希一直躲在卫生间里，直至餐厅打烊。

餐厅的二楼便是伦威的家，范雨希等到餐厅里没有动静后，从卫生间里走了出来，小心翼翼地登上台阶。她蹑手蹑脚地观察了一圈，发现二层只有三间房间，一间是主卧，另一间是客卧，还有一间是放置着电脑和摄像头的厨房。

主卧里躺着一个早早入睡的女人，那是伦威的妻子。客卧的床上没有被子，干干净净，不像有人住的样子。此时，伦威正在厨房里，一边对着摄像头说话，一边烹饪，这便是他用于网络直播的直播间。

范雨希没发现刚波，心头又泛起了失落。

伦威对着摄像头有说有笑，今天，他烹饪的食材是猪脑。他徒手抓起了湿漉漉的猪脑，向摄像头展示后，将其放入碗中，又放入不少香菜和酱油，随即便要生吃，但即将塞进嘴里时，他又停下了动作。

伦威扭头看向桌面上一只装满红色调味品的透明瓶子，又小心翼翼地望向直播间的门。范雨希赶紧侧身，险些被发觉，当她再次望向直播间时，伦威已经拿起调味瓶。伦威往碗里滴了几滴不知名的红色调味品，搅拌均匀后，细细品尝。伦威的嘴里啧啧作响，不断夸赞着食物的美味。范雨希发觉，伦威越吃越不对劲，很快便双腿夹紧，全身紧绷，双眼发直，嘴里还发出了愉悦的呻吟。

伦威的直播终于结束了，范雨希心急如焚，正想上前询问刚波的下落时，孔末突然出现，抓着范雨希跳下阳台，离开了餐厅。

"放开我！"范雨希甩开孔末的手。

"死女人，你怎么比我还没有脑子？"孔末骂道。

"我等不了了！"

"死女人，我怕你有危险！"孔末笨拙地劝说，发现劝说不动后，让另一个孔末出来了，他扫视四周，顿时明白了一切，"小希，这事急不得，你现在的一举一动不仅关乎你自己，也关乎我们每一个人的安全。记住，我们正在被追杀。我们都会帮你，但一定要讲究策略！"

范雨希终于冷静了下来。

沈氏探馆内，朱晓的脸色阴晴不定，直至范雨希和孔末归来，才长舒了一口气，见范雨希和孔末没有闯祸，决定暂不追究。

"你们出去跑了一天，有收获吗？"沈探正津津有味地盯着屏幕看伦威直播间的重播，"哟，猪脑还能生吃，好想试试。"

朱晓点了点头："当然有收获。齐大夫呢，他有头绪吗？"

沈探关了电脑，带着众人进了内屋。齐佑光正戴着手套和口罩，站在赤裸的尸体旁端详着。朱晓和孔末凑上前去，包一情看了一眼血肉模糊的尸体，顿时吓得转过身去。

侬蓝的头顶和额头被砸出了一个大窟窿，头骨都碎了。另一处伤口位于小腹，恰好砸碎了她的胯下。天气炎热，尸体已经散发出难闻的尸臭，令人作呕。

"设备有限，用的时间久了些。"齐佑光指着尸体，"尸体上一共发现了两道明显的大创口，一处位于头部，另一处位于胯部，根据伤口特征判断，创口的确是由石头造成的。可以推断，受害者站立时，被落石砸中了头部，倒下后，又被另一块落石砸中了小腹。"

"就这些？"沈探翻了一个白眼，"这我也能看出来。"

"不止，"齐佑光说，"那道崖坡很高，二三十斤的落石砸下，恐怕能砸穿她的腹部和头部，但尸体呈现的伤口要比我预期的样子轻微许多。而且，两道大创口里还有许多明显是死后被人击砸的小创口，也就是说，死者的头部和腹部分别被石头打击过多次。"

"你还能分辨死前的伤口和死后的伤口？"包一倩惊讶道。

通常法医在肉眼阶段判断生前损伤和死后损伤的依据是损伤部位的"生活反应"：生前损伤，伤口软组织会有炎症、出血和充血等情况；死后损伤，创面及损伤周围的色泽不会发生变化，与正常软组织的颜色基本一致。通常情况下，死者刚死亡时，遭到的死后伤呈现的"生活反应"与死前伤呈现的"生活反应"特征相似，很难通过肉眼观察出差别，而死后越久，遭到的死后伤呈现的"生活反应"与死前伤呈现的"生活反应"差异性越大。

齐佑光向大家解释："死者头部的大创口里有一处生前损伤，推测是致命伤，头部大创口里夹带许多死后损伤，以及死者小腹和胯下的创口全是死后损伤，特别是胯下的伤，根据伤口形态分析，死者胯下遭到砸击的次数是头部的两倍。"

"啥意思啊？"沈探摸着脑袋问。

"现场带有血迹的落石只有两块，不可能多次自然落下击中死者，而且从死者的创口判断，不符合崖坡落石的高度。"朱晓解释，"齐大夫是在怀疑落石区不是第一案发现场。根据我的现场勘测，第一案发现场的确不是落石区。"

朱晓在距离侬蓝尸体两米远的位置挖到了石缝里的血迹，地表却没有血迹。尸体的大动脉没有被砸破，一般血迹不会喷射到两米外，即使喷射到两米外，也会先落在地表上。他推测凶手在转移尸体时，留下了血迹，而后将地表沾有血迹的石头全都搬走了，只不过没想到鲜血顺着石头，渗到了肉眼不能轻易发觉的石缝里去。

　　侬蓝的尸体，死前伤和死后伤呈现的"生活反应"差异显著，证明尸体遭受死前伤和死后伤的时间有一定的间隔，而这个时间间隔很可能是凶手转移尸体造成的。齐佑光据此推测，尸体头部的致命伤是在第一案发现场留下的，而头部的死后伤和胯下的死后伤都是在落石区留下的。

　　"落石区的那两块石头若以与死者的接触面为下，另一面就是上。我发现石头的上、下面都有血迹，因此可以推断凶手在转移了尸体后，用那两块石头反复敲砸尸体，从而在石头两面都留下了血迹。"朱晓继续推断，"凶手是想营造死者死于落石的意外现象，只可惜还不够聪明。"

第 4 章
癖好

那年京市的冬季又飘起了雪。

"方涵，一年了，你让我们一顿好找！"

方涵倚靠在胡同里："你们不与我商量，把我赶出了警校，让我像孤魂野鬼一样游荡街头，现在又反过来怪我？"

方涵的头时不时地发疼，模糊的记忆中总有一片一望无际的旷野和一间幽暗密闭的仓库。这一年来，他终日以酒为伴，与街头混混为伍，差点儿忘记自己曾是一名警校生。

"只有这样，才能让犯罪分子彻底相信你！我们正在调查一个犯罪团伙，需要你的协助。港区发生了一起离奇的'鬼叫餐案'①，很可能与我们正在查的犯罪团伙有关。'鬼叫餐案'的其中一名死者你也认识，叫老九。"

老九是方涵混迹社会时结识的一个小弟。

"你们要我去港区？"方涵问。

---

① "鬼叫餐案"：系作者小说《谋杀禁忌》中描述的离奇案件。

"不错，在犯罪团伙落网之前，你必须潜伏，不能暴露卧底的身份。"

"如果犯罪团伙落不了网呢？"方涵又问。

"方涵，你的精神状态不对劲儿啊，我记得你不是一个这么没有信心的人。看来被诬陷盗窃和被警校开除对你的打击不小。你放心，任务完成之际，就是你恢复警籍和清誉之时。"

"我可以拒绝吗？"方涵漫不经心地点了根烟。

"不能，我们考虑过了，只有你最适合担此重任。"

方涵吐出了一口烟圈："你们想过没有，你们的这个决定可能改变我一生的轨迹。"

"方涵，这是命令。"

雪后，方涵收拾了行李，准备启程，忽地听见身后有人叫自己："涵哥！"

方涵转头一看，一道人影正朝着自己跑来。

"老九，你不是死了吗？"方涵往后退了两步，头皮像被针扎一样疼。

"涵哥，救救我！"老九的嘴角露出一抹诡异的弧度。

方涵用力甩了甩脑袋，眼前的老九化作一缕烟消散而去，面前空空如也，但老九的声音回荡在耳边，挥之不去。

朱晓以落石区为中心，摸查了附近两公里的范围，没有发现可疑的作案现场，于是推测作案现场距离落石区很远。想从两公里外转移那么大一具尸体到落石区，又不被人发现，凶手只能使用汽车。

"警戒线被凶手剪开是为了让车开进落石区。"朱晓推断，"落石区内的地面铺满了石头，无法留下车胎印，我们无法通过车胎痕迹调查。"

"车子在落石区停下的位置距离尸体被发现的位置两米远，石缝下的血迹就是凶手将尸体从车上搬下来时留下的。"孔末附和，"结合齐大夫和朱队的说法，凶手是在作案现场用石头砸中了侬蓝的头部将她杀害，随后用小汽车转移到落石区抛尸，又用现场的两块石头多次打砸尸体的头部和胯下部位，营造意外现象，而后将因抛尸时沾染血迹的地表石子清理干净，逃离现场。"

"除了两处大创口外，尸体的手臂上发现了针孔。"齐佑光说，"是针筒注射或抽血时留下的，伤口发肿，对她注射或抽血的人手法粗糙，不是很专业。"

"丫头，你有话说吗？"朱晓发现范雨希数次欲言又止。

范雨希点了点头："我见了伦威，他看见新闻报道时，表情很怪，像是心虚，或许和这起案子有关。"

沈探惊讶地问："网红主厨伦威？"

"是的，他在直播时，往食材里倒入了红色的不知名调味品，那东西看着像血。"范雨希提醒道。

朱晓警告："丫头，刚波是凶犯，如果伦威也和这起案子有关系的话，你就要更谨慎了，不能再贸然接触。"

范雨希点头："我知道了。"

众人立即来到电脑前，重播了几段伦威的直播视频。大家发现，伦威每一次直播，都会使用那个红色的不知名调味品。齐佑光透过屏幕，根据颜色判断，透明瓶子里的调味品的确像血。

"难道他用人血调味？"包一倩说着，胃里犯呕，"有那么好吃吗，看他痉挛的表情，不像是在吃东西，倒像是……"

沈探见包一倩不继续说了，问："像什么？"

包一倩白了沈探一眼，不答话。齐佑光接过话："我怀疑伦威有那方面……特殊的癖好。"

沈探顿时明白了，不解道："吃个东西能获得这样的满足？"

"有些人的癖好比较古怪，甚至演变成疾病，这些人群获得精神性满足的手段五花八门。"齐佑光解释，"如果调味瓶里装着的的确是人血，那他的癖好或许不在食材，而在人血。"

沈探竖起大拇指："齐大夫，你是研究什么的医生？"

"什么都研究，略懂皮毛。"齐佑光整理了衣领，"这只是我的推测罢了，如果能拿到伦威的调味瓶，验一验就好了。"

朱晓咒骂一声："要是'鬼手'没有背叛咱就好了！"

"从目前掌握的线索来看，伦威和这起案子并没有直接的关联。现在我们需要找到第一案发现场。"孔末建议。

"我在死者的头发里发现了这个。"齐佑光摊开了戴着手套的手掌，露出一片金黄色的撕裂开的花瓣，"这是金链花，落石区寸草不生，一定是死者被抛尸前落到死者头上的。"

范雨希端倪着齐佑光："你还能根据残缺的花瓣判断植物种类？"

"略有研究，略有研究。"齐佑光谦虚地笑道，"有金链花的地方值得重点怀疑。而且，根据死者致命伤的伤情判断，石头落下、砸中头部的高度不超过五米。"

南港，吴点点乘着小船，摸黑登上了一座小岛，岛上耸立着一栋孤清的别墅。她四处张望，确认前几日用望远镜观察到的停靠岸边的小艇一艘不剩后，才放心前行。

吴点点不知道，正有几艘快艇朝着小岛驶回，再过十分钟，艇上的人即将登岛。她来到别墅前，轻松地避开监控探头，将电闸拉下后，快速破锁。她进入别墅后，漫无目的地开始搜查。

几分钟后，吴点点在抽屉里发现了一张票根，一眼便认了出来，那是偷渡客与船家接头的船票。她掏出手机，拍了照后给"毒姐"发去照片，没几分钟，"毒姐"回了消息：这是偷渡前往T国的船票。

吴点点将票根放回抽屉，准备撤离，就在她登船之际，一把匕首飞旋而来，直直地刺进了她的胸口。她闷哼一声，跪倒在地上，惊恐地望向自己聚拢而来的人群。这是她第一次见到方涵。

方涵扬着嘴角，走到了吴点点面前，眼都不眨地将匕首拔了出来，将她踢倒在地上："'天叔'待你不怎么样，竟然放心让你一个人来送死。"

吴点点捂着胸口，却无法阻止鲜血溢出。

"说出'天叔'的身份，我饶你不死。"方涵一脚踏在了吴点点身上。

吴点点咬着牙："杀了我吧！"

方涵冷哼一声，挥挥手。他的手下不明所以："丢进海里吗？"

"替她止血，送给'毒姐'。"

"老大，这么轻易就放了，不再逼问一下？"

"算了，我大概能猜到'天叔'是谁。"方涵踏过昏厥的吴点点，头也不回地走了。

时隔多日，朱晓终于又一次联系了恭临城，恭临城派人查探信号源，却发现朱晓对手机做了严密的定位保护，无法破解。

"你们去哪儿了？"恭临城佯装担忧，"小希怎么样了？"

"放心吧。最近有关于暗光的新情报吗？"朱晓问，"吴点点透露过，他们的老大，人称'天叔'。"

恭临城叹了一口气："小泽已经不愿意为我提供情报了。我真的不知道派小泽卧底暗光是对是错。"

"你和暗光有什么深仇大恨，现在可以告诉我了吗？"朱晓又一次问出困扰自己许久的疑问。

"等你们回来吧。"恭临城又一次敷衍着朱晓，"你们注意安全。"

"放心吧，有孔末在。"

恭临城试探道："小希成了你的线人，孔末也成了你的线人，你究竟还有多少线人？"

"别问不该问的了，替我死盯着井娅。"

"你的手机处理过了，只能拨出，不能拨进，要是有特殊情况，我要怎么找你？"

朱晓想了想："也对。我给你一个号码，有急事就往这儿拨吧。"

朱晓刚要报出沈氏探馆的座机号码，手机突然振动了几下，收到了一条信息。他看了一眼屏幕，瞬间惊得满头大汗，匆忙挂断了电话。

朱晓等了这么久，终于等来了姗姗来迟的报警信息。金属筷内的报警装置自动发来的地理位置竟是恭家大院！

"喂？"恭临城发现通信中断了，担忧地叹了口气，心神不宁，总觉得将有大事发生。他不知道，被他随手放在抽屉里的金属筷在多日未接触到活体后，暴露了位置。

就在此时，阿二敲门走了进来："恭爷，外头有个戴口罩的女人说联系不上您，让您去一趟。"

恭临城立时猜出了对方的身份。他与朱晓通话，井娅无法联系他，所以亲自前来了。他披上外套后，在无人的胡同里与井娅见面。

"你的胆子不小，有人跟踪吗？"恭临城问。

"您放心。"井娅喘着粗气，"吴点点被方涵伤了，差点儿抢救不过来。我不敢确定方涵是不是逼问出了您的身份。"

"无须在意。早在几个月前，方涵就该怀疑我了。"恭临城说。

猎手榜的名单被黑客窃取是恭临城也没有料到的意外，关闻泽的身份曝光后，只要方涵不傻，就会怀疑到关闻泽长大的恭家大院头上，只是尚不能百分之百确定罢了。恭临城能以"声音"的身份暂时骗过警方，却无法骗过方涵。

井娅惊惧道："需要多派点人保护您吗？"

"不必，想伤我没那么容易。"恭临城泰然处之，"吴点点有什么发现吗？"

"她发现了一张前往T国的偷渡票，没发现票面，只发现了票根。"

恭临城抚着白须，推断道："难道王雅卓去了T国？"

"她去T国干什么？"

恭临城的双眼微眯："我找孟萧这么多年都没有找到，早该想到他离境了。王雅卓这时去T国，莫不是发现了孟萧的下落！"

"我准备准备，尽快派人赶往T国查探！"

京市市局刑侦总队内，江军正在与人通话："这群小子没给你惹祸吧？"

"暂时没有。我给你做了个顺水人情。"若朱晓等人在此，一定会惊讶，因为这道收起了伪装、变得前所未有严肃的声音竟是沈探的，"昨天，清万发生了一起案子，可能与伦威有关系，你们让我查的刚波恰好是伦威父母捡来的孩子。我故意让范雨希看了一段视频。"

"这哪是在给我做人情，是在帮朱晓，范雨希是他的人。"

"但朱晓是你的徒弟。"沈探说。

"那我还是李教授的徒弟呢！"江军叹了一口气，"你出去很多年了，什么时候回来？恐怕李教授和沈诺也想见你。"

"这些年，我在东南亚建了不少人脉，如果有偷渡的犯罪分子来到这儿，我也能第一时间向你们汇报，也算是为警界做贡献了。"沈探说，"这里也有不少华人，他们需要帮助。我早就适应了这里的生活，不打算回去了。"

江军惋惜道："你离职后，警方严密地保护你的档案，知道你的人不多了。可惜了，你当初可是和李教授并驾齐驱的人哪。"

"虚名而已。"沈探豁然一笑，"我会找合适的时机将王雅卓的行踪透露给朱晓。你们准备收网吧。"

清晨的第一道光洒进了沈氏探馆的窗子，沈探起了个大早，打着哈欠问坐在探馆内发愣的朱晓："红血丝都快溢出来了，一夜没睡？"

范雨希恰好也起了床，朱晓看见他，立即避开了目光。沈探伸了一个懒腰，开张去了。敏锐的范雨希问："你有话对我说？"

朱晓支支吾吾，最后挤了几个字出来："这段时间，暂时不要联系恭家大院。"

"你早就叮嘱过了，为什么又交代一次？"范雨希一眼看穿朱晓有事瞒着她。

朱晓终于明白周旱死时，为什么用手机快捷键给范雨希的匿名号码拨电话，那根本不是无意和随便按出的，而是在提醒他们：杀他的人和范雨希有关系。朱晓见范雨希为范巧菁的案子操碎了心，不忍心再告诉她恭临城的端倪，以免她崩溃。

朱晓摆了摆手："也没什么，先去查案子吧，如果侬蓝的死真的和伦威有关系，抓了伦威，正好可以套出刚波的下落。"

范雨希想到刚波，不再多说什么，一头扎进了查案里。

众人接二连三起床后，以落石区为中心，分头在方圆五公里的范围内寻找种植有金链花的地方，只有沈探跷着腿，躺在探馆内歇息。

孔末还顺带调查了伦威的经历。

伦威原本是一家小餐馆的厨师，后来无意间接触到了网络，当起了网络主播。没想到，他凭借稀奇古怪的烹饪方法和夸张至极的吃相，短时间内声名鹊起，被网民称作"什么都敢吃的"主播。尝到甜头的他通过社交账号挑选粉丝，公开征集各类食材。不少网民为了寻求刺激，经常向他提供诸如蟑螂、泥鳅等常人难以下咽的食材，没想到他照单全收，至此，他一跃成为难以撼动的"直播之王"。

今年伦威三十五岁，在五年前娶了当地富豪的女儿马蒂，那时他还未成名。网络上传闻，伦威并不喜欢马蒂，娶马蒂只是为了偿还家中欠下的巨款。但是伦威公开反驳，斥责这是子虚乌有，马蒂也公开表示他们的家庭生活十分和谐。

孔末通过走访目击证人，得知侬蓝死亡的前三天去过伦威的餐厅。

傍晚，众人在沈氏探馆内会合。

"沈探，您能向侬蓝的家属要一下她的社交账号吗，我们需要确认一件事。"朱晓说，"我们查了伦威挑选粉丝的方式，发现他以保护粉丝隐私为由，不会公开被抽中粉丝的账号，只会私信联系对方。"

沈探丢了一张名片过来，乐呵呵地一屁股坐回电脑前去了。

朱晓打了侬蓝家属的电话，没过一会儿，侬蓝的手机被送了过来。他立即打开手机，登录社交软件。侬蓝的社交账号头像用的是自己的照片，她长得白净又性感，可以说是万里挑一的漂亮姑娘。他滑动屏幕，发现了一条私信，私信是一个经社交软件平台认证的名人账号发来的，正是伦威。

果然，正如众人猜测的那般，侬蓝是被伦威抽中的幸运粉丝。从私信的交谈中可以看出，侬蓝是伦威的忠实粉丝。双方在对话中约定了见面的时间和地点，可以确定，侬蓝赴约了，伦威也光明正大地见了她。

"这是目前已知的侬蓝与伦威之间的唯一关联。"朱晓当即决定，"得想办法探一探伦威。"

"落石区方圆五公里内只发现了三处大面积种植金链花的树林和草地，我整理了照片。"齐佑光将几张照片递给了大家。

孔末扫了一眼照片后，说："去树林看看。"

第 5 章
车胎

　　时间总是匆匆流逝，春去秋来，方涵终于盼来了恢复警籍的一天。

　　卧底的那些年，方涵接连破获"鬼叫餐案""古曼童案"①"冰恋案"②等轰动全国的重大刑事案件。所有人都认为他功成名就，但只有他知道，一路走来，所谓的成功不过是鲜血铸就而成的。为了任务，他失去了至亲，失去了朋友，甚至不得不亲手将战友葬进了烈士墓。

　　"我想辞职，做个平凡人。"方涵收拾警服和警帽，对着唯一陪伴左右的王雅卓说。

　　"不再做警察了吗？"

　　"卧底的这些年，总是期盼恢复警籍。可是当这一天真的来临时，却突然不想了，甚至有点厌恶。"方涵苦笑，"如果我没有踏上这条路，就不会这么痛苦。"

---

①　"古曼童案"：系作者小说《谋杀禁忌》中描述的离奇案件。

②　"冰恋案"：系作者小说《谋杀禁忌》中描述的离奇案件。

"无论你做什么决定，我都支持你。"王雅卓轻轻地握住方涵的手，"接下来有什么打算？"

"不知道。我总觉得心底有个声音在召唤我，但我快要想不起来了。"方涵捂着发痛的脑袋，目光忽地瞟到了放置在桌面上的一卷录影带。

王雅卓拾起录影带，疑惑道："这是什么？是谁放在这儿的？"

方涵不安地将录影带塞进了放映机，心中燃起了一股莫名的燥火，马上要喘不过气来。王雅卓盯着什么也没有的画面，调大了音量，顿时，一道道暴戾的怒吼声传来，她听出来了，那是方涵的声音。

方涵的呼吸急促，空白的画面映入瞳孔，化作了只有他能看见的地狱：在幽暗的旷野上，他持着小刀，将刀尖一次又一次刺向了那些手无寸铁的人们，鲜血染红了整片原野。

方涵惊慌失措地夺门而出，门外却站着一个遮着面部的女人，王雅卓质问："你是谁！"

"你可以叫我'毒姐'。"遮面的女人阴阳怪气地笑道，"方涵，'天叔'在等你。"

方涵觉得有人正在用针不停地扎着他的心脏和大脑，无力地跌坐在地上，再抬起头时，女人的样子变了，变成了早就已经死了的老九，变成了他经历的重案中的每一个受害者，还变成了他逝去的至亲和兄弟。

终于，女人的容貌不再变化了，停留在了一张秃头、戴眼镜的面孔上。

"孟萧……"方涵无力地叫出了对方的名字。

一段被深埋的记忆在方涵的心头开启，那一刻，他终于知道总是在心底召唤他的声音是什么了。

凌晨时分的南港寂静得可怕。

关闻泽将枪上了膛，闯进了多人把守的仓库，枪声回荡在天际，仅仅数枪，看守的黑衣人便都倒在了地上。关闻泽没有伤他们的性命，只是击中了他们的腿。他收起枪，朝着一个封闭的集装箱走去。

"不许动。"身后的冷喝令关闻泽停下了脚步。

关闻泽扭头，看见了蒋海扭曲的脸和手里的枪口。

"滚开。"关闻泽的嘴里吐出了两个字。

"果真是好枪法，每一枪都打中了他们的膝盖。"蒋海不由得赞叹，"早就想和你交手了，看来时候到了。"

关闻泽将手探到腰间，几乎与蒋海同时开枪。这一轮交手，两人都躲过了子弹，关闻泽再次扣动扳机时，弹匣空了。蒋海扬起嘴角，将枪丢到了远处："我不占你便宜，来吧！"

关闻泽立即飞身踹去，蒋海不躲不闪，任凭关闻泽踢在他的胸口上。这一脚几乎踢断蒋海的肋骨，但天生没有痛觉的蒋海只退了两步，便即刻还击，抓住关闻泽的腿将他甩了出去。

关闻泽在空中稍作调整，恢复平衡后撞在墙上，落地时立即站了起来，然后蹬墙而出，一拳砸在蒋海的脸上。蒋海的嘴角溢出了鲜血，踉跄两步才站稳，愈加兴奋地朝前冲去，掐住了关闻泽的脖子。关闻泽顺势扭过蒋海的手腕，用力一扯，"啪嗒"一声，蒋海的手骨折了。

蒋海怒号一声，还想再攻，但力不从心，虽然感觉不到疼痛，但手骨折后，已经使不上力。

"住手！"这时，一道铿锵有力的声音阻止了发狂的蒋海。

关闻泽望着拄着龙头拐杖的恭临城徐徐走来，皱起了眉头。

"小泽啊，我给过你机会，但你为什么总是不听话？"恭临城走到集装箱前，打开了门，"你要救的人已经不在这儿了。"

关闻泽看着黑漆漆的集装箱，失落至极。

"这些年，你虽为猎手，但从不猎杀警方的线人和卧底，我不强迫你，因为我知道你不想杀戮；你奉我之命，以'声音'的身份与警方密切交流，但我从不干涉你向他们提供的情报内容，因为我知道，你只会向他们说我想让他们知道的，而不会背叛我。"恭临城说出了真正的"声音"的身份，"甚至几个月前，猎手名单被窃后，方涵与你见面，我都睁一只眼，闭一只眼，也是因为我相信你是一个听话的好孩子。"

关闻泽突然有些慌张："我没有向方涵透露你的身份，是他自己怀疑的！"

"我相信。我'照顾'着你最重要的人，你怎么会背叛我？"恭临城走到关闻泽的面前，轻抚他的头，"许久不见方涵了，他的精神状态还好吗？"

关闻泽低下了头："时而暴躁，时而阴冷。"

"你们都去治伤吧。"恭临城一声令下，蒋海和所有黑衣人都相互搀扶着离开了，他这才继续说，"你是不是很疑惑，为什么我认得方涵，方涵却只知道'天叔'的代号，不知道我的身份？"

关闻泽沉默着。

"我一直在挑选可以与该死的警方对抗的接班人，方涵是最令我满意的目标。"恭临城叹了一口气，述说起了往事，"曾经我见过他，但我隐藏了自己的容貌。这些年，他苦苦寻找孟萧的踪迹，目的就是找出我的身份。他想报仇！"

"报仇？"

"他加入暗光后，和王雅卓自立一派，与我们争夺猎手，三番五次阻碍我的部署，目的就是将我揪出来，彻底将暗光据为己有，再与警方对抗。"恭临城倒吸了一口凉气，"这些年，我看着他逐渐强大，总会问自己，要不要在他长成参天大树之前，掐灭他。"

"你怕他仍是警方的卧底？"

恭临城摇头："太多人改变了他的命运轨迹，有孟萧，有我，但也有警方。比之我和孟萧，或许他更痛恨警察。孟萧是我最信任的人，我全程见证了方涵沦为精神'标准化病人'，他已经回不去了，只会是警方的敌人。"

"那你在怕什么？"

"这些年，方涵在暗光如鱼得水，从只身一人逐渐成长为足以与我匹敌的猛兽。我怕他超越我，然后杀死我！"恭临城的语气忽然释然，"但我总会死，如果出现了一个比我更强大的人来接替我，我死而无憾！"

关闻泽不明白恭临城为什么对他说这么多。

"几年前，孟萧突然不辞而别，我少了一个最有力的猎手，更少了一块心头肉。他与我有故交，我可以死，但我决不允许他死！"恭临城向关闻泽下达了命令，"去东南亚，找到孟萧，并保护他。"

此时此刻，关闻泽并不想离开南港。

"如果孟萧死了，我会让你想救的人陪葬！"

关闻泽的心头一紧。

几个月前，猎手榜榜首的身份曝光。

方涵拦住关闻泽。

方涵打量了关闻泽许久，笑道："当年我还是卧底，执行任务的时候，意外落水，记忆中，一个青年将我救了起来，原来那人是你。那时候，你才十几岁吧？你奉命救我，看来我对'天叔'来说很重要。"

关闻泽与方涵对峙着，一言不发，这是他第一次如此警惕。

"我一直在寻找'天叔'，现在大致有了些许推测。"方涵走到关闻泽面前，"恭临城年纪那么大，半只脚踏进了棺材里，还不肯消停吗？"

"你是来杀我的？"

方涵摇头，邪笑着："不，我是来逼你的。"

"没有人可以逼我。"关闻泽冷漠道。

"是吗？"方涵饶有兴致地说，"你十几岁那年，关乙死了，从此你离家出走，这个世界上唯一的亲人只剩一个母亲。听说你最痛恨毒品，但仅仅是因为她染了毒，抛下你和关乙，随毒贩子跑了？"

关闻泽的心中一凛："你想说什么？"

"我花了点功夫查了查。你的母亲的确染毒了，可是染毒的过程却很蹊跷，恐怕她突然失踪不是因为和毒贩子跑了。"方涵的每一句话都在关闻泽的伤口上撒盐，"你的母亲被人控制了，你不得不被训练成强大的人型武器替他卖命。无论那个人是不是恭临城，他可以逼你，我也可以。"

"你想知道他的身份？"关闻泽的眼底泛起了杀意。

方涵丝毫不惧，摇头："只用你探知他的身份真是大材小用。不需要你，我也能够查出'天叔'是不是恭临城。"

"你想干什么？"

"与你做个约定。如果我能够救出你的母亲，你就加入我这一派，替我对抗'天叔'。"方涵说出了自己的目的，"将来对抗警方。"

"如果我不答应呢？"

"你的母亲在'天叔'手中尚且能苟且偷生。如果你不答应，我也会救出你的母亲，但我不敢保证她是死是活。"方涵狂妄地大笑。

"你这个疯子！"直至此刻，关闻泽才彻底明白，方涵是比恭临城更加可怕的怪物。

清万，天黑得很晚。

朱晓与众人来到了齐佑光找到的那片树林，林子里开满了金链花。朱晓问孔末："你为什么觉得这地方可疑？"

"我在齐大夫拍的照片里发现了一片被压倒的杂草。"孔末取出照片，对比了位置后，来到了一棵高大的树下，"就是这儿。"

众人顺着孔末的指尖望去，果然，树下有一块长和宽各三米的方形区域，区域内的杂草都弯了腰，显然被久压过。

"方形？"包一倩摸着下巴狐疑道，"是什么东西能把杂草压成方形？"

"地垫或坐垫。"朱晓推测道，"按照齐大夫对尸体致命伤的推测，石头是从五米高的地方砸落的，那就是树上。一般人不会长时间在一个地方停留，除非有人引侬蓝到此，并准备了地垫，招待她坐下，她才不会频繁移动。"

包一倩抬起头看着枝繁叶茂的大树："叶子这么茂密，如果把石头藏在树上，倒是不容易被发现。但是，二三十斤的大石是怎么抱到树上去的。就算事先用梯子抱到了树上，侬蓝到这里来之后，凶手总得招待侬蓝吧，否则侬蓝不至于见到坐垫就挪屁股上去，那凶手是怎么从树上推下大石头的？"

齐佑光觉得有道理："除非凶手有两个人，一个人招呼侬蓝，另一个在树上将石头推下来。否则，凶手招呼侬蓝坐下后，再上树推石头，一定会被怀疑。"

"你们太死脑筋了。"朱晓抱着树干往上爬，"有空多学学物理！"

朱晓抬头观察大树，找到方形区域正上方一根粗壮的树枝，爬到树枝上后，细细摸索了一番，找到了两个约有小指粗细的螺旋孔。他对着树下打了个响指："找着了，这就是第一案发现场。"

孔末细想后，问树上的朱晓："朱队，您在树上找到安装定滑轮的痕迹了吗？"

朱晓跳了下来，拍了拍手："不错，树干上有可疑的螺旋孔，与某种型号的螺丝钉匹配。如果凶手想省力且随时控制大石头的话，那个装置最有可能是定滑轮。"

定滑轮本身不省力，但可以改变力的方向。人由于生理结构，向上推举一块大石头不易，但用定滑轮将出力方向由向上改变为向下，便能适应人的出力习惯，达到省力的效果。

朱晓推测，凶手事先在树干上安装了定滑轮，将大石头用绳索绑紧后，借定滑轮之力，将其升到了树上，隐藏在繁茂的树叶里，随后又将垂到树下的绳索固定在树干的后方。依蓝来到此处后，被凶手招待，坐在地垫上。而后，凶手借故起身，迅速到树干后砍断绳索，巨石就此砸落，要了依蓝的命。

"坐垫宽大，血迹全溅在了坐垫上。事后，凶手只需要拆下定滑轮，取走绳索、巨石和地垫，就不会在此处留下太多痕迹。"朱晓说，"咱们到周围找找，看有没有带血的大石头。"

朱晓和大家一直找到天黑也没找到。

"依蓝是年轻女生，不会随便接受陌生人的邀约。如果凶手的作案过程如我们所推测，那他很可能是依蓝的熟人，或者是她信得过的人。"范雨希说，"查一查她的通信记录。"

朱晓又掏出依蓝的手机，发现近几天，依蓝只与父母有联系，而社交账号上的最后一条信息便是与伦威的交谈。

"凶手会不会把记录删除了？"包一倩问道，"要不，找警察去通信运营商那儿查查？"

"不行。"朱晓摇头，"T国不比国内，都说警长与侬蓝一家有仇，所以才草草结案，除非我们抓到凶手，并将其带到警察局去，否则就是去碰钉子，自找麻烦。"

"还有一个方法。"孔末看向包一倩，"需要你的帮助。"

"我？"包一倩立马兴奋，"除了开车，我还有其他作用呢？"

"凶手要转移尸体，并且没有在草地上留下任何血迹，证明车子距离坐垫很近。"孔末打开手电筒，在地上巡查了一番，找到了两条狭长的车胎印，"这是草地，车胎印记不明显，等到了泥地就明显了。"

众人沿着狭长的草印子一直往前走，终于发现了泥地。从这里经过的车辆不多，孔末很快便根据草印子的延伸轨迹，锁定了目标车辆的车胎印。

包一倩蹲下身，根据车胎的深度，立马做出了推断："草地到泥地有一个大坎，是个正常人都会减速。减速的情况下，在相对泥泞的泥地里留下这种深度的车胎印，可以判断车辆的重量在1700公斤至1800公斤之间。"

齐佑光夸奖："这都能判断出来？"

"熟能生巧，我开的车比你吃的米还多。给我把尺子。"包一倩往前挪了几步，量过后说，"目测车胎的规格是225/45R18，车身长度在4700毫米到4900毫米之间，宽度在1800毫米至2000毫米之间，再看车胎上的褶子，我想我知道是什么车了。"

"什么车？"朱晓赶忙问。

"这车不便宜，在咱国内需要三四十万呢。"包一倩嘿嘿一笑，说了一个车辆的型号。

孔末提议道："小希不是怀疑伦威吗，咱去他家看看有没有包一倩说的车。"

几个小时后，众人摸黑来到了伦威的餐厅外。夜深人静，街头一个人也看不到。包一倩一眼就看见了停在餐厅外的那辆小汽车："就是这辆！"

车子看上去很干净，像是刚洗过不久。朱晓打量着小汽车，靠近后透过车窗往里扫了一眼："包一倩，你能开车锁吗，我想验车。"

"要是装备齐全，没问题。"包一倩旋即摇头，"但这是T国，你让我怎么开，警报一响，咱都得蹲号子去。"

　　朱晓摸着胡楂儿，有了决定："明天，咱想办法开了伦威的车。要是他真用这车运过尸体，任凭他怎么洗，我也能还原血迹！"

　　"您想用发光氨进行显血反应？"齐佑光猜到了朱晓的心思，"可是，咱上哪儿弄鲁米诺试剂？"

第 6 章
车型

赵彦辉年轻时，接到了潜伏至犯罪团伙内部的任务。

"欣桐，我得走了。"赵彦辉拉着恋人的手，无奈道。

陈欣桐的手不经意地放在平坦的小腹上，紧张地问："去多久？"

赵彦辉摇头："不知道，可能几个月，也可能几年。为了你的安全，从今天开始，我不能见你了。"

陈欣桐咬着下唇，像是做了重大的决定："我有事要告诉你！"

"有任务。"赵彦辉听见对讲机突然响了，立即起身，取过外套匆匆忙忙地穿上，"什么事？"

陈欣桐的眼角湿润，话一出口，换成了几句叮嘱："诸事小心！"

赵彦辉的心头一热，搂过她："对不起。等我回来，我们结婚！"

陈欣桐不断地点头："不要担心我，我等你。"

赵彦辉走至门外，回头不舍地望了陈欣桐一眼，最终离去。陈欣桐坐在空荡荡的小屋里，再次轻抚小腹："孩子，等爸爸回来，你就该出生了。"

陈欣桐没有告诉赵彦辉，她怀了赵彦辉的孩子。她知道，赵彦辉的任务很危险，稍有不慎，就将丧命。她不愿意在这时候为赵彦辉平添挂念。

陈欣桐也没想到，此次一别，竟是永隔。

多年之后，赵彦辉恢复警籍，成为南港警界的英雄。出租屋里早已经换了新住客，陈欣桐没有朋友，没有亲人，他发了疯似的满世界寻找陈欣桐，却怎么也找不到了。

赵彦辉甚至不知道，他有一个孩子。

家家有本难念的经。

范雨希又一次梦见了惨死车下的范巧菁，醒来时，眼角噙着泪水。沈氏探馆里十分吵闹，她下楼，看见大家正面红耳赤地争吵着。

朱晓拍着胸脯保证："沈探，您放心，只要您把鲁米诺试剂给我，凶手就可以落网，您就等着收钱！"

沈探摇头："这是我的压箱宝，你们就不能不用吗？"

包一倩气得差点儿掀桌："又要马儿跑，又要马儿不吃草，您做梦呢？"

沈探抱着手里的瓶子，依然摇头："我就剩这一瓶了，要是你们搞错了怎么办？"

齐佑光也开口了："沈探，我们不会搞错的。"

沈探这才依依不舍地把瓶子递给齐佑光："齐大夫，我最信你，你可别浪费了！"

大家拿到鲁米诺试剂后，立即离开了沈氏探馆。路上，孔末见范雨希失魂落魄的，便走到她身边，笨拙地拉过她的手，结结巴巴地说："死女人，我……你……"

范雨希心头一暖，没将手抽回去："不用担心，我没事。"

包一倩回头一瞄，乐呵呵地偷偷问朱晓："这两个人谈恋爱了？"

"我也搞不懂这丫头怎么会喜欢上一个暴躁的家伙。"

"我倒是觉得这个孔末招人喜欢些。"包一倩说了自己的想法。

"你是什么时候瞎的？"

调侃声中，他们来到了伦威的餐厅，小汽车就停在餐厅外。今天是休息日，伦威的餐厅没有开业，店外难得地不见排队的客人。

"我打听过了，伦威的妻子马蒂经常回自家探亲，今儿是休息日，他们应该会出门。"朱晓拉过行李箱递给齐佑光，"齐大夫，靠你了。"

齐佑光挠了挠头，鼓足勇气："希望我的演技好一点儿。"

没过多久，伦威和马蒂出了餐厅，果真要上车了。齐佑光拖着行李箱经过，假装崴了脚。伦威和马蒂热心地上前搀扶，齐佑光死乞白赖地请求伦威夫妇送他一程。

包一情搓着手臂："齐大夫还是适合当医生，这演技尬得我起了一身鸡皮疙瘩。"

这时，齐佑光突然回过头，对众人隐晦地做了一个手势，大功告成了。

伦威开启了后备厢，齐佑光搬行李时，趁他们不备，撒了半瓶鲁米诺试剂进去，而后上了车，坐到了汽车的后座上。

朱晓望着车子走远："再过不久，就该真相大白了。"

齐佑光坐在汽车后座上，又偷偷地往座椅上撒了不少鲁米诺试剂，等了许久，也不见有反应。他找了个理由，中途下车了。后备厢开启的一刹那，他愣住了。

朱晓等人与齐佑光会合时，问的第一句话便是："怎么样？"

齐佑光摇头："没有出现显血反应。"

朱晓头痛道："难道我们找错了？"

孔末已经切换了人格："如果尸体在车上待过，任凭凶手将尸体包裹得如何严密，抛尸时，不可能一滴血都没滴在车上。"

包一情突然自责："怪我。"

"不怪你，我相信你的判断，车型不会错。"朱晓的手托着下巴，"大概凶手也开了一辆相同型号的车。"

齐佑光取出快要见底的瓶子，担忧道："咱们怎么向沈探交代？"

"还剩一些试剂，咱们只有一次机会了。"朱晓瞄着瓶子，"找一个一样的瓶子，往里面灌点水，还给沈探，就说咱们没用。"

孔末拍着范雨希的肩膀："小希，就算伦威和这起案子没有关系，我们也不会放弃调查刚波的。"

范雨希叹息着点了点头。

众人的调查思路中断了，垂头丧气地回到了沈氏探馆。沈探正坐在屏幕前，目不转睛地看着花边新闻。包一倩将脸凑上去："看什么呢？"

"网络上有个自称是伦威前女友的人爆了伦威的料，说他们之所以会分手，是因为伦威出轨了。"沈探兴致勃勃地说着，打开了爆料者的社交账号，"人红是非多，这姑娘简简单单一句没头没尾的爆料，竟也能在网络上引起热搜。"

爆料者的社交账号里满是首饰和奢侈品包包的照片。

沈探咋舌："这姑娘的日子过得挺滋润。"

沈探无意间滚动鼠标，放大了一张车子的照片。包一倩大惊："她也开相同型号的车！"

朱晓立马夺过鼠标，寻找爆料者本人的照片。可惜爆料者只在社交账号上发布生活的日常，没有露面，无法查知身份。

"可惜'蜘蛛'不在了。"包一倩惋惜道。

"我来想办法。"朱晓信誓旦旦地说。

赵彦辉进了南港支队的档案二室，小心翼翼地翻出了一本档案，档案上赫然列着众多线人的资料："猫""影子""蜘蛛""轮胎""解药""机器"……

档案二室只有赵彦辉和朱晓能进，钥匙则只有赵彦辉有。

赵彦辉确认档案完好无损，放好后，才出了档案二室，丝毫没有察觉白洋正在一处角落死盯着他。

赵彦辉回到办公室，恰巧接到了江军的电话。

"听说朱晓在T国碰到了案子？"赵彦辉问，"和范雨希母亲遇害案有关？"

"怎么，担心他破不了？"江军笑着问。

"虽然他是你的徒弟，但在T国，一没警力，二没技术，不得不令人担忧啊。"

"现在的警察太过依赖警力和技术，不比从前啊。"江军回答，"不过放心吧，一代总比一代强。他们不行，还有高人指点呢。"

"朱晓出去许久了，暗光大概反应过来了。"赵彦辉突然严肃。

江军说："想必很快就会派猎手前去追杀。"

"那咱就断了暗光的左膀右臂！"赵彦辉的心中有了决断。

江军换了个话题："你找到她了吗？把名字和信息告诉我，或许我能提供一些帮助。"

"不用了，私事而已，不好随便调动警力。"赵彦辉叹了一口气，看着忽然响动的手机，"如果今儿还探不出消息，那便算了，欣桐会理解我的。"

赵彦辉挂断电话后，拿起了手机："喂？"

"赵队，许久没见您来小酒馆了，我备了好酒。"

"今晚见。"

赵彦辉刚挂断电话，没想到手机又响了，是朱晓打来的。

"赵队，和您商量件事，我想申请用一下国内的技术队。"朱晓笑嘻嘻的声音传来。

赵彦辉乐了："你小子，前阵子不是把我骂得死去活来的，现在有事来求我，就这么没脸没皮了？"

"嗨，都是警察，工作上的冲突是难免的，是我有眼无珠，看错了您。"朱晓继续拍马屁，"我这儿是真的需要技术队。您不知道，'双喜'让我找一个姓沈的华人侦探，我要用他的情报网，就得先接近他，替他打工。而且，这起案子的犯罪嫌疑人和害死范雨希这丫头母亲的凶手有关系。"

"别说了，你自个儿想办法，国内的技术队没法儿查国外的案子，你连规矩都不懂，副支队长白干了？"赵彦辉拒绝了。

朱晓不依不饶地继续请求，赵彦辉竟直接把电话挂断了。

朱晓在门外结束通话后，正要进沈氏探馆，撞上了恰好出来的孔末。

"您和谁打电话呢？"孔末问。

朱晓遮掩道："我申请到了国内的技术队协助。"

孔末拆穿了朱晓的谎："他们不会同意的，他们在这儿没有办案权。"

朱晓一时语结，赶紧闪身进了探馆，走到电脑前，登录了自己的邮箱："用不了多久，这人的信息就会传过来。"

果然，半个小时后，一份详尽的文档传进了朱晓的邮箱。

爆料者是一个二十五岁的T籍女人，名为桑尼，居住在清万，无业。资料附有桑尼的照片，看上去妖媚漂亮。除此之外，桑尼的家庭住址、家庭关系和电话号码也都被列在了资料里。

"可以啊，技术队的技术不比'蜘蛛'差！"包一倩夸奖。

孔末沉着脸站在众人身后，只有他知道这不是技术队的功劳。

"桑尼，家境一般，父母靠捕鱼为生，她自己又无业。"朱晓觉得奇怪，"她的经济实力不足以支撑她在社交账号上展现出来的奢侈生活。"

"有没有办法查一下她的资金来源？"包一倩问。

朱晓通过邮件向对方求助，不久后，对方回复了：需要一点时间。朱晓又一次打开了桑尼的社交账号，发现她又发了一条最新的动态：我即将在明天公布一条关于伦威的重磅消息。

"干等着也不是办法，走，咱们去桑尼家附近打听一下。"朱晓带着大家离开了沈氏探馆。

这时，沈探从内堂走了出来，看着众人离去的背影，摇了摇头："给了他们这么明显的提示，破案速度还这么慢，还得磨炼磨炼，不然哪斗得过暗光啊。"

沈探来到电脑前，登录了自己的邮箱，"双喜"发来了邮件：尽快告知他们王雅卓的下落。

沈探的手在键盘上敲击：还不是时候。

"双喜"很快回复了：近期我会前往T国。

沈探关闭了电脑屏幕，神色凝重："一时间，都跑到我这儿来了。"

夜晚，赵彦辉如约来到了小酒馆，进门时，一个将自己裹得严严实实的人撞上了他。对方道了几声歉后，慌忙逃走，远离小酒馆后，在胡同里见着了白洋，将从赵彦辉身上偷得的钥匙串递给了他。

白洋接过钥匙，笑道："听说你受了重伤。"

吴点点摘下帽子，将苍白的脸露了出来，虚弱地回答："死不了。'毒姐'会拖住赵彦辉，你尽快去偷档案吧。"

白洋瞄了一眼手表："等队里的人走得差不多了，我就动手。区区几个值夜班的警察不是我的对手。"

吴点点又递给白洋一张船票："得手之后，立即逃吧，去T国，等候命令，蒋海已经动身，去与他会合。"

"知道了。"白洋在草丛里取出了一个箱子，箱子里装满了自制气枪、自制炸弹和诸多稀奇古怪的武器。

吴点点忍不住多瞄了几眼："'武器库'之称果然名副其实。"

距离此处几百米的小酒馆里，灯光昏黄。赵彦辉照旧上了酒馆二层，刚坐下，井娅便婀娜多姿地端来了热酒。

赵彦辉笑道："你给我准备的酒当真是越来越贵了。"

"赵队，您想喝多少，就喝多少，哪能向您讨钱？"井娅赔笑道。

"你知道，我从不欠人酒钱。"赵彦辉端过一杯酒抿了一口，"井娅，你是不是该告诉我欣桐的下落了？"

"赵队，您别急啊！"

赵彦辉忍不住拍桌："我在你的酒馆里整整喝了五年酒！你到底想拖到什么时候！你的酒馆被小混混儿骚扰，我第一时间派人解决；你向我推荐白洋，我毫不犹豫地让他进了协警小组，甚至你现在和暗光扯上了关系，我还睁一只眼，闭一只眼，替你赶走了朱晓，你到底要我怎么样！"

井娅连忙给赵彦辉倒酒："不是我不说，是欣桐不想见您。"

赵彦辉的眼眶湿润："她过得好吗？"

"她很好。"井娅却在心里冷笑。

"她不肯见我，哪怕和我通一通电话也好！"赵彦辉又往嘴里猛灌了一口酒。

几年前，井娅突然找上了赵彦辉，自称是陈欣桐的朋友，替陈欣桐传话，让赵彦辉不要再找她了。为了让赵彦辉相信，井娅还奉上了一张与陈欣桐的合照。这几年来，赵彦辉时常光顾小酒馆，试图探知陈欣桐的下落。

几个月前，杨荣曝光了"毒姐"的身份。赵彦辉万万没有想到，井娅竟是暗光与犯罪团伙的中间人。赵彦辉在心底推测，井娅未必真的是陈欣桐的朋友，只不过弄了一张不知从哪里得来的照片，接近并利用他。他更是担忧，井娅会以陈欣桐的安危来威胁他。

"罢了，我不再指望你了。"

井娅倏地错愕："什么意思？"

"井娅，你太低估我的决心了，也太低估欣桐了。"赵彦辉突然站起身，"虽然我不知道欣桐为什么不辞而别这么多年，但即使她被你们要挟了，作为我的女人，她早就做好了牺牲的准备。"

井娅微微一愣，隐隐约约听到了警笛的声音，顿时跳了起来，掏出毒枪，做好搏斗的准备。

"你与白洋、吴点点等人涉嫌窃取警方机密、杀害警方线人和卧底，我代表警方，正式逮捕你们！"赵彦辉义正词严道。

"老家伙！"井娅的凶相毕露，"你一直在我面前演戏！"

南港支队里很安静，仅剩几名值夜班的警察，白洋提着箱子来到了档案二室。见四下无人，他取出钥匙串，很快打开了门。

白洋的嘴里咬着一支手电筒，没敢开灯，蹑手蹑脚地在档案二室里摸索着。没过多久，他发现了一份用档案袋密封的可疑档案。他迅速从架子上取下档案，撕开密封条，取出了里面的资料。

白洋翻开资料的一瞬间，瞳孔骤然收缩，大呼："糟了！中计了！"

档案里的资料空白一片，什么也没有。

突然，一大批警察破门而入，白洋从箱子里取出自制气枪，破窗跳下，刚落地，便发现大批警察全面武装，将他包围。

　　白洋不得不又一次进入了支队大楼，迅速切断了电源。

　　"白洋，你已经被包围了，放下武器，出来投降！"

第 7 章
勒索

深夜，一场惊心动魄的大战正在南港如火如荼地展开。

南港支队一而再再而三地喊话，但白洋手持自制气枪，躲在楼道里，不肯缴械投降。终于，南港支队开始突击，大批警察闯入楼内，没想到，他们刚一进门，一颗自制榴弹便落到了脚下。

"退后！"带头的警察当机立断，带着众人迅速退后。

"轰"的一声，爆破声几乎震破众人的耳膜。还好警察们反应及时，没有伤及性命，只是受了些皮外伤。此次交锋后，警察们不敢贸然进攻，与白洋开始了漫长的对峙战。

不远处的酒馆内，井娅早有防备，毒枪打在赵彦辉的防弹衣上后，她掀开桌子，跳下了连通酒馆一层的暗道。赵彦辉急忙下楼追击，但井娅已经蹿出了酒馆，一辆久候的小车忽然驶到酒馆外，接走了井娅。

匆忙聚拢而上的警察纷纷开枪，可一时之间，子弹无法击穿车身和防弹玻璃。小车肆无忌惮地朝着阻拦的警察撞去，警察们不得不飞身躲避。赵彦辉带着警察上车想要追击，这时，酒馆内传来了惊天巨响，火辣辣的风浪袭来，爆炸声震耳欲聋，掀翻了好几辆警车。

吴点点驾车，带着井娅火速逃离现场，紧张之下，胸前的伤口裂开，鲜血淌了一车，直至没见警察驱车追赶，才找了一处安全的地方停车，联系了恭临城。一个小时后，恭临城与她们在岸口见了面。

恭临城一巴掌打在井娅的脸上，井娅不躲不闪，强忍着脸颊发肿的疼痛，低头求饶："恭爷，对不起，我，是我没看透赵彦辉！"

恭临城的声音阴冷："白洋呢？"

"我做了两手准备。白洋事先在酒馆里安装了遥控炸弹，吴点点驱车在酒馆周围埋伏，这才得以突围。"井娅跪在地上，"白洋身上携带了自制的武器，一定也可以逃出来。"

"你还不算笨到没救。"恭临城的脸色这才好看了几分，"等白洋突围，你们一同前往T国。"

"关闻泽和蒋海已经动身，我们三个离开南港，您怎么办？"井娅担忧地问，"您不是说，方涵已经怀疑您了吗？"

零序猎手失踪，小R已死，井娅五人再离开，猎手榜上的十名猎手仅剩三名，井娅担心方涵会趁机对恭临城下手。

"今夜之后，警方必然会对你们下发通缉令，我们没有选择。放心吧，猎手榜外还有许多可以用的人。"恭临城紧紧地攥着龙头拐杖，"王雅卓是方涵唯一在乎的人，找到她就等于扼住了方涵的喉咙，必要时刻，我会将剩下的三名猎手也派去帮你们。"

一旦恭临城亲自动用猎手榜外的猎手，又有许多人会知晓他的身份。井娅万万没有想到，恭临城竟打算破釜沉舟了。

岸口的大船蠢蠢欲动，众人等候了二十分钟，一身狼狈的白洋终于赶到了。他按照事先与井娅商量的应急预案逃到此处，与之会合。白洋看见恭临城时，顿时傻了眼。

"白洋，这些年，你的行动，恭爷都看在眼里。恭爷愿意让你知晓他的身份，代表非常信任你。"井娅说。

"能从南港支队突围，果然有手段。"恭临城赞不绝口，"不要辜负我对你的期望！”

白洋躬身：“是！”

众人登上了船，白洋双手抓着围栏，盯着岸港的方向，直至再也看不见恭临城，才取出手机，向一个号码发去了消息。

远在另一处小岛的方涵收到了信息，嘴角露出一抹邪魅的笑：“恭临城，果然是你。”

桑尼的父母常年居住在海边，捕鱼卖鱼，供他们在曼口市上学的儿子维持生活，因此，桑尼总是一个人住在老街上破旧的房子里。桑尼的家门外停着一辆与伦威家一样的小汽车，显得格格不入。

住在老街里的大部分是上了年纪的老人。朱晓打听了老人们对桑尼的评价，不少人眼见她每天背着昂贵的包、戴着金灿灿的首饰、开着价格不菲的车出门，认为她在风俗店工作，或是傍上了大款。几年前，桑尼的确与一个穷酸的小伙子谈过恋爱，但是后来分手了，见过这个穷酸小伙子的人不多。

朱晓拿出伦威的照片让老人们辨认，老人们不上网，自然不知道伦威是谁，但一眼就认了出来，伦威正是桑尼的前男友。

桑尼自称是伦威前女友的爆料不假，他们在一起时，伦威还只是一家餐厅的伙计。但是，伦威为什么会与桑尼分手，并娶了马蒂，众人打探不出来。

朱晓等人结束了一天的调查，回到了沈氏探馆歇息。他刚躺下，便得到了国内的消息，猛地坐了起来，将几人召至房内，惊呼：“支队对暗光动手了！”

范雨希惊讶道：“抓到人了？”

“井娅的酒馆发生了爆炸，她和吴点点趁乱逃走了。白洋被堵在南港支队，但不知他从哪里弄来的榴弹、烟幕弹和自制气枪，强行掳走一名警察充当人质，跑了。”朱晓激动道。

“说白了，就是一个人也没抓到呗。”包一情浇了一盆冷水。

范雨希疑惑道：“‘天叔’的身份还没查清，南港支队为什么这么着急部署抓捕行动？”

朱晓的脑海里浮现出恭临城老谋深算的面孔，犹豫了一会儿，还是决定继续隐瞒，说："赵彦辉不是一个莽撞的人，他这么做应该有他的道理。暗光是京港两地联合调查的犯罪团伙，这么大的决定，京市不点头，他不敢胡来。"

孔末细想了片刻："看来警方有我们不知情的打算。"

"老朱，这么多年，你白混了。"包一倩挖苦朱晓，"原来你也只是替人卖命，一问三不知的虾兵蟹将。"

朱晓的心底有了盘算："南港警方接连对关闻泽、蒋海、吴点点、白洋和井娅发出了通缉令，国内是待不下去了，恐怕他们会偷渡出国。"

范雨希听到关闻泽的名字，皱起了眉头。

朱晓劝说："丫头，警方之所以一直没抓关闻泽，是想引更多猎手出来。现在警方对他动手了，甭管你和关闻泽是什么关系，也甭管他有什么苦衷，若是遇上了，我们不能手软。"

范雨希不知该怎么回答。

"遇上？"包一倩一惊，"他们会来T国？"

"一纸通缉令拆穿了我和赵彦辉演的戏，暗光能存在这么多年，定有手段，差不多该查到咱的行踪了。"朱晓看向窗外的夜色，"他们偷渡出国后，恐怕会第一时间向咱报复。"

"那怎么办！"包一倩心急如焚。

"尽快让沈探帮我们找到王雅卓，然后离开这里。"朱晓说，"在同一个地方待得越久，我们就越危险。"

"那咱得尽快破案，才能讨他的欢心。"包一倩下定决心，"好了，接下来咱就专心破案，我不再和他斗嘴了。"

天亮后，朱晓终于收到了邮件。

桑尼的银行账户被破解，近年来的资金往来记录被整理成表格，列在了邮箱里。这些年，几乎每个月，她的银行账户都会多一笔金额不小的资金，按照当地的收入水平计算，她每个月得到的资金相当于精英阶层一个多月的工资。

给桑尼转账的账户都是同一个，截至三个月前，那个账户忽然不再给她转账了。她平日的开销巨大，每次一收到钱，就将钱取出来挥霍一空，因此，她的账户余额没剩多少。

"有查到是谁在给桑尼汇款吗？"范雨希问。

朱晓将手机屏幕下滑，对方账号的主人信息也被查到了："是伦威！"

孔末立即想到了一个可能性："勒索。"

"别急，再看看。"朱晓又点开了邮箱里的另一份文档，"哟呵，真让人省心，竟然黑进了伦威的社交账号。"

文档里贴着近两年来伦威的社交账号的所有聊天记录，最顶端的一条便是与桑尼的对话。

几条消息是几天前。

桑尼："如果你再不给我打钱，我就将你的秘密公之于众！"

伦威："你就像一个贪婪的黑洞，填不满，喂不饱，你要得越来越多，我不想再被你威胁了！"

桑尼："你会后悔的！"

朱晓凝重道："还真是勒索。"

还有几条消息是昨晚的。

桑尼："你出轨的消息已经传开了，你考虑好了吗？"

伦威："你真卑鄙！"

桑尼："我早就说了，你会后悔的。我再给你一天的时间考虑，如果再不给我转账，明天我就真的公开你的秘密，让你身败名裂！"

伦威："我会立刻给你转账。"

桑尼："我要你一口气给我转二十年的钱。"

伦威："你疯了，我一口气拿出那么多钱，马蒂会怀疑的！"

桑尼："那是你的事。"

"伦威究竟有什么把柄在桑尼的手上？"包一倩纳闷儿，"出轨？几年前，他们又没谈婚论嫁，就算伦威移情别恋，也不至于身败名裂。难道是指他的特殊癖好？"

昨天的交谈，伦威与桑尼不欢而散，桑尼在社交账号发了消息，预告今天将有猛料，此时，无数双眼睛正紧盯着屏幕。不过，截至目前，桑尼还没有行动。

朱晓继续翻看伦威的社交账号，其他对话框都是与粉丝之间的交谈。很快，他发现了疑点：伦威从来只和带有清晰头像的女粉丝交谈，死者侬蓝赫然在列。

朱晓一一查看聊天内容，发现每隔一个星期，伦威就会主动从社交账号的评论中选取一个漂亮姑娘的账号与之私信，通知对方被抽中，约对方见面。

"伦威太恶心了！"包一倩咒骂道，"他美其名曰是为了保护粉丝的隐私，不公开被抽中的粉丝信息，原来是怕大家知道他专挑女粉丝下手！"

"去问问齐大夫，侬蓝身上有没有被性侵的迹象。"朱晓打发包一倩去找齐佑光。

两分钟后，包一倩回来了："虽然侬蓝的胯下被砸烂了，但是齐大夫确定，她没有遭到侵犯。"

孔末提醒："如果侬蓝手臂上的针孔是被伦威抽血留下的，而伦威往食材里加入的不知名调味品刚好又是侬蓝的血，那侬蓝很可能遭到了她自己也不知情的'精神性侵'。"

突然，沈探吆喝着走了过来："你们听说了吗，刚刚伦威和马蒂去了警察局，局里的熟人告诉我，他们好像是要报案。"

朱晓一怔："难道伦威不堪勒索，向警方报案了？"

"朱队，我们去找桑尼吧，我总觉得有大事要发生。"孔末提议。

一艘大船停靠在了岸口，蒋海在岸边等了许久，终于等来了井娅等人。井娅刚下船，便问起关闻泽的下落。

"我怎么知道，你指望他和我待在一起？"蒋海不屑道，"你们在南港闹出那么大的动静，连累我也被通缉，真是没用。"

井娅的脸色阴冷："赵彦辉和朱晓比我们想象中的要厉害。就算没有昨晚的动静，你和关闻泽也跑不了，警方早就盯上你们了。"

白洋扶着伤未痊愈的吴点点，打断了二人的对话："我们去哪儿？"

井娅猜测："他们语言不通，携带的现金不会太多，若是在T国没有个照应，待不了几天。"

蒋海笑道："我打听了一下，清万有个姓沈的华人侦探，颇有名气，倒不是因为他查案厉害，而是因为他人脉广。你们说，朱晓要在茫茫人海中找到王雅卓，会不会去找他求助？"

"走，去会会他。"井娅决定，"正好我要到清万杀一个人。"

井娅等人不知道的是，他们刚下船，行踪就被远在清万的沈探知悉了。沈探对着电话说："李可，警方下了好大一局棋，让他们逃到T国来了。"

李教授轻声回答："你怎么知道是警方故意让他们逃出去的？"

"任凭他们各怀绝技，也不过区区数人。调查暗光的行动由江军和赵彦辉主导，朱晓带领一批优秀的线人执行，又有你的协助，警力充足，你们若不松口，他们逃不出来。"沈探的心中有了推测，"你们想在这儿将他们一网打尽？"

"东南亚之行是揭开暗光面纱的关键，我们不得不把战场挪到那儿去。"李教授冷静地说，"这几个猎手十分危险，你要小心。"

"该来的总会来。"

朱晓等人来到了喧闹的老街。桑尼打扮得青春靓丽，正要开门上车，包一倩鲁莽地冲上前，佯装无意地将果汁洒在了她的身上，性格张扬的桑尼立时开口怒斥。

包一倩不断道歉，目送桑尼回家换衣服，得手之后，对众人招手："搞定了，她进去得匆忙，忘了锁车。"

朱晓取出仅剩不多的鲁米诺试剂，打开桑尼汽车的后备厢，刚要往里面撒，警笛声响彻整条老街。他不得不带着大家撤离到远处，连后备厢都忘记关了。

不久后，桑尼换好衣服从家中走出来时，警车将这里包围住了。数名警察冲上前去将桑尼摁倒在地上，任其挣扎和叫嚣也不松手，还取出手铐将她铐上了。

包一倩咋舌："不就勒索吗，至于搞出这么大动静吗？"

围观的人群指指点点，忽然有警察抱来一大瓶不知名液体倒进了桑尼汽车的后备厢。朱晓远远地望向后备厢，竟然看见后备厢里发出了荧光。

"人真的是桑尼杀的！"包一倩压着嗓子说。

朱晓和孔末却眉头紧蹙，不约而同地都不发言。

桑尼被押上了警车，桑尼的车也被警察开走了。

"桑尼有犯罪动机吗？她向伦威勒索，为什么要杀害伦威的粉丝？"范雨希疑惑道，"鲁米诺试剂的检测结果一定准确吗？"

齐佑光回答："鲁米诺试剂会与排泄物发生反应，发出的光与和试剂遇血发出的光相同。因此，如果桑尼的车运载过排泄物，也有可能出现显血反应。"

"她没事用车载排泄物干什么？"包一倩想不明白。

"桑尼是个体面的人，恐怕不会容忍车上有排泄物。"范雨希推测。

"其实很简单，我们只要等一等，看警方放不放人，就知道车上的究竟是不是伦蓝的血了。"齐佑光想了想，解释道，"鲁米诺试剂的优点颇多，血迹被鲁米诺试剂处理过后，含有的DNA并不会被破坏掉。警方回去的第一件事应该就是提取DNA比对，如果对不上，自然会放人，反之，桑尼就是凶手。"

"老朱，你在想什么？"包一倩的手在朱晓发愣的双眼前晃了晃。

"我在想警方怎么知道桑尼是凶手。"朱晓锁眉深思。

"不错。"孔末应和道，"我们都以为伦威报的是勒索案，但是警方一来就拘捕了桑尼，还事先准备了鲁米诺试剂，直接往桑尼汽车的后备厢泼去。会有这么巧的事吗？"

"你们的意思是伦威报的是杀人案！"包一倩捂着嘴，"他不是被勒索方吗，怎么换成他握有桑尼的把柄了？"

第 8 章
丑闻

次日，清早下起了大雨，空气里弥漫着奇怪的味道，又湿又热。桑尼非但没有从警察局走出来，反而成了新闻上播报的"落石案"的凶手。警察局没有对外透露侦查细节，不允许任何人探视桑尼，朱晓等人推测警察局在证据确凿且名人伦威施压的情况下做出了这个决定。

侬蓝的家属将发腐的尸体抬走下葬，以沈氏探馆并未破案的理由拒绝支付酬金。沈探眼见到嘴的鸭子飞了，大发雷霆，差点儿将朱晓等人赶出沈氏探馆，朱晓认为此案还有蹊跷，于是向沈探保证，两日内一定给他一个交代，否则立马卷铺盖走人，齐佑光好说歹说地求情，暂时浇灭了沈探的怒火。

范雨希又一次来到伦威的餐厅排起了队。

"死女人，如果找到刚波，你会怎么做？"孔末替范雨希撑伞。

范雨希木讷地摇头："我也不知道。"

"不要做傻事。"孔末坚定地说，"让我来做！"

范雨希的眼眶发烫，感动不已。孔末经历了这个世界上最令人绝望的恶意，明明身陷泥潭，却依旧愿意为范雨希做不计后果的事。自两人相识，拌着嘴一路走来，她知道，尽管孔末时常表现得稚拙，却是范巧菁死后，为数不多这样真心待她的人了。

范雨希和孔末排队三个小时后，得以入店用餐。伦威戴着厨师帽，穿着厨师围裙，照常在透明玻璃围成的后厨工作。范雨希和孔末紧盯着伦威，当听到街道上的垃圾车吱喝时，伦威忽然放下手里的菜刀，摘下手套，离开了后厨。

一分钟后，伦威的手里提着一个黑色的袋子，又顺手取了后厨几个装满厨余垃圾且透明的垃圾袋，他走到餐厅外，将多袋垃圾扔上了垃圾车。

"餐厅里的垃圾袋都是透明的，那个黑色的袋子有问题。"范雨希警觉道。

伦威又进了后厨，洗了手后继续切菜，范雨希刚想起身，孔末按着她的肩膀让她坐好："我去。"

孔末离开餐厅几分钟后，范雨希借机找了个服务员，佯装八卦地询问起伦威的亲眷和朋友。

伦威的父母碌碌无为，却有一副热心肠，生下伦威不久后，又从街上捡了一个小孩儿，小孩儿的年纪比伦威小，是弟弟。伦威一家悉心抚养伦威和弟弟长大，直到二老去世。弟弟的名字正是刚波。两兄弟长大后，伦威找了一家餐厅当伙计，刚波则出国做生意。伦威成名后，刚波也赚得盆满钵满，荣归故里。所有人都以为寒门接连出了了不得的两兄弟，但是，刚波回到T国后，沉迷女色和赌博，很快便将财产挥霍一空，不得不靠伦威的救济度日，大约每个月都会来餐厅找伦威要钱。

范雨希无比愤怒，她比谁都清楚刚波赚的是不义之财。

"这个月，刚波来过了吗？"范雨希艰难地理解着服务员错误百出的英语。

"还没有。"

范雨希停止了询问，决定不打草惊蛇，而是守株待兔。她没料到，服务员去后厨时，被伦威叫住了。

"那个中国女人和你说了什么？"伦威问。

服务员老实回答："问了您和刚波的一些事。"

伦威的心里一沉，将工作交给打下手的，之后来到工作间，给刚波打去了电话。

"哥哥，我没钱了，今天去找你。"刚波接起电话便说。

"不，别来！"伦威紧张道，"有个中国女人在我的餐厅打听你。"

刚波吃了一惊："就一个人吗？有没有警察？"

"我记得这个女人是第二次来用餐。为了保险起见，你到曼口去躲一躲。"

刚波不情愿："我刚交了一个女朋友，不想去曼口。"

伦威火冒三丈："这是你闯的祸！"

几年前，刚波带着一笔巨款回到T国。伦威知道刚波有几斤几两重，不相信他能发家致富，硬是逼问出了实情：他在中国接了一单特殊的"生意"——开车"无意"撞死一个女人。按照当地的法律，因交通事故致人死亡且没有逃逸，肇事司机不需要坐太久牢。刚波出狱后，得到了酬金，逃回了T国。

"好吧，但我没有钱了。"刚波伸手要钱。

"我会给你转过去。"伦威觉得头痛，这些年，他不仅要应对桑尼变本加厉的勒索，还要供养只知吃喝玩乐的败家弟弟。

"我找个晚上过去拿现金吧。"刚波纳闷儿道，"不知道为什么，银行把我的账户冻结了。"

"沈探，我们已经按照您的吩咐，向银行申请冻结了刚波的账户。刚波这小子有个那么有钱的哥哥，竟然还死赖着不还钱！感谢您的帮助！"

沈探得到回复后，挂断电话，伸了一个懒腰，走到了大堂。就在几天前，他主动找到了清万的一家奢侈品店，提供了免费的催债服务。

范雨希和孔末已经回来了，此时正和齐佑光等人交谈着。

孔末拦下那辆垃圾车后，将黑色袋子取了回来。袋子里装满了玻璃瓶子，瓶子里的调味品都已用完，一点残渣都不剩，看上去已经被冲洗过了。

齐佑光戴着手套取出其中一个空瓶子，用鼻子嗅了嗅："闻不出来。"

　　"这瓶子一定有问题。"朱晓推断，"正常人用完调味品，怎么会将瓶子清洗得这么干净才扔。"

　　"我们剩下的那点儿鲁米诺试剂该起作用了。"齐佑光说着，将试剂一一倒入了多个瓶子里。

　　没多久，瓶子里散发出微弱的荧光。

　　"看来我们猜得不错，伦威在直播中使用的调味品是血。"朱晓说。

　　"不是说鲁米诺试剂也会与排泄物发生反应吗？"包一倩一脸嫌弃，"伦威什么都敢吃，会不会吃屎喝尿？"

　　"一般的排泄物不是红色的，我再拿去鉴定一下。"齐佑光带着空瓶子走进了内堂。

　　此时，朱晓的邮箱收到了一封邮件，竟是桑尼的社交账号的密码，邮件后面的署名是"机器"。

　　"'机器'？怎么看着像线人的代号？"包一倩疑惑道，"你又招揽了像'蜘蛛'那样的黑客高手？"

　　"朱队，您不是说帮您的是技术队吗？"孔末问。

　　朱晓一时答不上来，懊悔不应该当着大家的面点开邮件。为了不被探知位置，每一次与他通过邮件联系时，"机器"都会更换不同的邮箱账号，邮件后面的署名是证明身份的唯一标志。

　　"先登录上去看看吧。"范雨希察觉到气氛的不寻常，出面解围。

　　朱晓像抓住了救命稻草，立即登录了桑尼的社交账号，在草稿箱里发现了一条事先录制好但还未发布的视频。视频是桑尼通过前置摄像头录制的，时长大约十分钟。

　　朱晓打开视频后，屏幕里的桑尼说话了："大家好，我是桑尼，是伦威的前女友。今天，我要向大家爆料伦威不可见人的秘密。"

　　"原来这桑尼提前录好了曝光猛料的视频。"包一倩俯着身子，直勾勾地看着屏幕，"伦威没给她钱，她原本应该是要公布的，可惜被抓了，没来得及。"

桑尼通过视频诉说了她与伦威恋爱和分手的经过。他们在一起的时间不长，只有几个月的时间，那时，伦威还在餐厅当伙计。

"我们之所以分手，是因为伦威出轨了！精神上的出轨！"桑尼痛斥。

几年前的某一个夜晚，伦威工作的餐厅即将打烊，店内的最后一个客人是一个长得漂亮的女人。女人用餐时，摔碎了碗，割破了手，桑尼去找伦威时，正巧看见伦威热心地替女人擦拭和包扎伤口的一幕。

女人道谢后离开，伦威迫不及待进了后厨，丝毫没有察觉到走进餐厅的桑尼。接下来的一幕令尼桑又惊又呕：伦威居然对着沾满女人鲜血的白布，扒光了自己的衣服。

桑尼撞破伦威不为人知的癖好后，便愤怒地与他分手了。后来，伦威突然火爆网络，桑尼一眼就认出伦威使用的调味瓶里的红色调味品是人血。

"看来齐大夫的分析是对的，伦威以人血作为调味品进行烹饪是为了满足自己怪异的癖好。"朱晓说，"伦威不堪勒索，于是向警方举报，阻止桑尼将不可告人的秘密公之于众。"

"桑尼未必是凶手。"范雨希看着视频里的桑尼说，"视频右上方标注了录制时间，这段视频是桑尼被捕前一天录的，那时候，命案已经发生，我在她的微表情里看不出任何杀过人的迹象。"

"虽然证据确凿，但这起案子的确还有疑点。"朱晓撑着下巴分析，"桑尼的犯罪动机是什么？而且，伦威通过私密的方式抽选女性粉丝，就算桑尼每天蹲在餐厅外等着，进出餐厅的人那么多，她是怎么知道侬蓝的？而伦威又是怎么知道桑尼杀人的？"

众人愁眉不展时，沈探把脸凑到了屏幕前："你们看什么呢？"

沈探的手不经意地按在了键盘上，朱晓来不及阻止，草稿箱里的视频突然被发送了出去，短短两秒，播放量就破万了。

沈探挠着脑袋，愣愣道："我是不是做错了什么？"

下午，朱晓让"机器"查出了一年来被伦威选中的二十多名粉丝的身份和地址，然后带着众人一一前去拜访。

伦威本就是一个饱含争议的网络红人，被沈探误发的视频霎时在网络上引起了轩然大波。有的网友相信桑尼的爆料，你一言，我一语，变着花样咒骂伦威；有的网友则选择相信伦威，指责桑尼是为了蹭伦威的热度。

伦威的餐厅临时歇业，门外围满了娱乐记者，但伦威暂时没有做出回应。

视频已经广为流传，朱晓决定将错就错，深入地挖掘一下伦威的丑闻。

目标分布散乱，众人分头行动。范雨希率先找到了一名伦威的女粉丝，名叫凯莉。凯莉住在清万为数不多的别墅区里，才刚成年不久，一听范雨希此行的目的，便紧张地朝四处张望，压低声音轰人："你走！"

凯莉见范雨希时，手上拿着小提琴，身上穿着严严实实的衣裳。范雨希根据凯莉的家境、穿着和反应，推测她的家教森严。

"如果你不愿意和我谈一谈，我就去找你的父母。"范雨希像是吃定了凯莉一样。

无奈之下，凯莉只好带着范雨希进了自己的房间，关上门后便哭诉："求你了，不要告诉我的父母！"

"伦威是不是抽了你的血？"范雨希直截了当地问。

凯莉神情紧绷地点了点头："但我不知道他是用来做那事的。"

"落石区死了一个女人，警方抓到了一个犯罪嫌疑人，但我觉得她不是凶手。"范雨希问，"死者和你一样，是伦威的粉丝。你有察觉伦威的不正常吗？"

凯莉摇头："伦威以习惯为由，抽了我一管血，并且要求我保密。之后，我们再也没有见过。"

"你愿意揭发伦威的丑闻吗？"范雨希说，"我怀疑伦威和命案有关系。但他是个名人，又与警察局有交情，我们需要把事情闹大。"

凯莉立即拒绝了。她觉得自己受到了精神上的奸淫，一旦站出来，不仅父母会震怒，人们也会觉得她不再纯真。

范雨希掏出手机，发现伦威在社交账号上发布了公告，声称桑尼含血喷人。她将手机递给凯莉："他对你做了这么恶心的事，难道你不想让他付出代价？"

凯莉咬着下唇，犹豫了。

"我有个办法，你以匿名的形式在网络上将他的丑闻曝光。"

凯莉仍有顾忌："要是惹恼了他，他将我们所有人的信息公布出来怎么办？"

"别担心，交给我！"

傍晚，范雨希等人接连劝说了近二十名伦威的粉丝通过匿名的形式在网络上发帖，指责伦威，其中有一名女粉丝还发布了当初为了留作纪念而用手机偷偷录下了与伦威见面的场景，其中正有伦威哄骗她供血的过程。

伦威的声明在众多铁证面前显得苍白无力，他恼羞成怒，想要将这些人的社交账号曝光。然而，当他登录社交账号查看聊天记录时，竟连一条消息也找不到了。他面如死灰，气得将电脑砸了。

天快黑时，包一倩驾着车朝着沈氏探馆开去。

"朱队，'机器'可以啊，竟然连社交账号的聊天记录都能删除。"包一倩的心里乐开了花，"他的女粉丝都改了昵称和头像，没有聊天记录，伦威一定找不着她们。"

"你离探馆最近，先回去吧。"朱晓在电话里说。

包一倩挂断电话后，在人来人往的街道上慢慢行驶。天上下着雨，饶是驾驶技术炉火纯青的她都不敢开得太快。就在小车马上要开到沈氏探馆时，包一倩突然发现了一个撑着伞的女人，是吴点点！

包一倩惊得险些撞上吴点点。

吴点点重伤未愈，唇无血色，与车内的包一倩对视。

包一倩刚想倒车逃走，又反应了过来：当夜救走朱晓等人时，她将自己包裹得严严实实，吴点点不可能知道她的身份。于是，她若无其事地探出脑袋，用刚学的T国语道歉。

吴点点不耐烦地走到一边，给包一倩让了路。

包一倩不敢把车开回沈氏探馆，而是停在了隔壁的风俗店。她急急忙忙掏出手机，正想给朱晓通风报信时，突然从后视镜看到了齐佑光的身影。

齐佑光正站在沈氏探馆外，与一个女人交谈着。两分钟后，女人走了，她转过脸时，包一倩认出对方来，是井娅！

夜色混着雨丝，弥漫在清万的街道上。

范雨希和孔末回来了，包一倩将他们拉上了车。

"你真的看到了井娅和吴点点？"范雨希问。

"千真万确！"包一倩捂着跳动的胸口，"井娅还和齐大夫交谈了很久。你们说，齐大夫会不会是猎手？"

孔末取出了随身携带的匕首，做好了战斗的准备。

"朱晓呢？"范雨希问。

"和我通完电话后，就联系不上了，可能手机没电了。"包一倩担忧地问，"怎么办？就算齐大夫不是猎手，井娅向他打听我们，他一定没有防备地将我们供出来了。"

几人交谈着的时候，突然有人敲了敲车窗，警觉的孔末踢开车门，将匕首架在了对方的脖子上。

"你干什么！"来人惊呼。

孔末定睛一看，发现来人是沈探，这才收起匕首。

包一倩骂道："你走路时怎么没有声音！"

"你们把车停在风俗店干什么？"沈探坏笑地问，"都想进去玩玩？"

"齐大夫呢？"范雨希试探性地问。

"替我打扫探馆呢，你们赶紧进来吧，缺人手。"沈探说，"对了，刚刚我经过伦威的餐厅时，好像看到你要找的人了，好像是被催债的人追到那儿的。"

"刚波？"范雨希的心猛地一沉。

第 9 章
怨念

清万的夜雨越下越大，包一倩被沈探拉回探馆时，齐佑光不见了踪影。

"刚刚还在这儿呢，哪儿去了？"沈探四下找人，只找到了一张纸条，念了出来，"我去曼口一趟，两天后回来。"

"他到这儿来应聘一定有问题！"包一倩嘀咕着，暗自摸索到了齐佑光的房间外，发现没上锁，便推门进去。

齐佑光爱干净，住进沈氏探馆后，将房间打扫得整整齐齐。包一倩打开衣柜和抽屉，发觉齐佑光连行李都没来得及收拾，更是起了疑心："井娅和吴点点刚到清万，他就走得这么急，其中一定有鬼！"

包一倩继续翻动，没找到可疑的东西，正要出门，目光忽然瞥到了床底。她突发奇想，将手伸进了黑漆漆的床底，很快便摸到了坚硬的东西，拖出来一看，是一个小箱子，箱子上了锁。

包一倩在抽屉里找到了一柄小锤子，将锁砸烂后，打开了箱子，清凉的白气顿时扑面而来。这不是普通的箱子，箱底装有蓄电池，可以为箱子提供冷藏的功能。箱子里装着许多颜色各异的药剂瓶，瓶子上印着她看不懂的英文符号。她细细数了一下，一共有近五十支手指大小的药剂瓶，每一个密封的瓶子里都装着不知名的药水。

"该不会是毒药吧？"包一倩说着，用袖子将手裹上，"看老娘怎么毁了这些东西！"

包一倩在齐佑光的房间里折腾了快一个小时才出来，这时朱晓恰好回来了。

朱晓的身上湿漉漉的，将衣服脱下，拧出了一摊水："范雨希和孔末呢，还没回来吗？"

"找刚波去了。"包一倩拉过朱晓，"你听我说，齐佑光可能是猎手！"

想不到朱晓只揪住了前半句话："什么！"

沈探走了过来，补充说："听说刚波是伦威的弟弟，欠了一屁股债，被人家逮住了，硬逼着他找伦威要钱。这会儿，他俩应该到伦威的餐厅了。"

"你怎么能让他们去找刚波！"朱晓斥责包一倩，"范雨希和他有什么深仇大恨你不知道吗！孔末呢，现在是哪个孔末？"

包一倩从未见朱晓发这么大的火，顿时傻住了："能打的那个。"

"糟了，糟了！"朱晓连忙往外跑去，"开车，去找人！"

入夜后，伦威的餐厅外，记者全都散去，又有新的一波壮汉堵在了这里。不久前，壮汉们抓住了赊账数月的刚波，将他带到这里来向伦威要债。伦威将刚波接进了家里，壮汉们给了伦威面子，在门外等候他们取钱。

屋内，刚波跪在伦威的面前："哥，救救我！"

伦威怒上心头，一巴掌打在了刚波的脸上："怎么连你也给我惹麻烦，还嫌我不够烦吗？"

刚波捂着脸哀求："我也不知道我欠了那么多。哥，你一定要帮帮我！"

马蒂坐在一边，心里堵得慌。当年，出身豪门的她顶着家族的压力和伦威结婚，替伦威一家偿还债务，已经让家族十分不满，后来，虽然伦威成名，但成名的方式令家族不屑。好在二人生活无忧，即使不被家族认可，倒也不会逼得二人离婚。可刚波却时刻扰乱二人的生活，时不时伸手要的钱足以在清万买上十几栋大房子了。

伦威透过窗子看着楼下虎视眈眈的壮汉们，心软了："我会替你还钱，你现在就走吧，去曼口，等风头过了再回来。"

刚波不断点头，摸了摸藏在腰间的枪："我会小心的。"

伦威将刚波扶起来，递给他一张银行卡："省点花，我自身难保，这是我最后一次给你钱。"

刚波不解地问："哥，你怎么了？"

伦威没有回答，将刚波送下楼。餐厅的门一开，壮汉们便聚拢了上来。

"放刚波走，我替他还钱。"伦威向众人保证。

刚波战战兢兢地朝前走，见没有人为难他，立刻开溜。就在此时，范雨希和孔末突然从人群里蹿出来，准备朝前追去，伦威立刻将孔末拦住，马蒂见状，也将范雨希拉住。

"滚开！"孔末轻轻一推，伦威撞上了餐厅的落地窗，砸碎了玻璃。

范雨希趁马蒂愣住之际，扭过她的手腕，弱不禁风的马蒂顿时痛得哀号。范雨希无意间瞥见了马蒂手掌上条状的擦伤，此时伤口已经结痂了。

二人轻而易举地摆平伦威和马蒂，朝着刚波离去的方向追去。

没过多久，警笛响了起来。壮汉们慌张无措，不知是谁报的警，为首的壮汉立刻拨了一个电话："警察来了！"

"是我报的警。"沈探的声音传来，"你们又不犯法，怕什么。去警察局，当着警察的面，让伦威还钱，这样才赖不了。"

"一定要去警察局吗？"壮汉不太情愿。

"当然了。"沈探在心里说了没说出口的话：不去警察局怎么破案？

包一倩和朱晓赶到时，听说警察带走了一大批人，不知其中有没有范雨希和孔末，担忧之下，二人又把车开到警察局去了。警察局外的停车场停着两辆一模一样的车，一辆是桑尼的，作为证据，由警方保管，另一辆是伦威和马蒂的。警察对壮汉们不留情，但对伦威夫妇十分客气，允许他们自行驾车到警察局。

朱晓和包一倩守在警察局外，不断地给范雨希和孔末打电话，但两人都没有接。一个小时后，范雨希终于回电话了。

朱晓得知范雨希和孔末没有被抓，非但没有放心，反而更加紧张："你们去哪儿了？"

"我们在火车上。"范雨希老实回答，"刚波上了前一班火车，我们只能坐后一班火车去找他。"

"胡闹！"朱晓气得直咬牙，"你们去哪儿，我去找你们。"

"我不能亲眼看着杀害妈妈的凶犯逃走，不用担心，我们会小心的。"范雨希挂断电话前，向朱晓汇报，"我在马蒂的手上发现了呈'一'字形的擦伤。"

朱晓放下电话时，伦威和马蒂正巧从警察局出来，上车之际，包一倩的瞳孔里映着的车灯闪烁了两下。

包一倩愣愣地问："老朱，是我眼花了吗？"

朱晓凝重地摇头："不是。"

清万的火车站口，蒋海问身旁的井娅："我没看错吧？刚刚上火车的两个人是范雨希和孔末？"

井娅点了点头："是。"

蒋海摩拳擦掌："得来全不费工夫！"

"孔末可以杀，但范雨希不行。"井娅警告道。

"我怎么敢动'天叔'的心肝宝贝。"蒋海的眼底掠过狡黠的光，"他们追的就是你到清万要杀的人？"

井娅不再回答，带着蒋海上了火车，同时给吴点点传去信息："我们到曼口一趟，朱晓和他的线人很可能还留在清万，通知白洋，发现后立即动手。"

正在旅馆里给自己换药的吴点点收到信息后，穿上衣服，来到隔壁的房间，正要敲门，忽地听见门里传来的说话声。吴点点取出随身携带的听筒，将耳朵贴到了门上。

"我们已经抵达清万，但还没发现朱晓一干人的踪迹。"

吴点点以为白洋正在向恭临城汇报，但再一想，觉得不对劲，白洋才刚刚得知恭临城的身份，怎么会绕过她与井娅，直接与恭临城联系，于是继续往下听。

"恭临城下了死命令，除了范雨希，其他人都要死。"

吴点点听到这儿，双目顿时瞪得溜圆，正要离开，一柄尖刃穿破木门，抵在了她的喉咙上。

"听够了吗？"白洋打开门，将气枪对准吴点点的脑袋。

吴点点怒道："你是方涵的人！"

白洋扬起了嘴角："你也不算太笨。你们想不到吧，猎手榜上的猎手竟然也被渗透了。"

吴点点的汗浸透了衣裳，眼珠四下转动，想着法子逃走，但是面对一个行走的"武器库"，却不敢轻举妄动。

"另一派太过弱小，斗不过我们的，白洋，我劝你考虑清楚！"吴点点劝说，"你当真敢杀我？我死前与你在一起，你不怕'毒姐'起疑吗？"

"我不会杀你，只是要委屈你了。"白洋说着，将吴点点敲晕了。

雨夜逐渐深邃，关闻泽冒着雨来到了沈氏探馆，门上的灯笼散发着红光，一个穿着雨衣的人影正在门前扫水。

"你是沈先生？"关闻泽问。

"我是个侦探，你可以叫我沈探。"沈探放下扫帚，将头上的斗笠扶正，"来向我打听消息的吧？话先说好，我收费很贵，只收现金，不刷卡。"

"范雨希在这儿吗？"关闻泽没有贸然走近，心中总觉得此人不简单。

一辆车疾驰而来，车上的朱晓看清了关闻泽的面孔，嘱托包一情不要露面后，下车唤道："关闻泽，我劝你不要一错再错。"

就在不久前，朱晓收到了"双喜"发来的情报："关闻泽夜探沈氏探馆。"这才匆匆赶回来。

"扰人生意！"沈探抱怨着，拿起扫帚继续扫水。

关闻泽缓缓走向朱晓，朱晓不躲不闪，这已经不是他们之间第一次近距离接触。比起其他猎手，关闻泽并没有让朱晓感觉到危险。

"小希呢？"关闻泽问。

朱晓与他对视："你觉得我有可能会告诉你吗？"

"我要保护她。"

"怎么保护？"

"将她藏起来，等一切过去。"关闻泽淡漠地回答。

朱晓用手戳着关闻泽的胸口："你自身都难保，凭什么觉得能保护范雨希？"

关闻泽感受到朱晓话里有话："你知道些什么？"

"恭临城是'天叔'，是不是？"朱晓问。

关闻泽沉声："你把你的推测告诉了我，不怕我报信吗？"

"关闻泽，我看错过很多人，但是我确定，我不会看错你，范雨希那丫头一直相信你有迫不得已的苦衷，我也相信。"朱晓笑了笑，"就算是为了范雨希的安全，你也不会把我们今晚的交谈透露给其他人。"

关闻泽不打算与朱晓纠缠下去："她在哪儿？"

"如果你立即回国自首，我可以考虑告诉你。"朱晓说。

关闻泽摇头："暗光的水深不见底，就算如你所说，抓了他，你以为所有事情就结束了吗？"

朱晓拿捏不准关闻泽话里透露的信息："所以，恭临城到底是不是'天叔'？"

关闻泽没有回答。

"你的意思是暗光不止一个头目？难道暗光有两派？"朱晓的心中有太多的疑问，"曾经你对我说过，你救过方涵。暗光为什么要抓他，他是死是活？死，尸首在哪里；活，人在何处？他的恋人王雅卓为什么能够自由行动，她和你们是一伙的？她来东南亚的目的是什么？"

"所有的纷扰都与我无关，我只要两个人平安。"关闻泽面无表情地说道，"只要她们平安，我会自首。"

朱晓隐隐地觉得，关闻泽之所以守口如瓶，是受制于人，否则，他们不会是敌人。雨下得太大了，他们之间的交谈被淹没在雨声里，没有任何人听得见。

突然，沈探摘下了斗笠，冲着天空感叹道："不知道曼口是不是也下雨了。"

清晨的曙光洒进车窗，行驶了一夜的火车终于在雨停下来的那一刻抵达曼口。范雨希淋了雨，发起了高烧，行走无力，孔末背着她下了火车。

"把我放下来，去打听一下刚波的下落。"范雨希把嘴凑到孔末的耳边。

"死女人，先去看医生。"

"不要。这事对我很重要。"范雨希拒绝。

孔末拗不过，只好把范雨希放下，用手对火车站里的摊贩比画刚波的长相。摊贩店里的电视正播报着关于伦威的新闻。今天一早，伦威通过网络直播间承认了自己异于常人的癖好，向所有支持他以及被他冒犯的粉丝道歉，并宣布从此退出网络直播间，注销社交账号，不再出现在公众的视野中。网络的讨伐声并没有随着社交账号的注销而停止，反而愈演愈烈。侬蓝的家属无法接受女儿死前遭受伦威精神上的侵犯，召集了不少人堵在伦威的餐厅外，一时之间，伦威成了比被警察局羁押的桑尼更令侬蓝家属痛恨的对象。伦威的餐厅也宣布关店，替刚波偿还完巨额的债务后，不少知情人爆料他的存款所剩无几了。丑闻一经证实，马蒂的家族也与伦威划清界限，甚至不认亲生女儿马蒂，以此捍卫家族信誉。短短几日，伦威从网络红人沦落为过街老鼠，人人喊打。

孔末终于打听到了刚波的下落，回去背起范雨希，朝着一家旅店走去。

"刚波下了火车后，被一家风俗店的皮条子拉去了。"孔末说，"风俗店隔壁就是旅馆，我们先住下。"

"我想去找他。"

"他在风俗店里，不准去！"孔末强硬道，"你放心，我不会让他跑了。"

孔末背着范雨希离开火车站二十分钟后，井娅和蒋海也下了后一班火车。

蒋海打听到刚波的下落后，笑道："一到曼口就进风俗店，我很好奇，你为什么要杀这么一个东西。"

朱晓起了个大早，细细地琢磨着沈探的那句话："难道他们去了曼口？"

包一倩忍不住插嘴："您还真的把他说的话当成高人指点了？你看看他，像是高人的样子吗？"

此时，沈探正坐在电脑前看着趣味视频，一边笑，一边扒饭，感受到包一倩的目光后，放下碗筷，问："你不是觉得案子有蹊跷，承诺两天内给我一个交代吗？今儿就是最后一天了，齐大夫又不在，我看谁还能替你说话！"

包一倩心想猎手们逐一找上门来，齐佑光又身份可疑，立即怒道："还真当老娘爱待在你这儿了！走就走！"

朱晓赶紧拦住包一倩，低声下气地说："沈探，您放心，经我调查，这起案子的确有蹊跷。"

"哦？"沈探问，"哪里蹊跷？"

"您想想看，第一案发现场是种满金链花的树下，落石区是凶手的抛尸现场。凶手把尸体转移到落石区的目的是制造意外的假象。可是，如果只是为了制造假象的话，死者已死，凶手顶多再往头上砸几下，就已经足够了，为什么要再挑另一个位置砸？"朱晓反问。

沈探不耐烦："有话直说。"

"我们都以为凶手傻，用两块大石头反复砸击尸体，但有没有想过，凶手是对侬蓝报有很深的怨念，这才忍不住反复砸击尸体。"朱晓分析，"据齐大夫鉴定，死者胯下遭到砸击的次数是头部的两倍。可见尸体的小腹及胯下部位绝不是凶手突发奇想、随意选择的一个位置，而是引发凶手怨念的器官。"

　　"你的意思是凶手不仅要依蓝的命，还要毁掉死者的胯下和小腹的器官？"沈探咋舌，"为什么啊？"

　　"胯下的器官往往代表'性'。"朱晓说，"桑尼不是凶手，凶手另有其人，而且，我已经知道是谁了。"

　　"是谁？"

　　"伦威的妻子，马蒂！"

　　"不对啊。"沈探反驳，"桑尼的车不是铁证如山吗？"

第 10 章
复开

警察局内，桑尼正在接受审讯。

"案发当天，你在哪里？"警察问。

桑尼努力地回忆了一番，回答："开车去了乡下。"

"谁能证明？"警察的眼神里充满了怀疑。

"乡下人很少，我找不到人证明。但是前一天，我在社交账号上说了，第二天要去踏青。"桑尼十分慌张，怎么也没想到会涉嫌杀人。

警察不屑道："前一天说，第二天就一定会去吗？我有理由怀疑你想故意制造不在场证明。"

桑尼欲哭无泪："警官，我真的没有杀人，在看新闻报道前，我甚至不知道侬蓝是谁！"

"那你怎么解释你车里的血迹？"警察冷冰冰地例行讯问，"经警方鉴定，车内的血迹确实是侬蓝的。"

"我不知道。"桑尼抽泣着，"一定是有人盗了我的车！"

"你购买车时，配了两把遥控车钥匙，一把由你随身携带，一把放在家中，没有被盗。经我们检验，汽车也没有被强行撬锁启动的痕迹，能使用你的车的人只有你自己。"

桑尼一时语结，只能号啕大哭。

"如果你没有不在场证明，会被我们彻底认定为凶手。"警察站了起来。

桑尼突然想到了行车记录仪："你们查一查行车记录仪就能知道，那一天我确实去了乡下！"

"现在，咱们要解决的问题是桑尼的车上为什么会有血迹。伦威已经身败名裂，无法向警察局施压，但桑尼仍然没有被释放，可见她没能说明白车上为什么有血迹，也一定给不出不在场证明。"朱晓坐在电脑前，翻动着桑尼的社交账号。

"那车上的行车记录仪的记录一定被彻底删除了。"包一倩推断，"一般而言，被删除的行车记录可以被恢复，除非通过车载电脑，用技术手段才可能彻底销毁。难道马蒂是个精通电脑的高手？"

朱晓细细查看了一番，找到了桑尼第一次在社交账号上晒新车的照片，时间是两个月前，顺着照片往前翻，是一条向网友求助的购车咨询。朱晓又在聊天记录里找到了两个月前她与一个没有头像的账号的聊天记录。

这个账号像是两个月前刚注册的，匿名。这个账号通过私信向桑尼推荐了"清万车行"，还列出了一辆特惠车的价格，特惠车的车型与桑尼驾驶的车一样。

包一倩看了报价后，惊讶道："桑尼是通过非官方的车行买的车，车行给出的价格也太低了！"

"桑尼是一个爱慕虚荣的女生，买这辆车不过是为了满足虚荣心罢了。她的钱不是自己的，如果能花更少的钱买到相同的车，一定会被吸引。"朱晓揣摩着桑尼的心态。

"车行给的报价是白菜价，要么是车有问题，要么是有必须把车亏本卖给桑尼的理由。"包一倩回想桑尼的那辆车，"车的外观没问题，听发动机的声音也没问题。老朱，这个车行一定有问题。"

就在此时，沈探撑着伞从外面回来了，随手把一把崭新的车钥匙丢在桌上。

"哟，买新车了？"包一倩见到车钥匙就手痒。

"赚了点钱，改善一下生活。"沈探嘿嘿地笑道，"我去清万车行提了一辆新车。"

朱晓一愣，立马起身："清万车行？"

"怎么，你感兴趣？"沈探一屁股坐下，"清万车行是一个名叫西里的女老板开的，既修车，也卖车。西里是个女强人，在国外专修了汽修专业，回T国开了车行，听说，马上要在曼口开分店了。"

"沈探，马蒂和清万车行有关系吗？"朱晓越发觉得沈探不简单，问道。

"马蒂和西里是好朋友。"沈探抚摸着新车的钥匙，爱不释手，"说起马蒂，我刚去提车，还在车行里看着她了，好像是车出了问题，要找车行修呢。"

包一倩的眼珠子转了一圈，从沈探手里夺过钥匙："沈探，借你新车一用！"

包一倩拉着朱晓匆匆出了门，沈探追了出来："你们干什么去！"

"沈探，报警，抓真凶！"包一倩上了车，猛地踩下油门。

二人开车来到清万车行时，伦威和马蒂正默契地低头坐在休息室里，二人谁也没说话，身旁放着偌大的行李箱。

"我去找他们的车。"包一倩留下这句话，立即离开了。

朱晓找了紧挨着伦威和马蒂的沙发坐下，时不时地往马蒂的手掌心偷瞄，果然发现了一道结了痂的条状擦伤。他推测，那是马蒂紧拽通过定滑轮紧绑大石头的绳索时留下的。

大约十分钟后，包一倩回来了，压低声音告诉朱晓，马蒂的车停在汽修间里，看样子还没有被处理。

朱晓不动声色地点了点头："他们带着行李箱，应该是要离开清万。如果今天不拦着他们，恐怕一切证据都会被销毁。"

警方还没有赶到，包一倩瞄了一眼手表，抱怨沈探的动作太慢。就在这时候，有汽修员前来向马蒂和伦威确认汽修需求。包一倩竖着耳朵，尽管听不懂，但通过汽修单，隐隐约约推测出马蒂和伦威是想整车换锁。

马蒂签了字后，汽修员拿着单子正要离开，包一倩将他拦住，掏出手机，打开实时翻译软件，说："我遇到一种情况，麻烦替我解决一下。"

马蒂坐不住了："我们赶时间，先替我们处理。"

包一倩死皮赖脸地说："我很快！"

汽修员知道马蒂和他的老板西里关系密切，但包一倩死活不让他走，只得黑着脸问："请问您遇到了什么情况？"

"我发现，别人的车钥匙能开我的锁，发动我的车。"

汽修员想都不想："不可能。"

"怎么不可能？"包一倩嘿嘿一笑，"据我所知，所有的汽车厂为了节约成本，或是由于技术限制，在生产汽车的车锁和密码芯片时，会产生一钥多开或多钥多开的问题，也就是'互开率'的问题。"

汽修员有些错愕，没想到包一倩懂得这么多。

"通俗点讲，就是一把车钥匙能够打开和启动一辆以上的同类车，这是每个汽车生产商都几乎没法儿避免的问题。只要'互开率'低于市场标准，就被允许进入市场售卖。'互开率'本就极低，甚至好几万辆车里只会出现一次，加上汽车厂商会将能够互开的汽车调配到不同的区域售卖，所以大部分人不会遇到互开的情况，都以为汽车是一钥一锁。"包一倩解释时，看向了马蒂和伦威。

马蒂和伦威的脸已经黑了，显得坐立不安。

"精通汽修的老手完全可以通过技术手段，让一辆车与另一辆车互开。"包一倩走向马蒂和伦威，"二位，你们要整车换锁，难道恰好别人的钥匙能够启动你们的车？"

远处的警笛传来，马蒂和伦威慌乱地拖起行李箱朝前跑去，久候的朱晓将他们拦下。

包一倩大呼快意时，一辆越野车撞破汽修厂的落地玻璃，朝着她和朱晓撞来。包一倩和朱晓匆忙躲过后，眼看着马蒂和伦威被西里接上车，冲出了汽修厂。

曼口的天气炎热。

孔末将范雨希安置在旅馆后，转身进了旅馆旁的风俗店。店里灯红酒绿，一个个衣着清凉的女人对他抛着媚眼，露出大腿，不停地招手。他闻着空气里几乎要将人熏晕的香味，强忍着不适，换着房间寻找刚波的下落。

孔末的奇怪举动很快引起了风俗店的注意，几个大汉将他拦住，想将他轰出店外。他径直动手，轻松地将大汉们打翻在地。这时，惊呼声传开，不少女人和客人衣衫不整地从房间里跑出来，店内顿时乱成一团。

孔末盯着店内最后一间紧闭的房间，一脚将门踹开。门一打开，一柄坚硬的枪抵在了他的额头上。刚波穿着短裤，露着胸膛，警惕地与孔末对峙。屋内的女人顾不上穿衣服，吓得连滚带爬跑开了。

"你是谁！"刚波操着一口带着口音的汉语问。

孔末丝毫不惧的眼神令刚波心慌。

"是因为被我撞死的中国女人？"刚波的手发起了抖。

"你果然有问题。"孔末的眉头蹙成一团，"跟我走。"

刚波的手指放在了扳机上："那我就送你去见那个中国女人！"

孔末的眼前忽然浮现出范雨希无助的模样，顿时怒上心头，一拳打在刚波的手腕上，夺过枪，将他踢到了墙上。

刚波只觉得手骨都裂开了，撞到墙上的后脑处传来的疼痛令他哀号不已，迷迷糊糊趴在地上时，才终于知道他招惹了一个了不得的人物。

孔末没有给刚波喘息的机会，将他提了起来，又一拳打在他的鼻骨上。刚波的鼻孔冒出了热滚滚的血，他放弃了抵抗，高声求饶。

孔末拖着刚波回到了旅店，将他扔到了范雨希的面前。

范雨希撑着因病孱弱的身子走到刚波面前，心像被针扎一般痛楚："为什么杀我的妈妈？"

刚波一把鼻涕一把眼泪地给范雨希磕头："我是无意的！"

范雨希从身上掏出了匕首："你到现在还在撒谎。"

刚波的心提到了嗓子眼儿，仍在狡辩："我真的是无意的，求你原谅我！"

"原谅？"范雨希失声，"那是我的妈妈，你让我怎么原谅你！"

"我已经坐了牢，你的妈妈一定会原谅我的！"刚波用力地给范雨希磕头。

"请求原谅的话你亲自对她说吧！"范雨希尖叫着举起了匕首。

包一倩驾着车急速追截西里的车。

"必须在进入闹市之前拦住他们！狗急跳墙的人什么都干得出来！"朱晓看了一眼车载地图，一旦西里的车进入闹市，后果将不堪设想。

包一倩娴熟地拨动方向盘，惊险地通过一道狭长的急转弯。

当范雨希汇报马蒂手掌的条状擦伤时，朱晓就已经开始怀疑马蒂了。他真正确定马蒂是凶手，全因他和包一倩在警察局外看见的那一幕：马蒂和伦威在警察局解决了刚波的债务，按下车钥匙上车时，不仅自己的车灯闪烁了一下，被当作证物的、桑尼的车灯竟也闪烁了一下。

包一倩推测，因"互开率"问题，马蒂和伦威的车与桑尼的车可以通过彼此的车钥匙互相启动，但是，清万车行的出现令朱晓不得不揣测"互开率"是人为造成的，而非偶然。

朱晓推测出了这起凶案的全过程：马蒂为杀害侬蓝做了两手准备，一是制造落石意外，二是嫁祸桑尼。为了这起案子，马蒂从两个月前就开始秘密筹备了。载有尸体的车的确是桑尼的，只是开车的人却是马蒂。

"夜间，马蒂无法将侬蓝约出来，而白天，桑尼也时常用车，因此，马蒂和西里的杀人计划不能偷车，只能换车，让桑尼开马蒂的车，让马蒂开桑尼的车。于是，马蒂和西里索性通过技术手段，让两辆车可以互开。两辆车一样，只需要在车内稍做布置，再调换车牌，就能让桑尼认不出来。"朱晓分析道，"马蒂恐怕不认为被精神侵犯的女粉丝是受害者，反而觉得她们是荡妇！"

不远处，西里紧张地驾着车，车后的马蒂泣不成声，伦威哀叹："为什么要杀人！"

西里气不过，怒声道："还不是因为你！"

几个月前，马蒂发觉伦威行踪可疑，偷偷跟踪时，撞见他被桑尼勒索的一幕。

马蒂偷听了二人的谈话，得知伦威不可告人的癖好后，又震惊，又觉得遭受了背叛。她找西里求助，西里气得劝她离婚，并揭穿伦威。可是，她深爱着伦威，不肯就此罢手。她不恨伦威，反而恨勒索伦威的桑尼和"勾引"了伦威的女粉丝。

西里翻看桑尼的社交账号，发现购车咨询时，心生一计，与马蒂开始秘密筹备一个"一举多得"的杀人计划。西里先是用清万车行给出的白菜价，让桑尼购买了经过技术处理的汽车，又通过社交账号得知桑尼的行程规划，确定作案时间。在作案的前一天晚上，马蒂偷偷替换车牌、布置车内，将两辆车调换，并在案发当天，以郊游的理由将伦威最新约见的女粉丝约到装有定滑轮的树下。

马蒂以伦威妻子的名义约侬蓝见面，侬蓝毫无戒备地赴约了。侬蓝被招呼到坐垫上后，马蒂割断绳索，用巨石砸死了侬蓝。随后，马蒂将尸体转移到落石区，心中恨意难平，又用石头反复击打侬蓝的胯下，以此作为"勾引"丈夫的报复。而当天，桑尼正毫无察觉地开着马蒂的车，按照行程前往人烟稀少的乡下。

案发的当天夜晚，马蒂清洗了车后，将车换了回来，又在西里的帮助下，将行车记录彻底删除。桑尼向伦威勒索无果后，准备曝光伦威的丑闻，马蒂出手相助，对伦威坦白了杀害侬蓝的真相，最后二人联手将桑尼送进了警察局。至此，马蒂的杀人计划大功告成：既警告了伦威，让他从此不敢精神出轨，又解决了桑尼的勒索和爆料，还报复了心目中的"荡妇"。

杀人计划中可以使他们全身而退的最后一环便是给马蒂的车换锁。一旦全车换锁成功，便没有人会发现他们的车和桑尼的车能够互开。

西里通过后视镜看着紧追不舍的车，怎么也想不明白究竟是哪里出了纰漏。

伦威的心中无比懊悔，原本无忧无虑的生活全因他的怪癖而终止了。

"前面是闹市区，实在不行，劫持人质！"西里一咬牙，听着远处忽隐忽现的警笛声，做出了决定。

前方的道路越来越狭窄了，往前五十米是一道狭窄到不容两辆车并行的巷子，穿过巷子便是闹市。

"在巷子前拦住他们！"朱晓将脑袋探出车窗，紧张地指挥。

"得嘞。"包一倩熟练地挂挡，脚踩离合，"老朱，把你的脑袋收回来，如果蹭没了，我可不负责。"

朱晓坐好后，还没明白包一倩话里的意思，忽然全身失重。车内的仪表盘指针几乎飙到底了，车子朝前疯狂加速。西里的车已经进入了巷子，包一倩紧追不舍，竟没有减速的意思。

"要撞上了！"朱晓惊呼。

包一倩全神贯注地目视前方，迅速地拨动方向盘。就在车子即将追尾时，突然侧翻。朱晓只觉得天旋地转，扶稳后，意外地发现车子还在朝前行驶！

包一倩驾驶小车，一侧双轮着地，另一侧双轮抬起，斜插进了几乎被西里的车占满的巷子。

西里不可思议地瞪大双眼，眼睁睁看着包一倩驾驶小车与他们擦身而过。

"大功告成！"包一倩大喊一声，将车子驶出巷子，一个飞旋的飘移，四轮着地，横挡在了西里的车子前方。

西里的车子撞上了包一倩的车，往前推动几米后，被拦了下来。

西里、马蒂和伦威撞上了安全气囊，迷迷糊糊中看见了大批警察将他们包围。

第 11 章
毒药

十多年前，五十多岁的恭临城早已富甲一方，却仍不满足地暗中贩毒。

"恭爷，您吩咐的我都部署好了。"关乙微微屈身，恭敬地说。

恭临城望着关乙，轻笑地拍着他的肩膀："关乙，这些年，你给我当管家辛苦了。"

关乙低着头，纵使心中万般不愿意，也不敢抱怨半句。这些年，他名为恭家大院的管家，替恭临城打理宅院，私底下却替恭临城联络各方毒贩。他与爱人姜妍育有一子，在外人看来，姜妍沉迷毒品，跟着毒贩子跑了后，恭临城待他与关闻泽如同亲人，但事实上，是恭临城用毒品迫害了姜妍，将之囚禁，逼迫关乙为自己卖命。

恭临城将关乙的微妙的表情尽收眼底，招呼他坐下："南港支队查得严，如果再继续贩毒，恐怕用不了多久，南港将没有我的立足之地。此次让你将毒品全部清空，就是为了金盆洗手。"

关乙的心中一喜："那我和小泽是不是能见到姜妍了？"

恭临城还未回答，门外走进来一个憔悴的女人，一脸焦虑地唤道：

“哥。”

恭临城看着女人忧心忡忡的脸，心中突然有种不祥之感，正声道：“美琪，你是不是闯祸了！”

恭美琪是恭临城的妹妹，她跪在恭临城面前，抽泣道：“南港支队有个警察发现我了。”

恭临城一愣：“发现什么了？你从不参与贩毒，不可能被发现。”

“他……发现我吸毒了。”恭美琪支支吾吾地说。

“你吸毒？”恭临城的心中炸起一道惊雷，狠狠地打了她一巴掌，“我警告过你多少次，这玩意儿碰不得！”

恭美琪抱住恭临城的腿：“哥，你救救我！求求你了，嘉明不能没有妈妈！”

“你还知道你有个孩子！”恭临城的目光阴冷，迅速冷静下来，“那个警察叫什么？”

“余严春。”恭美琪哭得眼眶发肿，“他的卧底和线人发现了我，带队查房时，我跑了，但是屋里还有一些东西没有处理掉。”

“恭爷，我知道这人。”关乙说，“余严春是南港支队某一中队的中队长，三十岁，近年来在南港警界逐渐崭露头角，是个人物。他最擅长部署卧底和线人。”

“有收买的可能吗？”恭临城问。

关乙摇了摇头：“余严春向来以刚正立足。”

恭临城揉着发昏的太阳穴，怒问恭美琪：“你就算吸毒，为什么要去酒店！”

“哥，你不让我碰那东西。”

恭临城气得面色涨红，沉默了数分钟后，蹲到恭美琪的面前，哀怜地轻抚她的脸：“哥只剩下你和嘉明两个亲人了，会帮你的。”

恭美琪的心中一暖：“哥，我错了。”

恭临城将她扶起来，招呼她回房休息，目送她的背影消失在厅堂的角落后，才不忍地落下了两滴眼泪：“关乙，替我安排，向警方举报。”

"举报？"关乙一怔。

"我这妹妹从小到大闯了任何祸，我都会替她摆平。但这次，我是自身难保。"恭临城哀叹，"她在我打算金盆洗手的时候被查出吸毒，恐怕警方会顺藤摸瓜，使我不能全身而退。"

关乙从恭临城的眼中看出了他对恭美琪无比真心的怜爱，却不料他竟会如此狠心。

"以我的名义大义灭亲。"恭临城背着手，缓缓地往外走，在门外驻足，仿佛一瞬间老了许多岁，"我要她永远都不会开口说话。"

包一倩开着破破烂烂的车，忍受了沈探一夜喋喋不休的抱怨后，终于来到了曼口。

"你们把我新买的车撞成这样，一定要赔！"沈探叨叨着。

包一倩不耐烦地说："我都说了，一定赔你！你干吗非得跟到曼口来？"

沈探双手叉腰："我要是不跟着，你们开着我的车跑了怎么办？"

朱晓攥着手机，愁眉不展。他已经许久联系不上范雨希和孔末了，担心二人可能出事了。

"老朱，咱们去哪儿？"包一倩问。

这时，朱晓的手机振动了两下，他看了一眼手机屏幕，对包一倩说了一家旅馆的位置。担心之下，他不得不请求"机器"帮忙定位范雨希和孔末的位置。"机器"身在国内，远距离的技术定位耗费了不少的精力和时间。

半个小时后，他们抵达了目的地。

沈探一下车，便色眯眯地钻进了旅店旁的风俗店。朱晓和包一倩迅速进入旅店，打听之后，找到了范雨希下榻的房间，来到房门口时，意外地发现门没有上锁。

朱晓推门进去，一眼看到正躺在床上昏睡的范雨希和地上的匕首，四下打量了一番，没发现血迹后，才长舒了一口气。

包一倩将范雨希叫醒。

虚弱的范雨希一脸苍白，眼睛里布满红血丝，喉咙干得像火烧一样。

"孔末呢？"朱晓问。

"孔末？"范雨希吃力地呢喃着，突然猛地坐了起来，"他被人抓走了！"

朱晓的心一沉："谁，是井娅吗？"

范雨希努力地回忆着，摇头："不是，好像是警察。"

昨天，范雨希手持匕首刺向刚波时，孔末突然出手将刀子夺了去，阻止了差点儿坠入万劫深渊的她。她激动地抢刀，不料身子虚脱，瘫倒在了床上。迷迷糊糊中，她看见一大波穿着警服的人冲进旅馆将孔末和刚波都铐走了。

"T国警察抓孔末干什么？难道孔末去风俗店找刚波时惹了祸？"朱晓听完范雨希的描述后，猜测道。

包一情安慰道："虽然孔末头脑简单了点，脾气暴躁了点，但总不至于杀人放火，没事，没事。"

朱晓放心不下："这丫头病得不轻，包一情，你照顾她，我去风俗店探探，顺道买些药回来。"

另一个旅馆内，蒋海擦拭着坚硬的黑枪，目不转睛地盯着电视："昨儿风俗店发生的命案是你干的？"

井娅顺着电视望去，新闻里正播报一起案件：昨日，风俗店内的一名女子突然倒下，被送医抢救一夜后，于今晨不幸身亡，警方怀疑是遭人下毒。

蒋海见井娅没有回答，笑道："下毒是你的长项。昨儿你去风俗店杀刚波，让我去找孔末和范雨希，我这边还没找到人，就听见了警笛的声音。你把我支开，该不会是瞒着我要杀人吧？"

井娅不屑地摇了摇头："风俗店里的一个妓女而已，我杀她干吗？"

"刚波和孔末被警方抓了，我还以为这是你的策略呢。"蒋海耸了耸肩，"你要杀刚波，我要杀孔末，现在这两个人都被警方抓了，咱们怎么动手？"

"等他们被放了。"井娅淡然道。

"孔末不可能杀人，而刚波就不一定了。你那么确定警方会放了他？"

井娅提起了背包："他不是凶手，我见过凶手。"

昨天，孔末和刚波在风俗店内大打出手，二人离开后，尚不知情的井娅也来到了风俗店楼下，还未上去，便见一个又黑又瘦、满头卷发的T国男人从风俗店里跑了出来，慌张地骑上摩托车逃离了。现在想来，那个卷发的T国男人就是"风俗店命案"的凶手。他骑摩托车逃离时，还撞上了井娅。不久后，风俗店里传来呼救声，附近的巡警闻声进入风俗店，井娅只得先行离开。再后来，井娅和蒋海通过打听，发现孔末和刚波在风俗店旁边的旅馆内被抓了，旅馆内只剩下范雨希一人，恭临城下令不得伤害范雨希，于是他们没有找上门。

"撞上了你？"蒋海调侃道，"要是换个没人的地方，你早就杀了他了吧。"

井娅的表情突然僵住了，猛地将背包里的东西倒了出来，匆忙地乱翻。

"怎么了？"

"手机不见了！"井娅的声音颤抖。

"不是在这儿吗？"蒋海拿起一个手机。

顷刻间，井娅的额头冒出了豆大的汗珠："我还有一个手机。"

井娅仔细地回忆着，忽然间，想起骑摩托车的男人撞上她时，她的背包落到了摩托车的前车筐。

"手机一定是我拽包的时候，从开口处落到了摩托车上。"井娅的神情无比凝重，"我们必须找到他！"

蒋海不解地问："为什么非要找回来，一个手机而已。"

"那是我用来与所有猎手联络的手机。"

风俗店已经不营业了，沈探正和许多T国女人聊着天，见朱晓进来，兴奋地招手："你听说了吗，昨儿这儿发生了一起命案，还抓了两个人。"

朱晓的心猛地一沉，听众人详细地说起店内发生的事后，终于明白，孔末和刚波不是因为在店内打斗被抓的。

"你说什么？"沈探惊呼出声，"孔末和刚波被抓了？"

"他们绝不是凶手。"朱晓使劲地挠着后脑勺，简直要被逼疯了，"T国警察该不会草草结案吧？"

"那可说不准。"沈探的眼珠子转了两圈，和店内的老板娘做起了生意，"我认识被抓的两个人，他们不可能是凶手。你瞧，这店里发生了命案，如果不破案，恐怕以后一辈子都没生意。沈氏探馆听过吧，物美价廉，我来替你们破案！"

沈探愣是用三寸不烂之舌将老板娘吓得脸色铁青，攀谈了半个小时后，老板娘同意花钱消灾，让沈探替风俗店破案。

老板娘将朱晓和沈探带到了受害者倒下的房间，指着地面介绍起了昨天的情形。受害者名为卡辛娅，昨天，孔末和刚波大打出手后，店内的客人有的仓皇而逃，有的跟随店内的女人躲进了这个房间。房间外没了动静后，大家才放心，正准备离开房间时，卡辛娅突然倒地，全身抽搐，口吐白沫，就连小便都失禁了，卡辛娅手里的杯子也摔碎了，透明的饮料洒了一地。

救护车赶到后，迅速将卡辛娅送医。警方将玻璃杯的残片全部取走化验，后来又在垃圾桶里找到了一个包装简陋的饮料瓶子。据风俗店的其他目击证人所述，卡辛娅不知从哪里弄来了那瓶看上去像是街边摊贩自制的饮料，倒进玻璃杯后，一直拿在手里喝着。

"帮我问问那饮料除了没有颜色外，还有什么特征。"朱晓语言不通，只能求助沈探。

沈探翻译过后，告诉朱晓："非常香，按照她们的形容，香味非常浓烈，即使不凑近，也能闻到香气。"

朱晓掏出手机给齐佑光打了一个电话："齐大夫，您忙完了吗？既然在曼口，就赶紧与我们会合吧。"

朱晓挂断电话后，蹲下身体，在地面上细细地摸索，许久之后，在柜子下找到了一块被警方忽略的玻璃碴子，小心翼翼地用袋子包好并带在了身上。

齐佑光来到旅馆，开了一间房间，放好行李后，来到范雨希的房间与众人会合。包一倩一把揪过他，质问："告诉我，你是不是猎手！"

　　"猎手？那是什么？"齐佑光看上去满头雾水。

　　"还不承认？我都看见了，你和井娅在沈氏探馆门口交谈了那么久！"包一倩气势汹汹。

　　"井娅？"齐佑光一拍脑袋，"你是说那个女人啊？我不认识她，她向我打听你们。"

　　"不认识？"包一倩一脸不信，"那她向你打听我们，你是怎么回答的？"

　　"我说不知道。"齐佑光扶了扶眼镜，斯文道。

　　"我们没有交代过你，你怎么会对她撒谎！"包一倩抓住了齐佑光话语间的漏洞。

　　"行了，有完没完！"朱晓将包一倩拉开，把装着玻璃碴子的袋子递给了齐佑光，"齐大夫，孔末被抓了，我必须救他出来。劳烦您看看死者中的是什么毒。"

　　齐佑光接过袋子后说："巧了，有国内的朋友替我在T国安排了一套化验的设备，我这次到曼口就是取设备来了。你们等我一下！"

　　齐佑光走出房间后，包一倩狠狠地捶了捶朱晓的胸口："老朱，你也太没原则了，他很可能是猎手，你找他帮忙？"

　　"不然你有更好的办法？"朱晓翻了一个白眼。

　　包一倩一跺脚："我懂了，你是想等救出孔末后，再来个瓮中捉鳖！"

　　此时，在外徘徊许久的沈探也回来了，还带来了四幅画。

　　沈探在附近打听了一番，昨天，案发时间，有四个可疑的人在风俗店外出现过。曼口不比国内，没有监控探头，所以他找了画师，按照目击证人的描述，将四个人的样子画了出来。

　　沈探举起其中两幅画："虽然有些粗糙，但看看像不像孔末和刚波？"

　　朱晓仔细瞅了瞅，果真在画上认出了孔末和刚波。另外两幅画中，一幅是一个女人，另一幅是一个干瘦的男人，卷发，皮肤黝黑。

"女人是井娅吗？"躺在床上的范雨希咳嗽了两声。

"是。"朱晓凝重道，"她号称'毒姐'，难道毒是她下的？"

"我回来了。"齐佑光抱着一套沉甸甸的设备走了进来。

范雨希想要下床，朱晓替她盖好了被子，不允许她起身。

"孔末是因为我而被抓的，我要救他。"范雨希倔强道。

"那你就更要养好身子了。万一孔末洗刷不了嫌疑，我就是用强，也要救他出来，带着病恹恹的你怎么行动？"朱晓说。

范雨希不得不老老实实地躺着休息。

齐佑光将玻璃碴子放在鼻子前嗅了嗅，又将它放在了设备下观察。十几分钟后，他站起身："过去一整夜，玻璃残渣上仍留有余香，根据气味判断，这是苯。"

"受害者傻傻地喝了一整瓶苯？"朱晓不敢相信。

"准确地说，是苯和某种有机溶剂的混合物。因设备受限，我暂时无法筛查出有机溶剂为何物，但可以确定，饮料里的苯含量并不多。"齐佑光解释。

苯在常温下是一种味甜、无色透明、散发强烈芳香气味的液体，难溶于水，但溶于有机溶剂。苯有致癌性，摄入过多的苯通常会导致呕吐、胃痛、抽搐甚至死亡等急性中毒症状。

"你不是说苯的含量不多吗？"朱晓疑惑道，"医院愣是没将受害者抢救过来？"

"的确，或许这种含量的苯不至于要了受害者的命。但是，凶手使用苯溶剂的目的，是为了另一种化学剧毒。"齐佑光的嘴里吐出了几个字，"四亚甲基二砜四胺。"

"啥玩意儿？"包一倩问。

"俗名'毒鼠强'。"齐佑光继续解释，"以前用来毒鼠的药剂，为剧毒物品，早已被我国禁止生产使用。它是白色的轻质粉末，不溶于水。"

"我明白了。"朱晓恍然大悟，"它溶于苯！"

第 1 2 章
电击

　　十几年前的深夜，南港支队的警察余严春从手下的卧底和线人口中得到关于恭美琪的不少情报，带队抓捕四处逃窜的恭美琪。恭美琪目光迷离地在空荡荡的后巷里奔跑着，世界在她的眼里天旋地转。

　　远处，恭临城拿着望远镜，紧张地观察着恭美琪和警方的动静，一旁的关乙躬身说："恭爷，我已经按照您的吩咐，让她吸食了过量的白粉，这会儿，她的脑袋是晕的。"

　　"还有呢？"

　　"我已经告诉她，一旦被警方发现踪迹，就上那栋高楼，您安排的直升机就在那儿等着。"关乙指向远处破旧的大楼，楼墙上连接着的金属梯子早已生锈，"我亲自在金属梯子上动了手脚，只要她爬到最高的地方，就会摔下去。"

　　恭临城放下手里的望远镜，狠狠地打了关乙一巴掌，眼里带着泪，嘴角带着笑，情绪复杂地说道："干得不错。"

　　余严春终于追上了恭美琪，眼见她就要登上高楼。这是一栋老式的民楼，梯子建在墙外。余严春判断，此时恭美琪吸了毒，异常兴奋，登上如此危险的高楼，稍有不慎，就将丧命。余严春一路追赶，不敢跟得太紧，以免神志不清的恭美琪被过往的车辆撞倒。

"站住！"余严春大喝一声，想要制止恭美琪。

不料恭美琪更加匆忙，迅速往上爬。

金属梯子摇摇晃晃，余严春只身上楼实施抓捕，眼看恭美琪就要登上天台时，金属梯子最高处的台阶突然坍塌，恭美琪惨叫一声，往下坠去，余严春伸手抓住了她的衣角。

"救下了！"拿着望远镜的恭临城的心猛地一揪，但很快，又怒气冲冲地说，"他怎么能救下她！"

终于，恭美琪的衣角裂开，坠下了高楼。

恭临城将望远镜丢到一旁，擦拭眼角的泪水："从今儿起，恭家大院的所有人都不允许碰毒品，与毒品划清界限！"

"她的孩子呢？"

"告诉恭嘉明，他的妈妈因吸毒，坠楼而死。以后，你要好生照顾他。"恭临城将心头的悲伤叹出了声，"不要给他任何权力，有朝一日，即使他知道了真相，也无法向我复仇。"

"是。"

"我会杀了余严春，替美琪报仇！"恭临城握紧了双拳，"我也要将他的卧底和线人赶尽杀绝！是他们害死了美琪！"

"恭爷，不容易哪。如今余严春已经是中队长，前程光明，不是说杀就能杀的。"关乙劝说，"听闻南港四处遍布他的卧底和线人，要查出他们的身份很不容易。您刚刚金盆洗手，不能再惹祸上身。"

恭临城的语气冰冷："那就让他们多活几个年头吧。"

范雨希休息了一夜后，终于退烧了，下床与众人一同前往一家T国的地下拳场。

"沈探，您的消息准确吗？"包一倩将信将疑地问。

沈探拍拍胸脯保证："我的消息从来就不会错。我在T国混了有些年头了，眼线还是有的。画像上那个干瘦的卷发男人是个泰拳手，名叫克劳西，常年以在地下拳场打拳谋生。传闻那个地下拳场经常打出人命。"

　　朱晓也怀疑沈探得来的消息："一个知道常人不知道的化学知识的人为什么要以体力和性命为代价去谋生？"

　　"毒鼠强"作为一种神经毒素，能引起致命性的抽搐，毒性比常见的化学物氰化钾要强上一百倍，重度中毒的患者表现为突然晕倒，呈癫痫样，发作时，全身抽搐、口吐白沫、小便失禁。"毒鼠强"没有特效解药，卡辛娅倒地时的症状与"毒鼠强"中毒症状吻合，齐佑光推测，卡辛娅中毒后，又引起了其他并发症，这才在短短一夜之内丧命了。

　　通常"毒鼠强"被制作成晶体或粉末，正常人和有警惕心的人不会直接吞服。它不溶于水，但易溶于苯和乙酸乙酯，想将之混入水中，让受害者大量食用，可能会被察觉，从而少服或不服，无法达到致命的效果，而乙酸乙酯浓度较高时，有刺激性气味，不易被制作成"饮料"，于是，散发香气的苯成了凶手制作"饮料"的绝佳选择。苯也不溶于水，为了让受害者放心地喝下饮料，凶手又将苯混入有机溶剂中。这瓶"饮料"由"毒鼠强"、苯和某种有机溶剂混合而成，不具备化学常识的人很难将其制作出来。

　　沈探动用了人脉，从曼口警察口中得知装有"饮料"的瓶子上发现了两个人的指纹，其中一个为死者卡辛娅的，另一个为犯罪嫌疑人的，与孔末和刚波的指纹不匹配，但因二人在风俗店内闹事，暂时不能完全排除嫌疑。

　　如今，犯罪嫌疑人的指纹特征图复印件就在沈探手中。

　　入夜后，范雨希等人抵达地下拳场。拳场里异常拥挤，空气闷得让人汗流不止。范雨希一踏入拳场，就被擂台上的拳击赛吸引了目光。擂台上，一个赤裸着上身、肌肉健硕的短发男人彪悍地手捶擂台的地面，嘴里发出如同野兽般的嘶吼。他足足有一百九十厘米高，体重目测三百多斤。他龇牙咧嘴的样子十分可怕，擂台在他的捶打之下，竟摇晃起来。

　　"那个拳手长得像中国人。"范雨希对朱晓说。

　　朱晓也注意到了拳手，点了点头："看样子很凶悍。"

沈探溜达了一圈后回来了，指着擂台道："的确是个中国人，今天新晋的拳手，是第一个敢挑战克劳西的，叫秦力。"

"克劳西？"朱晓朝四处张望，"他在哪儿？"

"一会儿应该就登场了。"沈探搓着手，"刚刚我押了秦力赢，希望能爆冷，让我赢一把。"

包一倩不敢相信："爆冷？克劳西不是瘦得干巴巴的吗？很能打？"

沈探白了她一眼："你懂什么？最可怕的泰拳手就长克劳西那样。克劳西是这儿的'拳王'，少有败绩。"

众人攀谈之际，场内爆发出一阵轰鸣，掌声下，一道与秦力相比显得瘦小得多的身影蹿上了擂台，正是克劳西。秦力的嘴里发出一声怒吼，叫嚣了几句后，冲了上去，没有任何技巧地挥拳砸向克劳西。克劳西的身形矫捷，蹲身躲过后，出拳发腿，将秦力击退两步，又高高跃起，双肘击打在秦力的脸部。秦力应声倒下，口鼻顿时鲜血直流。

"输惨了！"沈探掩面，心疼得不得了。

"泰拳被称为'八臂拳术'，双手双脚、双肘双膝皆为武器，杀伤力极强。克劳西是个成熟的泰拳手，在无规则的拳击赛下，的确很强。"朱晓赞叹着，倏地话锋一转，"不过，在绝对力量面前，恐怕任何技巧都没有用。"

"你觉得秦力会赢？"范雨希盯着擂台问。

"刚刚我查了一下。秦力这个人不简单。"朱晓点开网页，给范雨希递去手机，"秦力是国内坊间举办的'力量大赛'的纪录保持者，举起过四百多公斤的杠铃，曾经拒绝了职业邀请，是个大力士。"

"坊间举办的比赛，数据准确吗？"包一倩见秦力还倒在地上，迟疑道。

"虽然数据不权威，但高手在民间。"朱晓嘿嘿一笑。

只见擂台上的秦力慢吞吞地爬了起来，愤怒得犹如一只猩猩，双拳不断击打着胸脯，再一次朝着克劳西冲去。克劳西飞身而起，一脚扫向秦力的脑袋。秦力硬生生地将克劳西的腿抓住，将他整个人砸向地面。克劳西想要挣扎，可秦力死抓不放，毫无技巧地摔打着他。克劳西好不容易挣脱，秦力又一拳打去。克劳西用双手格挡，不料竟被击退数步，一没站稳，落到了擂台下，起身时，双手痛得无法动弹。

刹那间，拳场内鸦雀无声，紧接着爆发出了震耳欲聋的喝彩声。另一个角落，蒋海在人群里发现了朱晓等人的身影，侧身问："动手吗？"

井娅摇头："找回手机要紧。"

蒋海舔了舔嘴角，收起嗜血的目光，看向台上的秦力："这么刚猛的一个人竟然来这儿打拳。你要将他收入麾下吗？"

井娅没有回答，紧盯着落败的克劳西，朝着后台走去。她花了不少钱查出了克劳西的身份。她早就猜到朱晓等人一定也会找到这个拳场，而且，恐怕不久之后，警方也会来这儿，她必须尽快从克劳西的手里拿回手机。

克劳西坐在后台休息，大口大口地喝完水后，将水瓶丢在了垃圾桶里。朱晓和范雨希趁克劳西不备，将水瓶取出拳场，递给了早已经在车上等候的齐佑光。

齐佑光迅速提取水瓶上的指纹后，与犯罪嫌疑人的指纹特征图进行比对，一分钟后，确认两枚指纹特征同一，属于同一个人。

"丫头，克劳西受了伤，咱俩一起擒住他！"朱晓拉过范雨希，朝着拳场冲去。

恰好包一倩气喘吁吁地跑了出来："井娅和蒋海在拳场里！"

朱晓一怔："他们怎么会在这儿！"

包一倩火冒三丈，指着车内的齐佑光骂道："你还说你和他们没有关系，一定是你通风报信了！"

齐佑光一脸无辜："我真的不知道是怎么回事。"

"他们发现我和你们一道，我应该是暴露身份了。"包一倩心急如焚，带着哭腔说。

"你和齐大夫待在车上，如果有异动，立刻开车逃走。"朱晓将包一倩推上了车。

"你要我和他待在一起！"包一倩不可置信道。

朱晓不再回答，与范雨希冲进了拳场，来到后台时，克劳西早已经不在此处了，问起后台的人，才知道他看了垃圾桶后，突然跑了。

"这家伙应该是发觉瓶子不见了，便跑路了！"朱晓带着范雨希出了拳场后门，来到一条暗巷里。

范雨希想了想，推测："他出来时什么行李也没带，警方还没找上他，他要跑路，应该会回家收拾行李。"

朱晓点头同意，求助沈探。很快，沈探传来了克劳西的家庭住址，距离拳场不远。不久后，井娅和蒋海也从拳场的后门走了出来。他们好不容易等到克劳西主动离开拳场，打听了克劳西的住所后，决定到没人的地方动手。

南港正值夜晚，赵彦辉正坐在南港支队的办公室里黯然神伤。

这时，电话铃响起，赵彦辉接起电话，调整了情绪："江队，朱晓抵达曼口，'猫'和'影子'闯了祸。"

"我听说了。"江军并不担忧，"要是朱晓连这点小麻烦都解决不了，可以撂警衔不干了。"

"南港支队在抓捕井娅等人时，没有竭尽全力。这样做真的正确吗？万一真的放跑了他们，该怎么办？"赵彦辉没有自信。

"放心吧，一切都在掌握之中。最终我们可以启动引渡程序，将其逮捕回来。"江军说，"只要别放跑了恭临城就好。"

赵彦辉想起恭临城和善的面孔，不由得背脊发冷："恭临城家大业大，但向来守法，甚至主动配合警方打击犯罪，还以'声音'的身份欺骗警方，如若不是朱晓的线人'蜘蛛'，我们还真怀疑不到他头上。"

"的确有几分本事。"江军应和。

"'蜘蛛'的筷子位于恭家大院内，既然有证据，我们何不动手抓人？"赵彦辉提议。

"不。暗光的水深着呢，光抓一个恭临城远远不够。"

"也是，即使恭临城落网，也不会供出众多榜上和榜外的猎手。"赵彦辉点了点头，"江队，比起'影子'，我更担心'猫'，虽然我不了解其母遇害的细节，但我怀疑她在面对杀母仇人时能否保持冷静，更何况，她与恭临城关系密切。"

"我也在考虑是否需要将范雨希召回。我给你传一份'范巧菁遇害案'的卷宗，你与我一起定夺吧。"

赵彦辉同意了，几分钟后，"范巧菁遇害案"的电子卷宗传进了他的邮箱。他打开文件，翻阅这起从未接触的案子的卷宗时，整个人愣住了。

克劳西回到住处后，发觉家里停电了。于是他马不停蹄地摸着黑收拾起行李，忽然间在桌面的袋子上发现了一个精致的手机。原本袋子放在摩托车的前车筐，昨日被拿回家里后，他就再也没动过。他拿起手机，仔细地打量着这个看上去经过特殊加工的手机，无比纳闷儿：手机看上去很贵，不是他的，他根本买不起。

克劳西想起刚刚在拳场里四处游荡的井娅，立刻将她与昨日被他撞上的女人对上了脸，自言自语地说："手机是那个女人的。"

克劳西来不及多想，迅速整理好行李，背着包匆匆下楼，朝着摩托车跑去，但很快就有人叫住了他，是朱晓和范雨希。克劳西十分紧张，拿出井娅的手机："你们是来找这个手机的吗，我给你们，我不是小偷！"

朱晓茫然地看着克劳西奇怪的举动，听不懂他在说什么，于是尝试用英语与他沟通："人是你杀的吧，跟我去警察局！"

克劳西听懂了，惊得往后退了两步，手机掉在了地上，操着一口浓重口音的英语道："不是我杀的！那瓶饮料是我从街边一个摊贩那里买的！"

"丫头，他有说谎吗？"朱晓问身边的范雨希。

范雨希远远地看了看克劳西的脸："很慌张，但感觉不像撒谎。"

朱晓对克劳西招手："我相信你，但是你得先和我去警察局。"

克劳西又往后退了几步，捡起地上的一块石头朝着他们扔去后，迅速跑向摩托车。然而，当他即将跨上摩托车时，意外发生了！

克劳西的身上突然闪起一道电光，伴随着浓重的烧焦味，连呼救都没来得及，便倒在了地上。

范雨希刚要上前查看，朱晓拉住了她："别去，是高压电！"

范雨希这才注意到克劳西的摩托车停在了一根电线杆旁："怎么办？"

"绝对没救了！"朱晓咬牙，朝四处看了看，"孔末已经进了警察局，我们不能再招惹嫌疑，撤！"

孔末和范雨希撤离没多久，井娅和蒋海赶到了现场。

井娅一咬牙，想要上前，蒋海阻止了她："你疯了？那是高压电，不要命了！"

"那个手机里存着的不止榜上猎手的名单和联系方式，还包括众多榜外猎手。一旦名单泄露，我们这一派就完蛋了！"井娅的头脑发热。

"别着急。"蒋海突然在沙地上发现了一个轮廓，"是这个吗？"

井娅低头扫了一眼，根据沙地上印子的轮廓，确认道："我的手机经过特殊加工，的确是这个形状。"

蒋海推测了出来："刚刚你的手机应该掉在沙地上了，被人捡起来了。"

井娅望向克劳西的尸体："是他捡起来的吗？"

"朱晓和范雨希应该比我们先到了这儿。等T国警方收了尸体，我们花点钱就知道了。要是落在警方手里，我们花钱搞出来；要是不在，那捡了手机的就只能是朱晓和范雨希！"

井娅的双眼微眯："那就杀了除了范雨希以外的所有人，把手机抢回来！"

就在此时，井娅接到了白洋的电话。

"我和吴点点去曼口与你们会合吧。"白洋说。

"来吧，正缺人手！"井娅的手探向腰间的毒剂。

第 13 章
座椅

恭嘉明十五岁那年，恭临城带着他去祭拜恭美琪。

恭嘉明在恭美琪的墓碑前磕了三个响头后，犹豫地站起身，问恭临城："舅舅，我听到了一个传闻。"

许多年过去，恭临城老了许多，咳嗽着问："什么传闻？"

"传闻当年向警方举报妈妈吸毒的人是您！"

恭嘉明的话音刚落，便挨了一记结结实实的巴掌。恭临城颤抖着手，怒道："一派胡言！"

恭嘉明捂着肿胀的脸颊，吼道："如果不是您干的，为什么不把那个人找出来，替妈妈报仇！"

"恭家大院从来不干偷偷摸摸的勾当，你的妈妈是我的亲妹妹，但我也不能为了她而去迫害向警方举报的好人！"恭临城义正词严。

恭嘉明不再多说，年少的眼神里多了一丝坚决，转身离去。他决定了，要离开南港，闯出一片天地，为妈妈报仇。

恭临城没有阻拦，僵硬地站在墓碑前，痴痴地望着墓碑上贴着的黑白照片。

不知过了多久，关乙走进了空荡荡的墓园："恭爷，孟萧想要见您。"

"孟萧？"恭临城大喜，"这家伙失踪了许多年，终于肯露面了！他在哪儿？"

"就在墓园外。"关乙恭敬道。

恭临城正要往外走，见关乙欲言又止，问："还有事吗？"

"恭爷，这些年，我和小泽都很想念姜妍。"关乙咬牙说。

当初，恭临城承诺，只要成功脱身，金盆洗手，便让他们一家团聚。可是，又几年过去了，恭临城仍然没有兑现诺言。

恭临城心平气和地道："听说小泽的学习成绩不错，脑子聪明，体格也不错，教他武术的老师说他是个练武的好苗子。"

"恭爷，我不明白。"

恭临城拍了拍关乙的肩膀："这年头，治安不好，好生照顾小泽。"

关乙从恭临城的话里听出了隐晦的威胁，什么也不敢再说了。

恭临城出了墓园，见到了孟萧，激动地上前与其握手："兄弟，这些年你干什么去了！"

孟萧迎笑："还能干什么，辞去精神病院观察员的职务，继续卖些情报。"

孟萧是道上著名的掮客，认识五湖四海的人，早年间号称"没有他不认识的人"，专门替人找人牵线，从而收取佣金。他与恭临城自小一起光屁股长大，成年后，二人走上了不同的路子。当初，恭临城干起贩卖毒品和舞厅的生意，需要大量人手，他便无条件地为恭临城介绍各路能手。

孟萧与恭临城有着过命的交情，几年前，替恭临城挨了枪子，是恭临城最信任的人。恭临城曾不止一次想要拉他入伙，只是他的志向与恭临城截然不同，宁可待在精神病院里当一个小小的观察员，也不同意加入恭临城的事业。

"你还在做那试验？"恭临城悄悄地问。

孟萧轻轻点了点头，调侃道："我需要大量的钱维持试验的进行，所以道上的人都说我的情报越来越贵了。"

"把一个正常人训练成真正的病人，听着玄乎。"恭临城问，"有进展吗？"

"有一点眉目了。"

"你需要钱，我可以帮你。"

孟萧摇头："不，我是来帮你的。"

"帮我？"

"听说美琪死了。"

恭临城的眼睛顿时红了："美琪是被余严春和他的线人、卧底害死的。在这世上，我只有美琪一个亲人！我遭受锥心之痛后，做梦都想将余严春和他的卧底与线人赶尽杀绝！"

当初恭临城看见恭美琪坠下高楼后，原本打算等风头过去后，向余严春报复。可是，短短几年，余严春凭借南港密布的卧底和线人，屡次立功，已经从一中队长晋升为大队长，想要不着痕迹地杀死他难如登天。余严春为人机警，对卧底和线人的身份绝对保密，想找出四处潜伏的卧底与线人更是如同大海捞针。

"我受人所托寻找合伙人，我想，你们想干的事是一样的。"孟萧说。

"受谁所托？"

"我不能说，她虽是女流之辈，但手段和实力绝不低于你。"

"不能告诉我？"恭临城的双眼微眯，起了疑心。

"这些年是她在背后支持我的试验，有恩于我。但你放心，她同样不会知道你的身份。"孟萧解释，"在道上当掮客，危险不小，所以这些年，我从不透露与你的关系，以免连累你，没有人知道我与你交好，更没有人会猜到我会拉你入伙。"

"互相不知道身份，怎么合伙？"

"我是你们之间的桥梁，如若你们不得不见面，那就各自戴上面具。"孟萧握住了恭临城的手，"她不想让任何人知道她的身份，我也不想让人知道你的身份，你们要干的事很危险。"

"你们到底要干什么？"恭临城莫名地产生了一丝兴奋。

"猎杀警方的卧底和线人！"

曼口警方通过媒体披露了风俗店"毒鼠强案"的侦查结果：杀害卡辛娅的凶手为泰拳手克劳西，警方根据饮料瓶上的指纹对克劳西实施抓捕，却发现克劳西在逃亡时，因意外死于高压电。

孔末和刚波彻底被排除了嫌疑，孔末先行被释放，刚波因在警察局内殴打警察，继续被拘留。

孔末回到旅店时，一脸死气，范雨希立即迎上去，关切地问："没事吧？"

孔末把手贴在范雨希的额头上："死女人，你退烧了？"

朱晓突然破口大骂："混账东西，你差点儿就闯了大祸！"

孔末没有回嘴，突然切换了人格，赶忙摆手："朱队，这事和我没关系，别骂我！"

朱晓啐了一口："这家伙逃得倒是快！"

"被抓后，他把身体交给了我，我想了很多办法，还是没法儿出来。"孔末劳累地坐下，喝了一口水，这才看向范雨希，"刚波那家伙得到可以离开警察局的通知后，突然殴打了警察。"

范雨希蹙眉："他不想出来。"

"你们都对他动刀子了，他敢出来吗？"朱晓气呼呼地警告，"上头已经在考虑要不要将你召回，我拿自己的警衔为你担保，丫头，别再闯祸了！"

包一倩打起了圆场："老朱，面对杀母仇人，情绪激动，可以理解。接下来咱们有什么打算？"

沈探忽然跑了进来："我在拳场里问了一大圈，发现画像上的那个女人也在打听克劳西。我觉得克劳西的死恐怕有蹊跷。"

"井娅？"朱晓一怔，"他们去拳场是去找克劳西的？她找克劳西干什么？"

"这还不简单，井娅从齐佑光那儿得知咱们的行踪后，在人山人海的拳场里没法儿动手，为了不引起咱们怀疑，就故意打听克劳西的消息，给齐佑光打掩护！"包一倩不屑道，"沈探，我可告诉您，这个女人很危险，你还是别只想着挣钱，回头连命都丢了！"

沈探嘿嘿一笑："我不管你们和那女人有什么恩怨，总之，我受了风俗店所托，这钱必须挣！你们可都是我的临时工，必须帮我。"

包一倩指着电视："警方都公布了，凶手是克劳西。"

"恐怕事情没有那么简单。克劳西是一个以命换生计的泰拳手，怎么懂得那么多化学知识。"朱晓思忖着，"克劳西死前说饮料是从街边一个摊贩那里买的，之后便被电死了，怎么会这么巧。这起案子还有不少疑点。"

"老朱，你该不会职业病犯了，想替死者讨公道吧？现在咱们自身难保，哪管得了那么多！"包一倩抗议。

朱晓想了想，做了决定："沈探，从今儿起，我们不替你打工了。我们求你替我打听一个人，上次您开了个数，这钱我一分不少地给你。"

包一倩问："老朱，这家伙就是趁火打劫，你哪来那么多钱？"

"昨儿，我让'机器'给我转了一笔钱。"朱晓解释，"'机器'是财务和法律方面的专家，你们放心，汇款程序合法，钱也是我自个儿的家当。"

突然，孔末笑了笑："'机器'是何方神圣，既是黑客，又是这方面的专家。"

沈探不待朱晓回答，便插嘴："我改变主意了，价钱翻倍。"

包一倩彻底火了："说你打劫，你还真上瘾了是吧！"

朱晓拦住摩拳擦掌的包一倩："沈探，这已经是我的全部家当了。"

"没商量。"沈探打着哈欠往外走，"等帮我破了这起案子，我给你打个折。"

包一倩气不过："老朱，咱们非得靠他吗？"

范雨希说："我觉得沈探真人不露相。"

"我们能那么快锁定克劳西，多亏了沈探的帮助。至少在人脉和情报方面，他有一手，要找王雅卓只能靠他。"朱晓赞同地点头，"罢了，那就继续查查吧，正好查一查井娅究竟为什么也在找克劳西。"

井娅和蒋海花了一笔钱从警察局那儿打听到了消息：警方对克劳西进行了尸检，确认克劳西死于高压电，随身物品和住所物品清单里没有他们要找的手机。

蒋海取出黑枪，兴奋地舔着嘴角："看来手机真的落到朱晓手里了。要向'天叔'汇报这事吗？"

井娅想起恭临城不苟言笑的脸，立即摇头："不要。"

蒋海嘲讽道："看来你很怕他。"

"等你再与他接触一阵子，就知道他有多可怕了。"井娅说，"不到最后，不需要向他汇报，就算朱晓拿走了手机，也没有那么容易得到里面的消息，即使周旱在世，也无法轻易解锁，更不要说现在了。"

蒋海来了兴致："这话怎么说？"

"手机需要识别我的虹膜才能开机。如果有人通过技术手段强行破锁，里面的信息就会被抹去。"

"原来如此，不然你犯了这么大的错，早该向'天叔'汇报了。"蒋海站了起来，"吴点点的伤还没好，是指望不上了，但白洋是个行动的'武器库'，有点用处，他什么时候到？"

"今晚。"井娅说。

"那咱们就今晚行动。不过，朱晓这群人应该有所警惕了，恐怕咱们没那么容易得手。"

井娅取出随身携带的背包，为针剂注入了新的毒液，回答："我还向警察局打听到一个消息，今天晚上，刚波会被释放。"

傍晚，曼口街头的一家小型公司内，一个穿着白衬衫的男人正坐在办公室里，对着电脑查阅财务报表，他的秘书端了一杯咖啡进来，提醒道："老板，您工作许久了。"

男人伸了一个懒腰，转动身下的旋转座椅，接过秘书递来的咖啡，抿了一口后，打开了网页。男人是这家公司的老板，经常亲力亲为，总是坐在办公室里加班，难得有休闲的时间。

男人喝着咖啡，突然被风俗店的新闻报道吸引了眼球，迅速浏览起网页。很快，他发觉被警方认定为凶手的克劳西十分眼熟，于是绞尽脑汁地回想。

"巴士！"男人一拍桌子，"我和他一起坐过巴士！"

男人摇着头惋惜，想起了巴士上与克劳西的对谈。在他的记忆中，克劳西很善良，还主动给行动不便的老人让了座。他没有想到，克劳西竟然会毒杀风俗店里的女人。

短暂的休憩后，男人继续处理工作，遇到难题时，他习惯性地旋转着身下的座椅，乍然间，一股锥心的疼痛从他的身下传来，"轰"的一声，他被一道强大的气波掀飞，撞到了墙上。

男人痛苦地嘶吼着，眼睛瞄向身下，一根金属杆子竟然直直地从他的屁股穿进了体内，此刻正鲜血直流！男人看清情况后，视线顿时模糊，竟连求救的力气都没有了。

男人倒在血泊里，旋转座椅早已经被炸碎。

当秘书闻声赶来时，男人已经没有了意识。

入夜后，疲惫的朱晓小憩了片刻，被噩梦惊醒后，心里萌生了强烈的不安，冲到隔壁的房间，发现范雨希早已不见了踪影，随之消失的还有孔末。

那时，范雨希和孔末正蹲守在警察局外。

刚波一从警察局里走出来，范雨希和孔末便冲上前去。刚波吓得招了一辆出租车，匆忙逃走，范雨希和孔末也赶紧拦了一辆出租车，紧追不舍。

经过一个多小时的你追我赶，车子行驶到了荒郊野外。范雨希坐在车上，忽然看见他们紧追的出租车正往回驶，将其拦下后，才知道刚波已经下车了。孔末凶神恶煞地逼问了司机，司机称刚波在前面的树林前下了车。

穿过林子后，大道纵横，谁都不知道刚波会选择哪条道逃亡。范雨希不敢耽搁，与孔末闯进了林子，想趁刚波出林子之前将其拦截。林子里树木耸立，月光透过繁密的枝丫洒向地面，燥热的空气里夹带着树叶的香气，风一吹，叶子落了满地。

范雨希和孔末跑得很快，没多久就发现了刚波的踪迹。孔末从地上捡起一块石头，远远地砸中了刚波的腿。刚波一个踉跄，倒地后，一边不断地向后爬，一边扭头哀求："放过我！"

范雨希一步一步地朝着刚波走去，孔末在身旁提醒道："死女人，不要冲动，非要动手的话，让我来。"

范雨希深吸了一口气，停住脚步，望着几米外的刚波，冷声问："到底为什么杀我的妈妈？"

刚波咽了一口唾沫："我真的不是故意的。"

"警方发现你出狱后洗了黑钱，但是没有拿到证据。光靠你一个外国人，无法那么完美地磨灭证据。"范雨希又朝前逼近一步，"你是受人所托，用坐牢换了那笔酬劳。"

刚波见孔末已经掏出了小刀，浑身发冷："我不能说，他们会杀了我的！"

"你不说，现在就会死！"孔末将刚波从地上揪起来，威胁道。

刚波吓得全身发软："我……说，是……"

刚波话未说完，一道震破耳膜的枪声在林子里响了起来。孔末下意识地往一旁跃去，站稳后，竟发现那颗子弹击中了刚波的胸口。

刚波捂着胸口，手指向缓缓走来的井娅："你……"

走在井娅身后的蒋海又开了一枪取了刚波的性命。

孔末抢到范雨希身前，将她保护在身后。蒋海将枪口对准孔末："上一次，我在你的手里吃了大亏，险些丧了命，今天，我要让你的尸体千疮百孔！"

井娅伸出手："范雨希，将我的手机交出来。"

范雨希咬着下唇，身体轻微地发着抖："为什么杀刚波？"

蒋海冷笑："碍事的东西，杀了就杀了。"

“不！”范雨希歇斯底里地吼道，“他死前的眼神在告诉我，他认识你！”

井娅警告：“我再说一次，把我的手机交出来！”

“我妈妈的死是不是和暗光有关系！”范雨希声嘶力竭地质问。

第 1 4 章
幸存

十年前，南港支队全体都不曾想到，一个猎杀警方卧底和线人的犯罪计划正悄悄地在南港酝酿。

恭临城戴上面具和变声器，换了宽松的衣服，将自己裹得严严实实。自暗光建立以来，他还从未与另一个暗光的创始人见过面，只从孟萧口中知悉对方自称"撒旦"。今日是他与"撒旦"的第一次会晤。

港口的风很大，其中掺杂着海腥味。

一个同样戴着魔鬼样式面具的人站在岸港上，早已恭候多时。恭临城望着"撒旦"被风吹起的大袍子，勉强辨认出对方的性别，是个女人。

恭临城对着"撒旦"抱拳："久仰。"

"撒旦"忽视了恭临城的问好，在变声器的作用下，声音极其尖锐："孟萧，为什么要安排这场见面？"

恭临城的心头一冷，不悦道："还从来没有人敢忽视我。"

孟萧拦住正要发作的恭临城，解释："'天叔'想见你。"

"撒旦"反问："为什么要见我？"

恭临城冷哼："你和我的目标一样，都是要杀死余严春和他的卧底、线人。但暗光创立了这么久，非但迟迟没有行动，还总是派人阻止我向余严春报复！我听闻余严春很有可能会晋升，难道你想等到他成为副支队长的时候才肯动手吗！"

"撒旦"不屑地一笑："孟萧，你竟然也有看走眼的时候。"

恭临城怒火中烧："什么意思？"

"撒旦"站在坝上，居高临下："南港靠海而生，各类利用地理位置进行的犯罪层出不穷，南港支队为了打击犯罪，部署了密集的卧底和线人，他们个个都身怀绝技，善于潜伏。这几年，孟萧替我招揽各方人士，目的就是建立一个足以将他们从暗处揪出来的组织。而你却如此着急。"

孟萧拍着恭临城的肩："'撒旦'是觉得还不到时候。"

"如果你想杀余严春，尽管去，我不拦着。""撒旦"转过身去，望向大海，"孟萧向我推荐，说你有强大的财力，可以帮我，但我并不是非你不可。你名为创始人之一，但记住，暗光是我的，你若想在暗光待着，就必须服从我的命令！"

恭临城忽然老老实实地躬身："是。"

"走吧。""撒旦"大手一挥。

恭临城转过身去，缓步离开，面具下的脸早已扭曲。暗光已经初具雏形，猎手们都知道，"撒旦"才是暗光的老大，而"天叔"只不过是暗光的第二把交椅而已。恭临城审时度势后，决心隐忍，但心中暗自发誓，有朝一日，一定要将"撒旦"从高位上拽下来，取而代之。

伴随着孔末冒险飞身踢飞蒋海手中的枪械，林中的战斗正式打响。

孔末先声夺人，一拳砸断了蒋海的鼻骨。可是，蒋海仅仅退后几步，兴奋地舔着鼻子上流下来的鲜血后，便像完全没有受伤一样，出拳迎击。孔末一不小心便被蒋海踢中胸口，单膝跪地，剧烈地咳嗽，艰难地说："你果真没有痛觉！"

"知道了又怎样！"蒋海瞪着双眼，放肆地狂笑，朝前奔去，一脚踢向孔末的脑袋。

孔末匍匐在地上，见蒋海奔来，横腿一扫，将其绊倒后，迅速起身，往后跳了几步，弯腰去捡蒋海脱手的枪。他的手指刚触碰到枪柄，蒋海又一次还击，硬生生地抓住他的双肩，提起膝盖向他攻去。

孔末的双手交叠，挡下蒋海的膝盖，却又被蒋海一拳打中脸颊，视线变得模糊起来。

除了关闻泽以外，与孔末交过手的人当中，数蒋海最能打。孔末险些招架不住，但一想起旁边的范雨希，不愿就此落败，硬着头皮强攻回去。

孔末和蒋海打得难舍难分时，范雨希一步一步走向井娅，嗓音沙哑，一字一句地问："是你指使刚波杀害了我的妈妈？"

井娅将毒剂枪对准范雨希，可见范雨希像发了疯一样，不自觉地往后迈动脚步："是又怎么样！"

"我要你付出代价！"范雨希怒吼，加快了步伐。

井娅的手指扣在毒剂枪的扳机上，想要开枪，可一想起恭临城的命令，又不得不将杀意压制，出声警告："范雨希，你再往前一步，我就开枪了！"

范雨希像是没听见一样，莽撞地朝前奔去。

蒋海发觉孔末像打了鸡血一样，越战越勇，对于他而言，孔末何尝不是除了关闻泽以外，与之交手的敌人中，身手最好的一个。他被不知疲倦的孔末一拳一脚地击退，眼看马上要被生擒，生平第一次呼救："'毒姐'，帮我！"

井娅听到呼救后，避开穷追不舍的范雨希，将毒剂枪瞄向孔末，扣下扳机。

那一刻，范雨希的头脑恢复了清醒，用力往前一扑。枪声落下，孔末惊呼："死女人！"

范雨希倒在地上，将颈部的针剂拔出，忽地觉得像是坠入了冰窖，不自觉地发抖。

井娅愣住了，手里的毒剂枪落在地上，慌乱地自言自语："怎么办？"

蒋海吃力地掏出身上的小刀，朝着孔末走去。孔末早已经无心恋战，过去将范雨希紧紧地抱在怀里，丝毫没有察觉到危险逼近。

蒋海正要下杀手之际，突然有人拉起他和井娅的手朝林子外跑去："警察来了！"

蒋海甩开手："白洋，你怎么现在才到！我要杀孔末！"

白洋气喘吁吁地说："应该是朱晓报了警，附近有警察！我的车停在林子外，我们必须马上撤！"

蒋海还想说什么，林子外突然响起了警笛的声音，他不得不跟随白洋离开。

白洋拉着失魂落魄的井娅跑到林子外时，见到车子已经被警方团团包围，大呼不好："吴点点还在车上，车上还有我的武器！"

林子的另一头，包一倩将车停了下来。

"'机器'给的位置就是这儿。"朱晓下了车，"他们应该在林子里。"

齐佑光问："咱们要进去找人吗？"

"不然呢！"包一倩顶了齐佑光一句，"大半夜带上你不是为了找人，难道是来喝茶？"

齐佑光侧着耳朵听了听，问："你们听见了吗？好像有警笛声。"

"这两个人怎么又招惹上警察了！"包一倩心急道。

朱晓正要进林子时，孔末抱着范雨希飞奔了出来。

"怎么了？"朱晓心惊。

"朱队，救救死女人！"孔末竟然急得落下了眼泪，"她中了井娅的毒枪。"

范雨希的脸色惨白，嘴唇发干，一句话也说不出来，正浑身战栗着。

"去曼口最大的医院！"齐佑光查看了范雨希的伤势后，从孔末手中抱过她，将她放在车子的后座上，接着取出了医药箱。

包一倩阻止："你要干什么！老朱，他可能是敌人，不能让他瞎治！"

"闭嘴！开车！"朱晓咆哮道。

包一倩怔了怔，立即开车疾驰向医院。

"她怎么样了？"孔末哽咽着问。

"伤口肿胀，附近皮肤正在逐步坏死，很快会休克，症状是混合毒素引起的。"齐佑光仔细检查后，说，"我怀疑是眼镜王蛇的毒液。"

"能治吗？"朱晓催促地问。

"眼镜王蛇一口所注入的毒液能在三小时内杀死一头成年的亚洲象，半个小时致人死亡。毒剂枪的毒液含量没那么高，但也必须尽快治疗。"齐佑光一脸凝重。

"开快点！"朱晓吼道。

包一倩将油门踩到底，急得泪水不断往下滚。

"有两种抗蛇毒血清可以对抗这种毒素，但愿曼口的医院里有。"齐佑光叹息。

孔末将范雨希搂在怀里："死女人，你一定要撑住！"

"还要多久？"朱晓紧张地问。

"一个小时左右。"包一倩回答。

"来不及了。"齐佑光斩钉截铁地说，"回旅店。"

"你确定吗？"朱晓问。

齐佑光点了点头："确定，大不了我把命赔给她。"

曼口市中心，一名腰间系着绳索的工人攀上五层高的窗台，手拿手电筒，细心地将螺丝钉拧紧。屋内的主人客气地道谢："这么晚了还让你来装窗户，真是不好意思。"

工人擦了擦额头上的汗水，热情地摇头："早出工，晚出工都一样，都是为了赚钱嘛！"

工人从兜里取出最后一颗螺丝钉，即将完成工作时，倏地觉得腰间的绳索有些松动，低头一眼，竟发现用作保护安全的绳索不知什么时候已经磨损得快要断开了。

工人顿时惊出了一身冷汗，小心翼翼地探出脚，想下窗台，哪知道一紧张，脚踩空了，绳索猛地收紧，原本就裂开的麻绳突然断开。他尖叫一声，坠下了高楼。

工人落地时，已经做好了死亡的准备，落地后却发现只是受了点轻伤，抬头一看，原来是这栋楼外织起的许多张防晒网救了他的命。他心有余悸地谢天谢地，与匆匆跑下楼的主人相谈许久后，回到了家。

工人上床歇息前，从抽屉里拿出了一张照片，看着照片上的十人合影，又一次回想起几年前的那场事故。

工人虔诚地跪在地上，再度感谢上苍："我已经侥幸当了两次幸存者，希望未来的日子能够平平安安。"

照片上的十人中，竟有一个泰拳手模样的人和老板打扮的人。

天上的阴云遮盖住皎洁的月光。

白洋搀扶着受伤的蒋海问："为什么不等我到了之后再行动？"

蒋海啐了一口带血的痰："以前和孔末交过手，我还是低估了他。"

"吴点点被T国警察抓了，车上那么多武器，恐怕她解释不清楚。"白洋故作担忧地说，"一旦曼口警方发现她是我们国内的通缉犯，很可能会将她遣返回去。"

"放心吧，'天叔'对她有恩，她不可能招供。"蒋海并不担心，只是觉得气愤，"范雨希想动手杀了刚波，朱晓竟然还敢利用曼口警方定位她的位置！不怕警方抓了她吗？"

蒋海不知道"机器"的存在，自然而然归咎到曼口警方的身上。白洋不动声色地问井娅："你怎么了？"

一路以来，井娅只字未说。

"如果范雨希死了，恭爷一定会要了我的命。"井娅停下了脚步。

"当初你对我开了毒枪后，不是留下了血清注射剂？你为什么不给范雨希留下？"蒋海不解。

"今晚的毒剂是为孔末和刚波准备的，我没有准备血清特效解药。"井

118

娅沉声道，"或许曼口最大的医院能救她的命，但我怕时间来不及了。"

"照你这么说，范雨希死定了？"白洋问。

井娅无奈地点了点头。

道路的另一端，包一倩终于将疾驰的车子开回了旅店。孔末一路狂奔，将范雨希抱到床上，齐佑光催促："朱队，把我托你带到曼口来的箱子给我。"

朱晓立即从房间将箱子取来，齐佑光接过箱子，一边打开，一边说："箱子里装着的是用于治疗各类蛇毒的特效药剂。"

包一倩认了出来，那正是她当初在齐佑光床底发现的箱子。

齐佑光终于将箱子打开，却发现箱子里空空如也，慌张道："怎么回事！"

朱晓心如死灰，暴怒地看向包一倩："是不是你搞的鬼！"

包一倩慌了："我怀疑他和井娅是一伙的，就去他房间看了看，发现了这个可疑的箱子后，以为里面装的都是毒药。"

"里面的东西呢！"朱晓怒斥。

"我……全都丢了。"包一倩懊悔不已，双唇抖动，"我真的不知道，我以为他是猎手。"

齐佑光叹了一口气："我是朱队请到T国来与你们会合的线人，代号'解药'，朱队为了保护我的安全，所以装作与我不熟，也没告诉你们。"

包一倩这才知道，齐佑光的身份与她一样。

"毒姐"的身份和手段曝光后，朱晓未雨绸缪，找到了专门研究各类蛇毒的医学专家齐佑光，请求他成为自己的线人，以此来对抗井娅。朱晓与众人来到清万后，担心井娅会亲自追杀，于是请求"解药"协助。齐佑光在朱晓的指挥下，装成被打劫一空的游客，到沈氏探馆应聘，掩人耳目。

包一倩跪在地上，痛哭流涕："对不起，我该死！"

朱晓狠狠地给了自己一巴掌："怪我，周旱死前，劝我用人不疑，可我还是担心你们会背叛我，不敢让你们知道彼此的身份。早知如此，我一开始就该对你们说清楚！"

孔末的双耳轰鸣作响，扑到床边，拉过范雨希冰凉的手，绝望地问："死女人没救了？"

赵彦辉又一次失眠，起身取出了陈欣桐的照片，睹物思人。

这时，门铃声响了起来，赵彦辉看了一下时钟，心中疑惑，这么晚了，是谁找他。他打开门后，才发现是江军，江军还推着一把轮椅。

赵彦辉惊讶道："江队，李教授！"

李教授轻轻点头："这么晚，叨扰了。"

赵彦辉将他们迎进门，急忙给他们倒水。

"老赵啊，京市市局派我到南港配合你行动。"江军说，"李教授应队里邀请，对咱们进行战略协助。"

"江队，您和李教授亲自来此，难道京市决定收网了？"赵彦辉凝重地问。

李教授点了点头："查了暗光许多年，是时候收网了。在此之前，有一个消息要告诉你。"

赵彦辉心中不安："什么消息？"

江军迟疑数秒后，说："朱晓给我传来消息，范雨希遭了井娅的毒手，生死不明。"

赵彦辉手里的水杯落地，呼道："什么！"

江军和李教授都没有再说话，赵彦辉颤颤巍巍地取出手机，给朱晓打去电话，却始终没有人接听。

赵彦辉的手脚冰凉，坐在了地上："欣桐已经离我而去，我不能再失去她。"

江军叹了一口气："你确定吗，陈欣桐就是范巧菁？"

赵彦辉老泪纵横："你给我传的卷宗上有欣桐的照片，我不会认错！"

赵彦辉看到卷宗的那一刻，觉得无比后悔，曾经朱晓三番五次地要向他介绍范巧菁遇害的案子，可他都没有听下去。这些年，他自恃清高，不愿私用警力调查陈欣桐的下落，甚至没对任何警察提起过陈欣桐的名字。当一切真相大白，他恨不得狠狠给自己几巴掌。

赵彦辉看过卷宗才知道，范巧菁原名陈欣桐，其母姓范，后来，陈欣桐经过困难重重的改姓改名申请后，成功更名范巧菁。他又从范雨希的出生证明入手，查出他担任卧底、与陈欣桐分开不久后，陈欣桐因难产而大出血，险些丧命。他推算了时间，确定范雨希是他与陈欣桐的孩子。陈欣桐艰难地生下范雨希后，落下一身病，为了治病，将身上的积蓄全部花光了。

"她为了不暴露与我的关系，没有联系我，没有请求警方帮助，为了养活范雨希，她甚至不惜去当舞女！"赵彦辉抽泣道，"她改名改姓，一定是觉得配不上我了！几年前，我回归警队，一路被破格提升为支队长，她带着范雨希去了京市，或许是怕我找到她，如果她没有去京市，或许就不会死！"

江军叹息摇头，将赵彦辉搀扶起来。

"是我辜负了欣桐，是我配不上她！"赵彦辉任凭眼泪往下流，"如果我们的孩子也死了，将来在黄泉路上，我怎么面对她！"

第 15 章
误杀

在七年前恭临城与"撒旦"第一次见面的大坝上，恭临城拿起枪抵在"撒旦"的额头上。

"当年，你高高在上，如今，却沦为阶下囚。"恭临城冷笑。

此时，"撒旦"已经伤痕累累，无力地跪在地上："要杀我就动手吧。"

"你的确有些手段，网罗了那么多猎手，可终究还是败在了我的手里。我还得谢谢你，是你一手创立了暗光。"恭临城笑着，"今天，我要看看你究竟是谁！"

正当恭临城伸手要取"撒旦"的面具时，孟萧赶到了。

"住手！"孟萧哀叹，"你们为什么走到了这一步？"

"因为我不喜欢有人踩在我的头顶上！"恭临城威严道，"孟萧，你应该了解我的脾气！"

"你们的目的是一样的啊！"孟萧求情，"既然你已经夺权成功，就饶她一命吧。毕竟这些年来，在她的部署下，暗光已经成功猎杀了几名警方的卧底和线人。"

"还远远不够！"恭临城咬牙，"我要余严春和他所有的线人和卧底都死，我要全天下藏在暗处的、替警方卖命的人都死！"

恭临城每一天都会盯着警讯报道看，这些年，眼看余严春前途光明，眼看警方在卧底和线人的帮助下，破获一起又一起重案，他都会想起自己不得不亲手策划害死恭美琪的场景，这种疼痛已经让他发狂，将仇恨无限地蔓延和扩大。

恭临城伸手去摘"撒旦"的面具，孟萧抓住了他的手腕："我从未向任何人透露过你的身份，你却想揭下她的面具，你这是陷我于不义！"

"孟萧，我给你这个面子。对我来说，她是谁已经没有任何意义。"恭临城缓缓地将手缩了回去，转眼就朝着"撒旦"的胸口开了几枪，"因为我没有兴趣知道一个死人的身份！"

"撒旦"被子弹的推力击落大坝，坠向大海。

孟萧来不及阻止，怒道："恭临城！"

恭临城摘下了面具："对不住了，兄弟，但我不能留她。"

孟萧哀叹了一声："罢了。她有恩于我，你做了这样的事，我也不能再帮你。"

"你要走？"恭临城挽留，"你是我最信任的人，我打算建立一个猎手榜，吸引实力强劲的猎手替我办事。没有你，就没有暗光，我会把你排在零位！"

孟萧轻笑："这对我来说有什么意义呢？"

"你当真要和我恩断义绝？"恭临城见孟萧心意已决，"也罢。替我干最后一件事，就当送我这个老兄弟最后一件礼物吧。"

"说吧。"

"我看上一个天才警校生，你的试验已经差不多了，是时候有一个真正的试验品了。"恭临城平静地说，"他叫方涵。"

孟萧同意后，离开了大坝。不久后，另一个女人来到大坝下，对着坝上的恭临城屈身："恭爷，我已经放出消息，'撒旦'被警方抓捕，落海身亡。'撒旦'定下过规矩，只杀卧底和线人，不杀无辜之人，不杀没有证据证明身份的怀疑对象。规矩需要更改吗？"

"井娅，'撒旦'定这个规矩意欲何为？"恭临城问。

井娅轻轻摇头："没有人知道。"

"虽说替暗光卖命的猎手要么是和警方有深仇大恨，要么是为了暴利，没有几个是真正为'撒旦'卖命的，但是，'撒旦'刚死，我就改规矩，恐怕难以服众。"恭临城兴致盎然地说，"既然是暗光和警方之间的斗争，无关外人，那就延续这条规矩吧。我的仇人恰好也是余严春和他的那些线人与卧底。"

"是。"

"猎手榜安排得怎么样？"恭临城问。

"目前还没有找到符合您预期的猎手能够登上猎手榜。"井娅老实回答。

"不必着急。"恭临城说，"暗光已经引起警方的注意，对付余严春和卧底、线人不是一朝一夕可以完成的，我还需要查查当初参与迫害美琪的线人是谁。我们有足够的时间物色猎手。不过，我心中倒是有几个人选。"

"您是说范雨希和关闻泽？"

"不错。关乙死后，关闻泽已经知道其母被我囚禁，被我送去秘密训练了，他将会成为我最大的武器！"恭临城激动道，"只是苦了小希这娃儿，关闻泽走后这些年，她像丢了魂一样。"

"您为什么会看上范雨希？"

"这孩子从小在舞厅长大，看的形形色色的人太多了，不知不觉间练就了察言观色的本领。如若送去系统地学习，必然是心理学的一把好手。"恭临城提起范雨希，一脸宠溺。

"那您为什么不送她去训练？"

"这孩子的性格和美琪小时候如出一辙，我打心底里喜欢，有些下不去手啊。"恭临城叹道，"罢了，日后再说吧，留她做我的干孙女，陪伴左右也不错。"

范雨希在生命垂危时，恍恍惚惚地做了一个梦，梦境将她带回了许多年前。

"妈，您什么时候对警讯这么感兴趣了？"范雨希依偎到范巧菁身边。

范巧菁宠爱地刮了刮她的鼻子："现在妈妈不当舞女了，还不能看看电视？"

范雨希望向电视，屏幕上入镜的人正是执行完任务回归的赵彦辉。

"妈，我知道这人，我听恭爷舞厅里的人八卦过。"范雨希说，"这个人年轻的时候就在不止一个犯罪团伙内部当卧底，一潜伏就是好多年，南港达的杨荣年轻的时候就是被他送进去的。后来，他又继续打入其他犯罪团伙内部，直到前两年才回归警队，现在是警界的大红人。"

"你一个姑娘家家的，天天听这些消息干什么？"范巧菁把电视关了。

"别人瞎聊，我就瞎听呗！"范雨希试探性地问，"妈，我能问您一件事吗？"

"又要打听你的爸爸？"

范雨希的头摇得像拨浪鼓："就算我问，您也不告诉我。我是想问，您为啥改名改姓啊？"

范巧菁回答："为了逃赌债。当年为了养活你，妈到处借钱。"

"又骗我。"范雨希撒娇道，"很少有人能当着我的面撒谎成功的，妈，您就告诉我嘛！"

范巧菁望着桌上的一束蔷薇花，叹了一口气，起身进厨房为范雨希准备晚餐了。梦里的范雨希不知道，那一天，范巧菁走进厨房后，偷偷地落了泪。

"如果我不改名改姓，他早该找到我了。"范巧菁掩着面，"他一定会嫌弃我，我也会丢了他的面子，影响他的前途。"

范巧菁突然做了决定，要带着范雨希离开南港。她知道，如果再在这里待下去，赵彦辉迟早会找到她们的。

范雨希睁开眼睛时，觉得天旋地转，四周是一片混沌的白色。

"死女人，你醒了！"孔末紧紧地攥住范雨希的手。

范雨希弱弱地问："这是哪儿？"

"医院！"孔末立即老实回答。

朱晓凑了上来，长舒了一口气："丫头，担心死我了。你醒了就好。"

包一倩激动地噙着泪水："小希妹妹，以后我一定对你好！"

范雨希艰难地起身，靠坐在病床上，见大家都盯着她与孔末握在一起的手，脸颊微烫，轻声问："你没事吧？"

孔末高兴得像一个孩子："没事。"

"丫头，放心吧，这家伙精神着呢。"朱晓笑着说，"你在医院躺了两天了，这两天，他没合过眼，一直搓着你的手，生怕你没了温度。"

范雨希的心头一暖："谢谢。"

孔末突然觉得有些生分，马上不高兴地站了起来，骂了声"死女人"后，就走出了病房。

"这家伙突然就吃错药了？"包一倩满头雾水，见齐佑光进了病房，立刻为他端茶倒水。

"他俩怎么了？"范雨希问。

朱晓反问："你是不是早就看出来了？齐大夫是我的线人。"

范雨希老实地点了点头："他第一天到沈氏探馆，我就猜到了。"

"齐大夫是我找来专门对付井娅的，代号'解药'，专门研究蛇毒治疗，包一倩这没眼力见儿的蠢货，把齐大夫备的血清药剂当成毒药全给丢了。"朱晓说起来，还带着气，"好在齐大夫有先见之明，在曼口也托人备了一个相同的药剂箱，否则你就真的没救了！"

齐佑光根据范雨希的症状，依据丰富的经验，确定范雨希中的毒素种类后，果断为她注射了血清药剂，将范雨希从阎王殿强拽了回来。后来，范雨希连夜被送到了曼口最大的医院，接受更加系统的治疗，终于在今天清醒了。

"你刚醒，身子虚，安心地休息两天吧。"朱晓劝说。

范雨希点头，死里逃生后，脑子理智了不少："对不起，我又闯祸了。"

"人没事就好了。周旱已经死了，如果你再死，我真的不知道该怎么活下去。"朱晓的眼睛里布满红血丝。

"以前总觉得你为了达成目的而不择手段。"

"现在呢？"朱晓摸着胡楂儿。

范雨希笑了笑，突然严肃："我妈妈的死和暗光有关系！井娅的反应很古怪，好像不想杀我。"

朱晓又一次想起了恭临城，将脸扭过去，不与范雨希对视："前些天，你病了，我本来打算等你病好了，告诉你一件事，没想到现在你又住院了。"

"什么事？"

"等你出院再说吧。"朱晓转移了话题，"这次和暗光交手还有新的发现吗？"

范雨希立即点头："我大概知道井娅为什么要打听克劳西的下落了。井娅见到我时，一直向我要她的手机。"

朱晓想起了克劳西临死前掉在地上的手机："那个手机是井娅的！"

"如果只是一个普通的手机，井娅不可能那么在意。"范雨希提醒道，"井娅擅长用毒，位居猎手榜第五，但她不也是'天叔'的传话筒吗？"

"你的意思是那个手机里有所有猎手的信息和联系方式！"朱晓跳了起来，咒骂了一声，"早知道，当时就该把手机捡来！"

"你去找沈探帮忙，让他问问手机是不是连同尸体一起被警方带走了。"

炎热的曼口街头，工人又装完一户窗子后，坐在巷子里乘凉。他在这条街上工作，街区上的窗户几乎都是他装的，每当有人需要安窗户和玻璃，都会到巷子里找他。

工人靠坐在墙上，大口地喝着茶，身边是高高叠起的大块玻璃，足足有三米高。他掏出廉价的手机，浏览起近日曼口的大新闻，很快，两则新闻引起了他的注意：泰拳手被电身亡、公司老板在办公室内被离奇炸死。

工人经历过昨天的坠楼逃生后，看到这样的新闻，心脏控制不住地跳得厉害。他详细地看过两则新闻里死者的名字后，忽然猛地站了起来："我见过这两个人！"

震惊的工人完全没有注意到身旁高叠的玻璃发生了异常：叠在最高处的那块大型玻璃竟然缓缓地移动，朝他的头顶滑去。

"我想起来了！"工人惊讶时，突然听见远方有人让他小心。

工人下意识地抬头，那块滑落的大型玻璃垂直落在他仰起的脖子上。刹那间，小巷里鲜血飞溅。

周遭的人群乱成一团时，朱晓恰好经过，凑上前去看到了身首异处的尸体，打了一个激灵，没想太多，便朝着拳场走去。他在沈探的帮助下，向警察局的熟人打听了一番，井娅要找的手机并没有在遗物清单里。他没拿，井娅没取，手机就这样不翼而飞了。

朱晓深思着来到拳场，第一时间找到了大力士秦力。秦力体型彪悍，但性格却十分温柔，听朱晓说起亲切的国语后，马上知无不言。

"你在国内挺出名的，怎么想到来这儿打黑拳了？"

"找刺激呗。"秦力嘿嘿一笑，"俺这么大力气，还真没地方使。打黑拳算什么，这世上就没有俺怕的事！"

就在这时，拳场里的招赌女郎经过，秦力吓得躲到了朱晓的身后。

"你欠她钱啊，躲着她干吗？"朱晓不解。

"兄弟，俺实话告诉你，这世上，我有怕的事，那就是和女人接触。"秦力见招赌女郎走远后，才站直身体。

"还有这事？"朱晓无语道。

"俺看过大夫，大夫说这是特定恐惧症，有人怕接近狗、怕高，而俺怕和女人接触。"秦力摆了摆手，"算了，不说了，你来找俺干啥？"

"我有件更刺激的事找你做，你愿意吗？"

"你说来听听。"秦力立马来了兴致。

"你听说过线人吗？"

医院里，气鼓鼓的孔末在病房外徘徊了两个小时后，终于走进病房，给范雨希递了一个削得奇形怪状的苹果："吃。"

范雨希拉过孔末的手："我吃，你别生气了。"

"没有。"

"有。"范雨希咬了一口苹果，"我对你说谢谢，所以你生气了。"

"没有。"

"就是有！"

"死女人，我说没有就没有！"孔末的脸涨得通红，吼叫声吸引来了许多护士责备的目光。

范雨希和孔末刚消停下来，病房外又突然闹哄哄的，只见一个端着摄像机的矮个子男人追着沈探进了病房。沈探不耐烦地用英语骂道："我说了多少遍了，不要跟着我！"

这时，朱晓恰好回来了，问："怎么回事？"

"这家伙自称记者，说要采访我，我跟着他回去，结果发现根本不是报社，而是他住的狗窝，又脏又乱的！"沈探气得跳脚。

包一倩打趣："谁让你贪慕虚荣，上当也怪不了别人。"

自称记者的男人对朱晓伸出了手："我叫奎查，是自由撰稿人，的确没有报社。我没有骗他，找他的确是为了采访他。"

包一倩听了奎查一口流利的英语后，说："不像个骗子啊，看上去文化程度还挺高。"

奎查继续说："我一直在跟踪报道曼口近年来发生的一些案件。这次，我关注到风俗店的案子后，马上前去采访，听说风俗店雇了沈探，我这才找到你们，希望拿到一手资料。"

沈探一听，双眼放光："找我要信息啊，早说啊！不过，我的信息向来很贵。"

"我没有钱，不过，我有一些信息可以分享给你们，作为我的报酬，我希望你们可以让我跟着，进行全程采访。"奎查提出了要求。

沈探像听了一个笑话："大言不惭，竟然有人敢向我卖情报。立马滚，我不要你的狗屁消息。"

奎查不死心："风俗店的女人不是克劳西杀死的，凶手真正的目标是克劳西，女人是被误杀的。"

沈探正要轰人，朱晓拦住了他，问："你的意思是克劳西被电死也是凶手搞的鬼？"

第 16 章
巴士

范巧菁带着范雨希离开南港的那一年，恭临城苦苦挽留无果，最终只好同意，还为她们在京市安排了住处。

"恭爷，您就这么放范雨希走了？"井娅问，"我记得您说过，想把她培养成猎手。"

恭临城的手紧紧地握住拐杖上的龙头："小希这孩子心地善良，我不愿意让她过上搏命的日子，但我舍不得她啊。这些年，我时常梦见美琪血淋淋的尸体，唯有小希这孩子能让我感到一丝温暖。"

"可您还是放她们离去了。"井娅不解，"您待范巧菁母女那么好，她们为什么一定要离开南港？"

"范巧菁，原名陈欣桐，是赵彦辉的恋人。"

井娅震惊道："难道范雨希是赵彦辉的孩子？"

"不错。"恭临城的眼神无比冷厉，"我曾想过利用范巧菁要挟赵彦辉，只是不忍让小希难过。如今，范巧菁毅然决然带着小希走了，那就怪不得我了。"

"要我动手吗？"

恭临城摆手："京港两地对暗光查得紧，这件事不能再由暗光去做。"

井娅心领神会："我明白了，我会找个人办得干干净净。"

恭临城咳嗽了两声："等范巧菁死了，你在南港开一家酒馆，想办法接近赵彦辉。此人若是利用得好，对咱们大有好处。"

"是。"井娅想了想，又问，"这些年，方涵与王雅卓处处与我们作对，我需要做点什么吗？"

"即使余严春和害死美琪的线人都死了，也远远不够，我要南港每多一个线人和卧底，就多死一人。总需要一个人来接我的班。"这些年，恭临城心中的仇恨已经无限蔓延，如今早已丧心病狂，他挥了挥手，将井娅打发了，"倘若他能像我从'撒旦'手中夺权那样将我打倒，便是合格的暗光接班人。他玩的都是我玩剩下的把戏，随他去吧。"

恭临城伫立在屋内恭美琪的灵位前，唏嘘不已。

"美琪，哥一定会让余严春和他的卧底、线人付出代价！"恭临城说着，联系了关闻泽，"替我干一件事。"

关闻泽沉默地同意。

"打电话给余严春，告诉他，你有暗光的情报。"

"以什么身份？"关闻泽问。

"从今儿起，你以'声音'的身份接触余严春。"

五年前，曼口郊外的公路上，一辆巴士缓缓地行驶着。司机吹着口哨，娴熟地拨着方向盘，时不时与巴士上的乘客攀谈。天空下着暴雨，雨滴砸在车窗上，啪嗒作响，惹人昏昏欲睡。

巴士上有近二十名乘客，其中有老人和青年，还有一个背着小书包的孩子。

"孩子，你刚上幼儿园吗？"有人问。

孩子乖巧地点点头："学校放假了，我要回家。"

孩子身边的中年男人抚摸着孩子的脑袋："她爸没空接她，我正好顺道，就替她爸接上了。"

一个老年人被暴雨惹得心烦意乱，叫骂道："你们小点声！"

巴士安静了几秒钟后，又有人窃窃私语："克劳西，刚刚你真的不应该给这个死老头儿让座。"

老年人听得一清二楚，如泼妇骂街般开始和那人撕扯。

司机透过车内的后视镜关注着身后的动静，没有出声阻止。他每天开车，形形色色的人都见过，早已习以为常。巴士内乱成一团，车外的雨越下越大，雨刷已经无法为司机扫清视线。

司机低头点了根烟，抽完一口后，不知是谁大喊："停车！前面的桥塌了！"

司机眯眼一看，果然，前方五米处的大桥已经塌了。他迅速踩下刹车，可是雨天路滑，巴士继续朝前冲去，眼看就要坠下大桥。巴士内的人大声尖叫，许多人被猛烈的惯性带离了座位。

当巴士终于停下来时，车头悬空，唯有车尾吊在还未坍塌的桥面上。车内的乘客疯狂地拍打着车门和车窗，越是慌张，车身就晃动得越厉害。

最终，巴士还是失去了平衡，车头滑向深渊。

"当年，巴士里一共有二十个人，只有十个人在事故里活了下来。"奎查向众人描述起了那场事故的惨状，"死的那十个人中，最老的七十多岁，最小的五岁，都摔得粉身碎骨，被车子压成了肉酱，巴士爆炸了，尸体的残肢在大火中烧了好几个小时，救援队才赶到。"

朱晓问："那么严重的事故，怎么还有一半的人生还了？"

"幸存的十人向媒体透露，车子坠下去的时候，车窗碎了，他们被甩了出去，落进了一旁的深河里，侥幸生还。而另一半的人跟着车子坠到了岸上，全都死了。"奎查掏出了一张报纸，"媒体给生还的十个人拍了合影。"

朱晓接过报纸，发现报纸上不仅有生还者的合影，还有每个遇难者的照片。

"朱队，这是克劳西。"孔末指着合影上的一人。

朱晓凝神看了看，确认道："不错，是克劳西。"

"你们相信这个世界上存在死神吗？"奎查发问，"虽然那些原本早就该死去的人侥幸活了下来，但还是无法逃过死神的索命。无论他们怎么努力地躲避灾害和意外，终将逐一死去，得到应有的结局。死神终究会来！"

"你的意思是克劳西之所以会死，是因为他原本应该在那场事故中死去？"朱晓反问。

沈探听了，不屑地一笑："你电影看多了吧？"

奎查指着报纸上幸存者的合影："克劳西被电死了；这个人，去年摔进没了井盖的下水道，淹死了；这个人，前年跌下楼梯，脑袋撞在石头上，死了；这个人，几个月前被几条疯狗咬得全身窟窿，也死了……"

奎查接连说了包括克劳西在内的六个人的名字，最近几年，这些人竟然都在各种看似意外的事故中不幸丧生。

朱晓不敢相信："你是说，生还的十个人里，如今只剩下四个人还活着了？"

奎查摇头，又指了其中一个人："不，只剩下三个人了。这个人名叫索钯，是一家小型公司的老板，就在前几天，他在办公室里遭逢意外，旋转座椅的金属杆子离奇地扎入他的下体，经抢救无效死亡。"

孔末闭目深思了一会儿，将信将疑地说："朱队，这样说起来，克劳西的死的确有蹊跷。如果电线杆漏电了，他回家停摩托车时就应该被电死，但事故是在他逃跑时发生的。"

奎查忽然接了一个电话，接完后，严肃地说："只剩两个人了。"

朱晓一怔："怎么了？"

"就在刚刚，装玻璃窗户的工人巴尔死了。"

朱晓猛地站了起来："当时我刚好路过，他是被玻璃切了脑袋，去看看！"

众人来到巷子里时，尸体已经被运走了，听附近看热闹的人说，警方勘查过现场后，直接认定这是一起意外事故，或许不会立案调查。奎查端起摄像机，对着地上的血迹拍了几张照片："死去的那么多人里，除了克劳西的案子，警方都没有立案。"

"朱队，过来看看。"孔末攀着架子，指着高叠的玻璃说，"这好像是油。"

"不错，是油。顶上的玻璃下被涂满了油，所以最顶上的玻璃才会滑下来。看来这当真不是单纯的意外。"朱晓用手摸了摸涂满油的玻璃，然后放在鼻前闻了闻，又仔细地观察高叠的玻璃，"玻璃面不是平的，而是微微向一边倾斜。"

"玻璃下压着一小块纸皮。"孔末发现了端倪，"有人刻意制造了可供玻璃滑落的倾角。"

包一情朝四处瞄了瞄："曼口的监控探头太少了吧，想要查出是谁抹了油不容易啊。"

"警方怕麻烦，不会花时间调查的。"奎查说。

孔末倚着墙，闭口不言，朱晓问："你有思路？"

"有个疑问，如果这是凶手所为，那么他是怎么确定玻璃会在什么时间滑落，又怎么确定玻璃滑落时，巴尔一定在场，并且坐在指定的位置？"

这时，沈探跑进了小巷，手里还拿着一捆绳子："我去巴尔家问了一下，他的儿子说，昨天，巴尔在装玻璃时险些丧命。"

朱晓接过那捆绳子，仔细地端详豁口后，发现断开的大部分麻绳细丝都呈笔直状，不像是自然磨损，更像是被人刻意剪开的。

"老朱，你的意思是有人故意把绳子剪成将断未断的样子，来赌巴尔看不见，从而害他？"包一情问。

孔末开口了："我懂了，凶手使用的是或然率杀人手法。"

"或然率？"包一情疑惑道。

"就是概率。"朱晓接过话，"凶手将杀人案掩饰成意外事故。既然是意外事故，就必须具备概率性，这样才能骗过所有人。他在绳子上动手脚，或许可以杀死巴尔，但也可能被巴尔发现，同样的道理，他在玻璃上动手脚，有可能玻璃滑落时，巴尔不在场。"

朱晓和孔末推测，凶手针对每一个目标都制定了不止一起"意外"。每一起"意外"都具备概率性，或许目标不会在其中一起"意外"中丧命，但只要凶手策划的"意外"足够多，目标丧命的概率也就足够大。

　　"克劳西是个特殊的例子。他是个泰拳手，天生机警，拳场是他出没最多的地方，或许凶手找不到机会动手，于是才想用毒药将其毒死。凶手将有毒的饮料卖给克劳西，但克劳西进了风俗店后，很可能随手将饲料送给了店内的女人。风俗店内的女子的确是凶手误杀的。"孔末分析，"克劳西没死，凶手才又策划了下一起电击事故。"

　　朱晓凝神，心中暗想：如果克劳西被电身亡是有人刻意为之，那井娅的手机很可能是被凶手捡走的。

　　南港，夜色弥漫。

　　恭家大院内，恭临城大发雷霆："吴点点被抓了？"

　　井娅透过电话，支支吾吾地道歉："是我安排失当。我没想到朱晓竟然会通过T国警方对付我们。"

　　这几天，井娅日夜担忧，寝食难安，没敢向恭临城汇报误伤范雨希的事，直到得知范雨希奇迹生还的消息后，才终于向恭临城告知吴点点被捕的事。

　　"井娅，你跟我有些年头了，不要再让我失望了。"恭临城的声音冷了几分。

　　井娅的背脊发凉，回答道："是。"

　　"一个小偷罢了，抓了就抓了。即使她被遣返回南港，也不会出卖我。"恭临城收拾好情绪，问，"他们找到王雅卓了吗？"

　　"还没有。您放心，如果他们觅得王雅卓的踪迹，我一定会第一时间知悉。"井娅信誓旦旦地说。

　　"所有猎手的名单和联系方式，除了我，便只有你有，好生保管。"恭临城警告道。

　　"是。"井娅战战兢兢地答道，仍旧没敢将手机丢失的消息告诉恭临城。

恭临城与井娅通完电话后，心中越发不安，于是叫来了阿二。

"恭爷，这么晚了，您还没睡？"

"把恭家大院的人都打发了，我要换一批新的人进来。"恭临城严肃道。

阿二吃惊道："所有人都换了？"

"不错。"恭临城望向阿二，"我给你放半年假，出去走走吧。"

阿二刚想说什么，但见恭临城坚决的眼神，只好鞠了一躬，默默地退了出去。

恭家大院连夜将人轰走之际，胡同外正停着一辆黑车，车上的方涵透过玻璃窗，将恭家大院外的动静尽收眼底。他取出手机，发现了一条未读信息，是白洋发来的：吴点点已被T国警方拘捕，近期会被遣返回南港。

夜间九点钟，朱晓带着众人来到了索钯的公司。

索钯死后，这家公司面临关闭，只剩下女秘书还在整理余下的事务。朱晓向女秘书打听了案发时的场景，了解了事情的来龙去脉。

案发当天，女秘书给索钯端去咖啡后，在办公室外与其他职员商谈工作事宜，忽地听见一道巨响和一声惨叫。他们进入办公室时，索钯已经失去了意识，鲜血溅了一地。

女秘书指着办公桌，向众人介绍让她此生难忘的一幕。当时，办公桌前的旋转座椅已经严重损坏，只剩下支架和四个轮子，炸飞的坐垫和靠背砸碎窗户，落到了街上，而衔接支架和坐垫的金属杆竟然硬生生地插入索钯的下体。

救护车赶到后，迅速将索钯送医，然而，由于失血过多，索钯死在了去往医院的路上。警方勘查过现场后，没有发现人为作案的线索，更没有发现导致巨响的爆炸源，只将那把可升降的旋转座椅取走勘验，不久后，对外公布这是一起意外事故。

"旋转座椅是什么样子？"朱晓问。

女秘书想了想，从手机里翻出一张照片。照片上，索钯坐在办公室里，对着镜头微笑，身下坐着的正是被警方取走的旋转座椅。座椅看上去很普通，是黑色的，可以手动升降，控制高低，也可以三百六十度旋转。

　　"这种座椅很常见，主要用于办公。"朱晓想了想，疑惑道，"没有爆炸源，座椅怎么会爆炸？"

　　朱晓抱着试一试的态度，将座椅的照片传给了"机器"后，接着问："座椅是哪儿来的？"

　　"是老板从家里取来的。"女秘书回答道，"去年，老板的椅子坏了，为了节约采购费，他没让我去买，而是从家里搬来了这把座椅。听他说，这是他从家附近的小摊贩那里淘回来的，很便宜，原本放在家里使用。"

　　据女秘书描述，索钯是一个十分节俭的老板。

　　朱晓问不出更多的线索，又带着众人去往克劳西的住处。几天过去，克劳西家外的电线杆已经修好。他们四处打听了一下，发现克劳西死前的两个小时，附近停电了。于是，朱晓又拜托沈探想办法到电力公司打听。不久后，沈探回了消息，电力公司的工人称，当时有一个穿着防电服的员工通知电力公司，附近的电路出现了故障，需要断电抢修，但是，如今再问起来，没有人承认自己是那个穿着防电服的员工。

　　孔末有所推测："凶手佯装电力公司的员工，断电后，在电线杆上动了手脚。"

　　"用高压电杀人十分危险，稍有不慎，自己也得把命搭进去。凶手具备十分专业的电力学知识。"朱晓正说着，"机器"给了回复，"这种旋转座椅自带爆炸源。"

　　"机器"解释，索钯使用的升降座椅为气压式升降座椅。气压式升降座椅下的杆部为气弹簧，由压力管、活塞杆和其他连接件组成。升降座椅的工作原理是在气弹簧里密闭的腔体内压入惰性气体，使得腔体内的压力大于大气压，利用压力差实现活塞杆的运动，从而达到升降座椅的作用。

　　"气压式升降座椅使用的惰性气体一般为氮气。"朱晓复述"机器"的答复，"如果气弹簧壁体薄厚不均或预压过大，或是频繁旋转、升降座椅，有可能导致过热爆炸。"

"机器"称，质量合格的气压式升降座椅，尽管氮气受挤压时压力增大，但仍处于气压膨胀的极限范围内，不会发生危险，但是近年来，一些劣质的气压杆使用的氮气纯度不足、气杆材质低劣，在夏季高温时频繁使用，常会导致压力骤升，引起爆炸。

"天哪，难道'机器'还是一个物理学专家？"包一倩一脸惊讶，"会的技能和知识也太广泛了吧！"

第 17 章
煤气

两年前，南港发生过一起重大的"警察遇袭案"，南港支队副支队长余严春被杀，尸体落入海中。就在余严春遇刺的前一周，几名跟随他多年的老线人被杀害，这令他痛不欲生。

那天夜晚，余严春与赵彦辉部署完新一轮的卧底和线人行动后，独自离开，赵彦辉并不知道，余严春离开支队后，又去了一个隐蔽的岸口赴约。

余严春来到岸港后，等了许久，终于看见一道身影走到了集装箱下。由于集装箱下太黑，来人的脸隐没在黑暗中。他眯着眼打量了许久，试探性地问："是你吗？"

"是我。"变声器作用下的声音有些古怪。

"这些年来，你以'声音'的代号为我提供诸多情报，但从不肯说你的情报从何而来，更不愿与我见面。尽管我用了技术手段，仍旧无法定位和追踪你。你的目的是什么？"余严春问。

"我的情报有错？"

"从来没错，帮了我很大的忙，只是我仍会好奇。"余严春慢慢地走了过去，"声音"主动走了出来，余严春终于看清了他的脸，"恭临城？"

恭临城拄着拐杖，取下了变声器，和善地笑道："余队，我们终于见面了。"

余严春仍旧没有从震惊中缓过来："你早已功成名就，为什么还要帮我？"

恭临城向余严春伸出了手："为了我的妹妹。她做了太多错事，我想替她赎罪。"

余严春与恭临城握手："恭家大院消息灵通，我早该猜到'声音'是你。"

"今夜我们见面，你没有告诉任何人吧？"恭临城问。

余严春摇头："按照你的要求，只有我一个人知道。"

恭临城爽快地点头："余队向来刚正，说一不二，我信。"

"既然从前不肯透露身份，为何今天主动约我见面？"

恭临城的手轻抚着拐杖上的龙头，沉声说："时间到了。"

"什么时间？"余严春忽然觉得恭临城的表情有些奇怪，脑中立刻将恭临城今夜的说话语气和节奏与从前密电沟通时的特征进行了对比，霎时发现了不同，"不，你不是'声音'！"

余严春的话音落下时，拐杖上的利刃插入了他的胸口。

"杀你的时间到了。今天是美琪的忌日！"恭临城抽回利刃，用拐杖上的龙头将利刃套上，嘴里发出激动不已的狂笑，"你很谨慎，我当然不会亲自以'声音'的身份与你接触。但是，'声音'是我的人。这么多年，我做梦都想杀死你，只是你太机警了，我始终找不到机会。今天，机会终于来了！"

余严春的嘴里涌出鲜血，跪倒在地上。

"这些年来，我利用'声音'向你传递可靠的情报，换取你的信任，终于查出了当年盯上美琪的线人身份。如今，他们已死，我终于能向你动手了！"

余严春的眼前一黑，忽地想起一个星期前遇害的所有线人都参与了当年对恭美琪的调查。他呕出一口鲜血，又想起不久前"声音"向他打探了那起陈年旧案，他出于对"声音"长期以来的信任，竟然无意间暴露了那几名线人的蛛丝马迹。而恭临城便是靠着这些蛛丝马迹，将那几名线人送进了坟墓。

"再告诉你一个秘密，当年，我妹妹的死不是意外。"恭临城掐住余严春的喉咙，"她死后，我就发了毒誓，要将你和所有的线人赶尽杀绝！"

"你是……暗光……"余严春的话未说完，就彻底闭上了眼睛。

过了初春，南港的天气开始回暖，万物复苏。绿荫遍布的山坡上是一片墓园。墓园里，一个戴着眼镜、穿着西装的中年男人正静立在余严春的墓碑前。

正巧赵彦辉捧着鲜花来祭拜余严春的坟墓。

"余律师，许久不见。"赵彦辉打了招呼，将鲜花放到余严春的坟墓前。

"赵队，您有心了，还记得弟弟的忌日。"余严冬整理了悲痛的表情，向赵彦辉道谢。

"我没有照顾好他，是我对不起你们一家啊。"赵彦辉对着墓碑鞠了一躬。

"弟弟大半辈子的时间都待在警队，或许他早就料到会有这么一天了。"余严冬黯然道。

赵彦辉又叹了一口气："近来伯父身体可好？"

"哥哥死后，父亲的身体就一直不太好，在医院里休养，母亲年纪又大，所以我暂时不接官司了，专心照顾二老。"余严冬说。

"也是，护工照料难免不周。"赵彦辉严肃地说，"您放心，我一定会抓到凶手！"

赵彦辉与余严冬攀谈着，离开了墓园。几分钟过去，恭临城拄着拐杖，祭拜完恭美琪后，也来到了余严春的墓碑前。

恭临城将墓碑前的鲜花踢走，吐了一口痰到墓碑上。

"死者为大，人已经死了，你还不肯放过他吗？"

恭临城闻声，缓缓地转身，笑道："方涵，你失踪后，警方正在紧锣密鼓地寻你，你就这么毫不遮掩地出现，不怕警方起疑吗？"

"你面对我一点也不遮掩，就不怕我猜出你的身份吗？"方涵反问。

恭临城拄着拐杖，慢慢地走到了方涵的面前："既然你已经猜到我是'天叔'，我掩饰又有什么用呢？吴点点被抓，不会供出我，倒有可能供出你，该担心的是你吧。"

"你想让我接班，又怎么会让吴点点供出我。"

"你很聪明。"

"老家伙，你就不怕我杀了你？"方涵的声音变冷。

"杀了我，你就赢了吗？"恭临城淡然道，"我的仇人已经死了，但天下的卧底和线人，我是杀不尽的。我需要有人接替我所干的事，你已经踏上我为你安排的道路了。"

"老家伙，你应该知道，这些年，我除了阻拦你们的行动和调查你的身份，什么也没干，一个卧底和线人也没杀。"

"那又怎么样？在你的眼中，我是你的敌人，等你接过我的班，除了我，自然会去对付其他敌人。"恭临城幽幽地说。

方涵冷漠地笑："你就那么确定我恨警方？"

"我的手下曾经问过我，你处处与我作对，我为什么那么确定你和警方不是一伙的。"恭临城放低了声音，"你知道，我是怎么回答的吗？"

方涵沉默。

"因为我信任孟萧。"

方涵听到这个名字，双眼顿时变得猩红，死死地扼住恭临城的咽喉。

恭临城几乎快要喘不过气，却仍然一脸满意："孟萧告诉我，从你走出试验室的那一刻起，就是一个无法控制仇恨和杀心的疯子。现在看来，这么多年过去，试验仍然有效。"

方涵的颈部青筋暴起，强忍着杀意，松开了手。

恭临城手拄拐杖，半蹲着身子，略显无力道："你恨我，恨孟萧，但也恨警方。如果不是他们的安排，你不会被赶出警校，不会被我所擒。难道你忘记了吗，你在一望无际的原野上杀了多少警察？"

方涵的身体剧烈地颤抖，一脚踢翻了恭临城。

恭临城倒地后，颤颤巍巍地坐起来："我给你送去那卷录影带的时候就知道，你一定会同意加入暗光，向我报复，向孟萧报复，向警方报复！"

那卷录影带只有声音，没有画面，但在方涵看来，却宛如血腥的人间炼狱。恭临城绝不会告诉方涵，他在原野上精神失常时，挥刀相向的不过是许多木偶人罢了。

"方涵，你回不去了。"恭临城站了起来，放声大笑。

"今天，我不会杀你。我会让你见识到我真正的复仇方式！"

一夜过去，范雨希的体力恢复不少，出了医院，住进了旅馆。朱晓向众人介绍了新的线人秦力，哪知包一倩要与秦力握手时，秦力吓得四处飞窜，这反应引起包一倩强烈的不满。

朱晓在记者奎查的帮助下，查到了一些线索，孔末坚决地要留下来照顾范雨希，秦力又不愿长时间与包一倩待在一起，于是朱晓留下孔末和秦力两人，带上包一倩和齐佑光出去查案。

一路上，包一倩骂骂咧咧："老朱，你这找的都是什么人，不敢与女人接触，这是什么怪病！"

齐佑光想了想，说："特定恐惧症，确实有这种病。"

朱晓一心想着案子。他推测，当初向索钯贩卖旋转座椅的摊贩便是凶手。这一起"气压式升降座椅爆炸案"也被他与孔末归结为"或然率杀人手法"。他猜测，凶手在气弹簧内充入纯度不足的氮气，并使用了壁体薄厚不均的材料，将气压式升降座椅改造成了一颗随时会爆炸的炸弹。但是，由于概率的问题，恐怕连凶手都不确定这颗炸弹会不会爆炸、何时会爆炸。

"升降座椅只是凶手针对索钯的一项杀人计划，为了提高杀死索钯的概率，他一定还制订了没被我们发现的其他计划。"朱晓说，"不过，我们当务之急是找到剩下的两名幸存者，避免他们遇害。"

奎查掏出地址簿，说："剩下的两名幸存者，一个叫米伦，一个叫呼利呷。米伦是一名家庭主妇，丈夫是个嗜酒的工人；呼利呷是曼口一个大学内的'全科教授'。"

"'全科教授'？啥玩意儿？"包一倩问。

"呼利呷的研究方向非常广泛，涉及各个学科。'全科教授'是当地人对他的称呼。"奎查解释，"我找人要了呼利呷的电话号码，打过了，没人接。米伦的家比较近，我们先去找她。"

朱晓若有所思，跟着奎查来到了米伦的家，但是敲了许久门，没有人开门。

"该不会已经遇害了吧？"包一倩紧张地说。

朱晓当机立断，破门而入，在客厅寻找无果后，闯进了卧室。米伦正安静地躺在床上，一动不动。奎查屏住呼吸，悄悄地走近，将手慢慢伸向米伦的鼻子。忽然间，米伦猛地睁开了眼睛，奎查吓得跑出了房间。

"你们是谁？"米伦端坐起来，恐惧地问。

包一倩努力比画着，奈何语言不通，无法交流，只好大声吼："奎查，你死哪儿去了！"

奎查这才将头探进来："没死？"

奎查翻译过后，才知道米伦要将他们赶走，否则等她的丈夫回来见到这么多男人，她跳进黄河也洗不清了。米伦将众人推出门外时，她的丈夫刚好回来，扫了众人一眼后，揪着她的头发走进屋里，将门窗紧闭，大打出手。

包一倩义愤填膺，正要踹门进去，奎查拦住了她："这里是曼口，我们不要插手人家的家务事。放心，打不死人。"

包一倩只得作罢，奎查又带着他们来到了呼利呷上班的大学，找了许久也没有找到呼利呷的踪影。朱晓打听过后才知道，前两天，呼利呷请了长假，没人知道他去了哪儿，手机也提示关机。

"突然失联，不会死了吧？"齐佑光问。

"还有一种可能，"朱晓说，"他是凶手。"

旅店内，范雨希躺着休息时，有人轻轻推门而入。范雨希听到声响后，坐了起来："孔末？"

但是，走入房间的人不是孔末，而是许久未见的关闻泽。

范雨希的眉头紧蹙："你来干什么？"

"你受伤了？"

"拜暗光所赐，你是暗光的头号猎手，不知道吗？"

关闻泽走到床边，伸手去摸范雨希的额头，但被范雨希避开了。

"跟我走。"关闻泽说。

"我凭什么跟你走？"范雨希叫住他，"记得你的身份刚曝光的时候，我还向朱晓信誓旦旦地担保，说你不可能是猎手。后来，你的身份被坐实，我又向朱晓保证，说你一定有苦衷。"

"我的确有苦衷。"

"什么苦衷？"范雨希追问。

关闻泽避开范雨希的眼神："现在不能告诉你。"

"'天叔'是谁？"范雨希又问，"朱晓说，你暗示过他，暗光有两派。你是哪一派？"

关闻泽又一次沉默。

"我从没有想过你会成为这样的人。即使你不告而别多年，变了一个人一样回到南港，我也只是觉得你的性格变了，从未想过你会变得不善良。"范雨希深吸一口气，下定了决心，"你走吧。下次再见，我们就是敌人，我不会手软。"

"跟我走，我会把你藏起来，直到一切都过去。"

"我为什么要跟你走？"范雨希反问。

"给我一点时间，我会向你解释。"关闻泽抓住范雨希的手腕，突然觉得身后有动静，迅速安静地避开。

不知什么时候，孔末走进了房间，手里的刀子险些刺中关闻泽。孔末凶神恶煞地看了看范雨希，又看了看关闻泽。

"不是你想的那样。"范雨希有些慌乱地解释。

"死女人，不要说话。只要告诉我，你要我怎么做。"孔末将范雨希护在身后，与关闻泽对峙。

"赶他走。"

孔末立即攻向关闻泽。关闻泽一心想带范雨希走，被迫应战。几个回合的交手后，二人不分胜负，关闻泽站稳身形，警告道："让开，不要逼我用尽全力。"

"求之不得！"孔末提起双拳，早就期待为他们之间数次没有完成的战斗画上句号。

关闻泽提腿，高高跃起，朝着孔末的脑门儿横扫而去。孔末用小臂格挡，却被强大的力道踢飞，撞倒了房间内的茶几。

"住手！"范雨希急得想要下床，却忽然头晕目眩。

关闻泽淡漠地问："你喜欢他？"

范雨希的呼吸急促，捂着胸口，咳嗽了两下："是。"

"再来！"孔末跳了起来，不服地伸手按住关闻泽的肩膀。

关闻泽往后一退，轻松地脱身，反倒抓住孔末的小臂，将他摔在地上后，把他的手臂扭在身后，令他动弹不得。孔末低吼着，竟不怕手臂被折断，强行翻身，出乎意料地挣脱后，反手给了关闻泽一拳，正准备乘胜追击，再来一拳时，却被关闻泽看穿了拳路，被钳住双手。

关闻泽又一次提膝，踢中了孔末的腹部，将他打翻在地。孔末这才相信，关闻泽没有说大话，从前从未使出过全力。

孔末快要招架不住时，隔壁房间的秦力听到动静，前来帮忙。关闻泽初次与秦力交手，没想到秦力的力量那么大，差一点儿吃亏，但很快调整了战斗方式，将秦力绊倒。秦力吃得满嘴灰，钥匙和手机落了一地，起身后怒气冲冲地攻上去，却有劲儿无处使，一拳也打不到关闻泽。

孔末和秦力并肩而战，原以为关闻泽会心生退意，不料他竟以一敌二，与他们陷入了胶着的混战。

傍晚，米伦被一种刺鼻的味道熏醒，揉着发昏的太阳穴坐了起来，看了看身边打鼾的丈夫，悄悄下了床。

米伦走到镜子前，看着脸上的淤青，心生委屈，偷偷落泪。这些年来，她的丈夫一喝酒，就会对她拳脚相加，在她的身上留下了许多伤疤。她哭着哭着，胃里一阵翻滚，那种刺鼻的味道不仅使她眩晕，更使她呕吐不止。

米伦晕沉沉地擦完脸后，走出了房间，准备为丈夫准备晚餐。她进了客厅后，那股刺鼻的味道更浓了。她用力嗅了嗅，发现门窗紧闭，气味不是从外面飘进来的，于是又摇摇晃晃地走进了厨房。这下，她终于知道那是什么气味了——煤气泄漏了！

不知什么时候，煤气罐的管子断开了，阀门则是全部打开的。米伦想去开窗户，但在轻微煤气中毒的作用下，摔倒在了地上，只得扯着嗓子呼救。半分钟后，她的丈夫也摇摇晃晃地来到了厨房，见她倒在地上，骂道："我的脑袋怎么这么晕，这是什么味道！"

米伦的丈夫头晕眼花，厨房里很暗，他怎么也看不清，伸手在墙上找灯的开关。就在他终于摸到并按下开关时，一道肉眼难以察觉的电火花在开关上闪烁了一下。

顷刻间，曼口的街头传出了一道惊天巨响，热浪掀翻了屋顶和墙壁，就连路过的行人都被殃及了。

第 18 章
丑闻

关闻泽离开南港的那一天才十几岁。那天天还没亮，寒风吹着纷纷扬扬的大雪，为天地裹上了白衣。

关乙的葬礼结束了，关闻泽跪在关乙的灵位前，一滴眼泪都没掉。他知道，还不是落泪的时候。

"父亲，你为什么这么傻。"关闻泽失神地呢喃，"你明知道他不会放过我们，为什么要干傻事！"

两天前，恭临城唤去了他们父子。关闻泽第一次知道姜妍失踪的真相，恨不得杀死恭临城，是想见母亲的渴望阻止了他。也是那一刻，他第一次听说不为人知的暗光。

关乙终于明白，为什么早已金盆洗手的恭临城迟迟不肯兑现诺言，放过他们一家。原来恭临城看上了充满潜力的关闻泽，想要将他训练成最强大的秘密武器。关闻泽为了重见母亲，不得不同意。无论关乙怎样求情，都没能改变恭临城的决定。

南港开始飘雪的那天，关乙憋在心头多年的怨气终于爆发。他提刀冲进了恭家大院，誓要杀死恭临城，然而，当关闻泽赶到时，所有的勇气化成了怯懦。他望着关闻泽年轻的面孔，忽地明白，靠他一个人不足以对抗恭临城，他的冲动只会为关闻泽招来更多苦难。

关乙向恭临城跪下，用自杀谢罪，恳求恭临城饶过关闻泽。关乙死后，关闻泽更恨恭临城，却不得不为了母亲而继续听命于他。他即将离开南港，接受恭临城的秘密训练。

关闻泽祭拜完关乙后，来到了范雨希的住处外。屋里的灯黑着，他在雪中站了不知多久，大雪飘到了他的肩头，落了化，化了落。他不能和范雨希道别，因为他不知道该怎么向她解释。

屋里亮起灯时，关闻泽最后望了一眼窗子，转身离开。

朱晓回到旅店时，范雨希的屋内一片狼藉。

关闻泽已经走了。秦力描述起关闻泽时，仍心有余悸："他太强了。"

包一倩一拍秦力的肩膀："你们两个大男人打不过一个关闻泽？你身上这肉白长了！"

"别碰我！"秦力躲到了朱晓身后，"他这一身武艺是怎么练成的？"

"听说他还是弹无虚发的神枪手呢。"包一倩的嘴里"啧啧"作响，"赤手空拳就已经让你们吃了这么大的亏，如果有枪，你们早就不知死了多少回了！"

孔末黑着脸，身上满是淤青，疼得头皮发麻，但嘴上不服输："算他跑得快！"

关闻泽不是被孔末和秦力击退的。关闻泽应对两人仍然得心应手，是范雨希眼看孔末和秦力节节败退，强撑着身子下床挡在了关闻泽的面前。关闻泽感受到范雨希坚决的眼神，只好走了。

"好了，都散了吧。"朱晓说，"我们的位置暴露了，准备一下，马上换地方。"

秦力如释重负，不想再与范雨希和包一倩同待一屋，便跑了，包一倩和齐佑光也各自回屋收拾。朱晓坐到床边，看着发愣的范雨希："丫头，关闻泽已经不是小时候和你打打闹闹的小孩儿了。"

范雨希回过神，点了点头："我知道。"

朱晓又看向孔末："让他出来，有案子和他商量。"

孔末切换了人格后，顿时疼得倒吸了好几口凉气，捂着身上的淤青："发生什么事了？"

"这家伙受的伤不轻，还硬挺着。"朱晓哭笑不得，"又死了一个人。"

米伦的家里发生了大爆炸，火被扑灭后，警方勘查了现场。沈探从警察局打探了消息，据说事故的原因是煤气泄漏，按压开关产生的电火花将泄漏的煤气引燃了。

如今，当年巴士事故的十名幸存者只剩下一个"全科教授"呼利呷了。呼利呷下落不明，突然联系不上，包一情和齐佑光一致认为他或许已经遇害了。

"但也有可能是凶手。"孔末分析，"凶手借助概率实现杀人，近期制造的多起专业性极强的案件中，涉猎的专业学科至少包含毒物分析化学、压力物理学和电力物理学，更不要说过去他策划的所有案件了。"

孔末的想法与朱晓对凶手的特征分析一致。凶手具备高端知识且知识面十分广泛，而"全科教授"呼利呷恰好具备这样的特征。如今，呼利呷忽然失联，更增加了他的可疑。

"犯罪动机呢？"范雨希倚在床上，问道。

"还没查明。"朱晓说，"有记者奎查和沈探的帮助，我们的行动倒是方便多了。沈探已经和警方取得联络，建议他们对所有的案件立案并案侦查。明儿一早，奎查会带我们去巴士公司，问清当年那场事故的前因后果。井娅的手机很可能落到凶手的手里了，我们要比他们提前找到凶手。"

"朱队，新闻上说，吴点点被捕，遣返回南港了。"范雨希疑惑道，"那晚是你报的警吗？"

朱晓摇头："不是。这会儿，吴点点应该已经到南港了。"

南港支队，吴点点被连夜审讯。

赵彦辉拍着桌子："说，是谁指使你的！"

吴点点轻蔑地笑出了声："自己查。"

"你以为你不说，我们就查不出来吗！"赵彦辉怒道。

吴点点索性闭上了眼睛，不再与他搭话。赵彦辉和吴点点耗了两个小时，这才回到办公室，见了江军和李教授。

"她对恭临城忠心耿耿，怕是什么也没说吧。"李教授的手指轻敲着轮椅的扶手。

"像您预料的那样，的确什么也没说。"赵彦辉回答。

"'天叔'的身份已经摸清，是时候查查暗光的另一派了。"江军说。

"上次，我疑惑既然证据确凿，为什么不动手抓捕恭临城时，您说暗光的水深，我本以为您是怕恭临城不肯供出手下的猎手，原来是有两派。"赵彦辉略微不悦，"虽然朱晓是我的手下，但有什么事，总越过我向您先行汇报，你们知道消息的速度比我快多了。"

江军笑道："老赵啊，难怪朱晓这小子老说你官腔重。"

赵彦辉旋即释然："只要能破案，怎么都好。"

"我和李教授考虑过了，刚波已死，范雨希的冲动劲儿过去了，不必将其召回来了。"江军小心翼翼地说，"此次范雨希大难不死，我一定会嘱咐朱晓对她多加照顾。老赵，对不住了。"

"那么多线人冒着生命危险协助警方维护社会治安。别人可以，她也可以。既然朱晓那混账东西已经把她拉进局，我不会因为她是我的女儿，就区别对待。"赵彦辉看开了。

门外突然有人汇报，南港的多家舞厅发生打架斗殴的事件。

"老赵，去把恭临城请到南港支队吧。"江军意味深长地说，"舞厅是恭临城的，这个时候请他来喝茶合情合理。"

"咱要对他动手了？"

江军摇头："还不到时候。"

半个小时后，恭临城拄着拐杖踏入了南港支队，赵彦辉亲自招待。恭临城一进门就点头哈腰："赵队，我也不知道舞厅怎么了。"

"恭爷，甭着急，例行公事。"赵彦辉牵过恭临城的手，搀扶他走进休息室，"您的年纪大了，今晚就在支队的休息室里歇下吧。"

舞厅突发的斗殴事件令恭临城心中不安，他原本觉得是南港支队为了请他到支队而搞的鬼，但转念一想，警方绝不会如此下作，很快，他想到了方涵。

"您要问什么现在就问吧，我认床。"恭临城婉拒。

"现在怕是问不了。警方通缉的吴点点刚被遣返回来，我还得连夜审她。"赵彦辉面不改色地说，"而且，我派出去的人正在查舞厅发生的事，您就先安心歇着吧，甭担心，最多就是让您停业整顿一阵子。"

恭临城在休息室里躺下时，方涵带着一波人来到了恭家大院。

"我们已经把南港翻遍了，都没找到姜妍。恭临城把恭家大院的人都撤走，找了一批新人代替。我打听过了，他换来的那群人是从各个犯罪团伙里抽调来的，是归'毒姐'管辖的猎手。他之所以这么做，恐怕是已经把姜妍转移到了恭家大院内。"手下报告。

"关闻泽是恭临城的左膀右臂，他怕我找到姜妍后，失去对关闻泽的掌控。"方涵吩咐，"闯进去看看就知道了。"

"老大，我有件事不明白。"手下疑惑道，"恭临城把这么多猎手召集到恭家大院，那这些人不就知道他是谁了吗？从前，知悉恭临城身份的人可寥寥无几。"

"这老东西已经做好决战的准备了。"方涵答道，"找到姜妍后，密切关注恭临城的动向，谨防他逃走。"

隔天，朱晓带着众人换了旅店后，又在奎查的带领下，来到了巴士公司，打听了当年那场事故的起因。但是，巴士的司机在那场事故中丧生，车内又没有监控探头，没有人知晓当年事故的具体细节。

奎查掏出另一份当年的旧报纸，说："昨晚回去后，我翻遍了报纸，找到当年的一个传言。"

朱晓接过报纸，扫了一眼后，疑惑道："难道呼利呷是为了掩盖丑闻，这才杀了人？"

报纸采访了一个不愿意透露身份的幸存者，幸存者在采访中称，那辆大巴车急停在断开的桥梁上后，一半的人被惯性带飞到了车头处，另一半人留在车尾处，车子恰好一半悬空，一半着地，保持了平衡。车子摇摇晃晃时，所有人不敢乱动，生怕大巴车栽下去。巴士有两个车门，一前一后，前车门挨着深渊，无法通行，司机只得开启了后车门。但是，一旦车尾的人撤离，巴士很可能因为车头过重而失去平衡。于是，所有人商量，等车头处的人慢慢转移到车尾之后，再一同下车。

"匿名的幸存者在采访中说，车内的人在移动位置时，导致车身惊险地晃动，呼利呷惊得直接从后车门逃生，使车子彻底失去平衡，坠入桥下。"奎查复述了报纸上的内容，"事后，呼利呷用钱堵住了其他幸存者的嘴。这名匿名的幸存者不肯透露身份，也是怕得罪呼利呷。"

这起报道在短时间内影响过呼利呷的名声，但没多久便不了了之了。

"这个道貌岸然的教授是用钱把这件事强压下来了吧。"包一倩骂道。

"如果他是凶手，那犯罪动机便是想彻底掩盖这起丑闻。"朱晓推测道。

大家离开巴士公司时，沈探赶到了："警方听了我的建议，根据种种可疑的线索，决定立案。他们找到了呼利呷的下落，那家伙正躲在乡下的老家。"

"太好了！"包一倩直呼大快人心，"这下，他跑不了了。"

"还有个消息，刚刚曼口的警察局内部处理了一个收受好处、对外透露侦查消息的家伙。那家伙已经把呼利呷的下落卖给了一男一女。"沈探说。

朱晓一惊："难道是蒋海和井娅！"

警方赶到乡下抓人时，扑了个空，呼利呷已经被井娅和蒋海掳走了。

呼利呷被关到了一间黑漆漆的屋子里，遭受了蒋海的毒打，昏了过去。

"这家伙真不经打。"蒋海满头大汗，对白洋招招手，"换你打一会儿。"

白洋坐在地上抽烟:"这家伙的胆子小,都吓得尿裤子了,还不肯招,看来真的没拿手机。"

井娅又搜了一遍呼利呷的身体,担忧道:"手机究竟在哪里?"

"你不是怀疑朱晓将其拿走了吗?"白洋问。

"不是。"井娅想都没想便说。

白洋将烟掐灭:"为什么这么确定?"

"如果手机不是被凶手拿走的,朱晓为什么那么卖力地调查这起案子?"井娅反问,仍未说出实情。

"这些警察的脑袋都有坑,职业病。"蒋海喘着粗气,"我打不动了,要打你继续。"

白洋也说道:"如果朱晓没拿,凶手也没拿,说不定是路人发现尸体后,贪小便宜,将其拿走了。要不汇报恭爷,找一个黑客定位一下手机的位置。"

"手机经过处理,定位不了。"井娅愁眉苦脸地蹲下身。

蒋海打趣道:"合着你防来防去,防了自己。"

"要是恭爷知道了这件事,恐怕会直接杀了你。"白洋幽幽地说道。

他们不知道,直到隔天中午,恭临城才从南港支队里走出来,上了手下的车。

"恭爷,恭家大院被劫了。"车上的人对他说。

虽然恭临城早有预料,却还是气得咬牙切齿:"姜妍呢?"

"被劫走了。"

"方涵,你果真是在逼我!"恭临城气得咳嗽不止。

"恭爷,咱们回恭家大院吗?"

"当然要回。"恭临城迅速冷静了下来,"虽然做好了决战的准备,但没想到来得这么快。开车吧。"

朱晓回到旅店时,召集了众人。

"呼利呷被井娅劫走了。"朱晓说，"或许井娅拿回自己的手机了，这起案子，咱们就管到这儿。"

包一倩大喜："老朱，你不听沈探的了？"

"一直寄人篱下，指望着他帮也不是办法。"朱晓看向秦力，"我给你介绍的这门差事够刺激吗？"

"刺激，要是没女人就更好了。"秦力背对着大家，不肯与包一倩和范雨希对视。

"你想好了吗，我们办的事很危险。"朱晓再一次提醒。

包一倩嘿嘿地笑："老朱，你变了。这一次，终于不再对我们互相隐瞒对方的身份了。"

范雨希看了看众人，发现少了一个人："孔末呢？"

范雨希的话音刚落，沈探推门跺着脚走了进来："风俗店不给我钱，说是警察还没抓到呼利呷。你们得帮我抓到凶手。"

朱晓站了起来，对着沈探抱拳："从今儿起，我们不再给你打工了。"

沈探急眼了："你不帮我，我就不帮你找人。"

朱晓毫不在乎："你一次又一次坐地起价，真当我们是软柿子，随便捏？难道整个T国只有你一家侦探事务所？"

沈探慌了："罢了，罢了，就我第一次说的那价，我帮你找人。"

朱晓摆手："别介，您的优质服务还是留着坑其他人吧。再说，我的钱只够请一家侦探事务所。"

"你已经找了别的事务所？"沈探急得干瞪眼。

"不错。"朱晓笑道，"前些天，我瞒着你找了一家大型的侦探事务所，人家价格比你低，手段比你多。今儿刚给我消息，说是快有信儿了。"

包一倩拍手叫好："老朱，干得漂亮！"

"这不，有信儿了。"朱晓当着沈探的面晃了晃响动的手机，按下了免提键。

"朱队，事务所的人说找到人了。"孔末在电话里说。

第 19 章
女孩

几年前，那辆大巴士悬在断桥上，暴雨有节奏地拍打着金属车身，"啪嗒啪嗒"，像极了死神催命的脚步声。

"叔叔，我怕。"小女孩趴在地上，牙磕掉了好几颗，就在刚刚，她被甩到了车头，险些撞碎挡风玻璃，坠入桥下。

呼利呷的双腿发软，牢牢地抓住扶手，强忍着失禁的恐惧，结结巴巴地安慰："别怕，叔叔会把你送到爸爸那儿。"

小女孩哭着从地上站了起来，踉跄着跑向坐在车尾的呼利呷。这时，车子猛地晃动起来，车头又往下滑了一截。

"别动！"呼利呷猛地呵斥。

小女孩已经跑到了巴士的中部，被呵斥声吓得停住了脚步，进也不是，退也不是，只能抹着眼泪大哭。

呼利呷咽了一口唾沫，对司机说："大家不要乱动。把车的后门打开，大家一个一个轻轻地爬过来。"

司机听了呼利呷的指挥，将巴士的后门打开。

"趴下，慢慢爬过来。"呼利呷对小女孩说。

小女孩没了胆子，不敢动。

"你忘了你爸爸让我接上你一起回家。"呼利呷颤抖地招手，"别怕，轻轻爬过来。"

"快点！你想死，别拉上我们！"其余等在车头处的乘客催促道。

小女孩终于动了。

车门外溅进来的雨水打在呼利呷早已被汗水浸湿的衣服上。呼利呷的心提到嗓子眼儿，车身的每一次晃动都令他心脏狂跳，车内闷得厉害，他觉得快要不能呼吸了。

小女孩终于快要爬到车尾了，忽然间，她站了起来，三步并作两步朝着呼利呷跑去。"轰"的一声，车子又往下垂了一段，小女孩脚下一滑，再次滑向了车头。

车内的人失声尖叫，司机赶紧安慰："别怕，别怕，再来一次！"

"让我先！"

"我先！"

巴士里的人陷入了慌乱，车子摇晃得更加厉害了。呼利呷觉得自己的半只脚已经踏进了棺材里，眼角的余光扫向车门，再这么下去，他一定会死在这里。忽然间，他承受不住巨大的心理压力，猛地朝着车门跃去，蹿出了巴士。

巴士完全失去了平衡，向下坠去，呼利呷大汗淋漓地脱离危险时，听到了一声差点儿震破耳膜的巨响。

幽暗的房间里，恭临城给井娅打去电话，下达了命令："姜妍被救，杀死关闻泽。"

恭临城挂断电话后，仔细地听着宛如海浪拍打甲板的声音，问道："还有多久能到？"

"恭爷，马上就到了。"

恭临城打开窗户，凉风和刺眼的光灌了进来，仔细一看，那竟然是一片蔚蓝的海域。

船只在海上行驶时，赵彦辉匆匆忙忙跑进了办公室："江队，恭临城跑了！"

江军吃惊地站了起来："什么时候的事？"

"目击岸口偷渡的证人说，昨天下午，恭临城登上了客船。"赵彦辉斥责恭临城狡猾，"昨儿他离开支队后，乘车回了恭家大院，一定是在路上耍了手段，偷偷溜走了，开回恭家大院的是一辆空车！"

"不能等了，发布通缉令！"

"他的手下都在曼口，我马上联系海警拦截。"赵彦辉正要出去，被拦下了。

"如果恭临城真的要去T国的话，不会乘船，既费时间，又不安全。恐怕他是乘船到其他市，通过伪造证件，乘飞机走了。"江军很快冷静下来，"他若不逃，我们有对付他不逃的计划。现在他逃了，必须启动另一个计划，一道在T国把他解决了。"

井娅挂断电话后，问白洋："关闻泽呢？"

"那家伙神出鬼没，我怎么知道？"白洋正在整理武器装备，"不过，前两天，他闯进旅店，与孔末和朱晓刚招的一个大力士线人大打了一架。"

"让他回来，告诉他，有新的任务。"井娅吩咐。

白洋给关闻泽打完电话后，才问井娅："什么任务？"

井娅没有明着回答，反问："他身上有枪吗？"

"有，"白洋确定道，"我给了他一把自制手枪。"

"想办法要回来。"

一旁的蒋海眯起了双眼："恭爷要杀他？为什么？"

"方涵救走了姜妍，现在，关闻泽是我们的敌人。"井娅给毒剂枪上了针剂，"恭喜你，今天之后，你就是猎手榜榜首了。"

"方涵有能力救走姜妍，你该不会认为方涵会傻到不通知关闻泽吧？"蒋海从椅子上跳了下来。

"关闻泽的手机里装了监听器，他和谁联系都瞒不过我。"蒋海说，"来到T国后，只有我们几个与他通过话。"

"听说方涵见过他，难道他就不能用公用电话联系方涵？"蒋海仍然不放心。

"他不敢。"井娅确定道，"恭爷给了他最后一次机会，一旦他有异动，就会杀了姜妍，他不敢拿姜妍的命来赌。"

蒋海拍手叫好："你们果然心狠手辣，将人玩弄在股掌之间，我自愧不如。"

一个小时后，关闻泽来到了郊外的废楼前。

白洋伸出手要枪："自制枪给我，有点问题，得再鼓捣鼓捣。"

关闻泽毫无戒备地把枪丢给白洋后，徒步进楼，蒋海挡住了他："不用进去了，就在这里解决吧。"

关闻泽冷漠地扫视白洋和蒋海，沉声问："井娅呢？"

回答关闻泽的是一支刺入他胸口的针剂。井娅举着枪，缓缓从废楼里走了出来。

关闻泽的眉头锁成"川"字，朝前迈了一步，半跪在地上，蒋海迎前一脚，将他踢倒，叫嚣道："我等这一天等很久了。"

关闻泽吃力地爬了起来："为什么？"

井娅将毒剂枪收起："你的母亲得救了。关闻泽，你可以瞑目了。"

关闻泽抬起头，望向天际的夕阳，露出了微笑。

蒋海揪住关闻泽的头发，将匕首架在他的脖子上，用力一划，鲜血没有如同预想中喷溅而出。危急时刻，关闻泽抓住蒋海的手，将他从身后翻摔在地，而后起身朝着远处跑去。

蒋海咒骂一声，从身上掏出枪，对着关闻泽的背影连开数枪，每一颗子弹都击中了他。

关闻泽倒地后，又踉跄着站起来，蹿入了草丛里。

蒋海不肯罢休，还想追击，井娅拦住了他："别追了，他中了蛇毒，又中了你那么多枪，不可能活下来。现在，我们有更重要的事要做。"

白洋问："什么事？"

"朱晓找到王雅卓了。"

"孔末一夜未归，是去绑人了？"包一倩听闻孔末抓到王雅卓了，兴奋不已，"咱们的任务是不是马上就要结束了！"

"如果一切顺利的话，我们很快就可以回国。"朱晓交代，"孔末把王雅卓绑在一个仓库里，我去会会她。"

"我也去。"包一倩掏出车钥匙，"我给你开车。"

"不必了，就在附近，步行就能到。这丫头还有点虚弱，你们留下照顾她吧。如果关闻泽和井娅他们再找上门，你们立刻转移。"朱晓扫了一眼在床上躺着的范雨希，拒绝了，"秦力，你负责保护两个女人和齐大夫，孔末不在，只剩你一个打手了。"

秦力不情愿地走出门："我就在隔壁，有事再叫我，我不想和女人待在一起。"

朱晓离开旅店后，按照孔末发来的地址，摸索着找到了仓库。他在仓库外沉思了数秒后，推门进去，顺便小心翼翼地将门关上了。

仓库不远处的林子里探出了一个脑袋。他掏出手机，给井娅发去了定位，屏幕的光映着他的脸，仔细一看，竟然是秦力。

半个小时后，井娅一行三人开车赶到，与秦力会合。

蒋海见了秦力，惊讶不已："你竟然是猎手？"

"猎手榜第六，秦力。"秦力介绍完自己，指向远处的仓库，"朱晓进去半个小时了还没出来，孔末和王雅卓也在里面。"

"今儿我就要了孔末的命！"蒋海迅速给枪上膛，率先冲上去，一脚踢开了仓库大门，拿枪指着前方，却发现仓库里空空荡荡，唯有仓库后门的一束月光洒了进来。

秦力愣住了："他们跑了？"

蒋海骂道："没用的东西，看个人都能看走眼！"

秦力一把揪住蒋海，将他提了起来："再说一遍！"

"别吵了！"井娅迅速厘清了思路，"我们中计了！"

秦力将蒋海丢到一旁："什么计？"

"把你的手机给我。"井娅伸手要手机。

井娅接过秦力递来的手机仔细翻看，果然在后台发现了一个隐蔽的电话定位软件，这才说道："调虎离山计！"

距离警察局只有不到一百米的旅店内，齐佑光和包一倩提着众人的行李，带着范雨希转移到了这儿。孔末和朱晓也在这时回来与他们会合。

朱晓发现奎查也在，问："他怎么在这儿？"

"这家伙跟我们跟得紧，我们刚要转移，他就死皮赖脸地跟上来了。"包一倩无语道。

奎查端起摄像机，笑嘿嘿地说："你们可答应过我，让我全程采访。我给你们提供了这么多线索，你们不会言而无信吧？"

朱晓看了看手表，不再追究："没时间了，丫头，你一个人在这儿能行吗？"

范雨希点头："附近就是警察局，就算他们找到这儿，也不敢胡来。如果你需要人手，就都带走吧。"

"走！"朱晓一声令下，带着孔末、包一倩和齐佑光出了旅店，奎查也立即跟上，钻上了车。

"老朱，你是什么时候发现秦力有问题的？"包一倩一边开车，一边问。

"得亏了范雨希。这丫头看人的功夫越来越厉害了。"朱晓解释，"在擂台上时，范雨希就发现秦力在偷瞄我们，而当晚，井娅又出现在拳场。所以我怀疑，秦力是猎手。"

"既然你怀疑他是猎手，还敢引狼入室？"齐佑光吃惊道。

"不入虎穴，焉得虎子？"朱晓笑道，"一开始，我和范雨希都不确定，所以故意前去招揽，如果他是猎手，恰好可以利用他将井娅等人引捕入狱；如果不是，正好招个打手，为我所用。"

"我就说，在曼口哪那么容易找到王雅卓，原来是你的计谋！"包一倩叫好。

"我托'机器'给我设计了一款电话定位软件，只要秦力的手机接上我的电脑，软件就会自动安装。"朱晓继续解释，"今晚，我去了仓库之后，果然发现秦力给井娅通风报信了，这才真正确定了他猎手的身份，还顺带知道了井娅的位置。"

"可以啊老朱！"包一倩拨动方向盘，驶过一道弯，又觉得奇怪，"可是，你是什么时候在秦力的手机上动手脚的？"

"我总是找不到机会。"朱晓擤了擤鼻子，继续说，"直到那晚，关闻泽突然造访，与孔末、秦力二人打斗。秦力被绊倒了，手机和钥匙都掉在了地上，孔末趁秦力没有察觉，把手机踢到床边，范雨希抓住机会动了手脚。"

"看不出来那个孔末还有这智商。"包一倩觉得心情舒畅。

孔末轻声笑道："他本来就不算笨。"

"其实还有一个疑点。"朱晓说。

齐佑光接过话："是特定恐惧症吧？秦力的特定恐惧症应该是伪装的，他的行为表现与症状并不完全相符。他之所以编造不敢与女性长时间接触，应该是为了避免与范雨希长时间接触，担心被看出端倪。"

"合着你们要么一开始就知道，要么早就看出了端倪，就我一个人被蒙在鼓里了？"包一倩不满道，随后又发笑，"小希妹妹的威名真让这些人吓破了胆儿，一个快四百斤的大男人，编什么理由不好，竟然撒了一个怕女人的谎！"

"一开始，井娅以为我们拿了她的手机，但后来，他们直接掳了凶手。如果没有人通风报信，她怎么那么确定手机真的不是我们拿的？抢在警方前面掳人，这太冒险了。"朱晓说，"对她来说，那个手机太重要了，导致她的部署过于仓促，漏洞百出。"

奎查什么也听不懂，只好摆弄着摄像机，缩在车尾，等着抓拍凶手的照片。

包一倩驾车的速度很快，十几分钟后便将车停在了废楼外。

"小心点！"朱晓带头进入废楼，拿着手电筒四处查探，没有发现危险，"他们应该都被引到仓库去了。动手，找人！"

废楼共有八层高，众人分头找人。

齐佑光来到废楼的四层后，四下摸索，忽地听见些许动静。他循着声音，找到了一个破旧的柜子，正要伸手，忽地听见包一倩大叫一声："找着了，在顶楼！"

齐佑光迅速转身向顶楼跑去。他走后，破柜的门缓缓打开，一颗脑袋轻轻探了出来，贼溜溜的目光朝四下扫了一圈后，又轻轻地将柜门关上了。齐佑光没有注意到废楼的四层堆满了样式奇特的滑轮和绳索。

顶楼的风很大，呼利呷被打得鼻青脸肿，绑在木椅上不省人事了。齐佑光掀开呼利呷的眼皮，观察对方的呼吸和脉搏后，说："没有生命危险，只是昏过去了。"

"我们带人先撤。孔末，报警，等井娅他们回来时，刚好落网。"朱晓吩咐。

奎查将摄像机的镜头对准呼利呷一顿狂拍，包一倩看不下去了："拍好没有？过来帮忙！"

"好了，好了，这些照片足够我发好几篇报道了！"奎查兴奋地将摄像机收起来，搀扶着呼利呷往废楼下走去。

井娅发觉中计后，开着车子朝废楼赶去。中途，她停了车，将白洋放下车："从市区去废楼只有一条路，我要这条路瘫痪，让警察去不了废楼。"

"简单。"白洋打了一个响指，从随身携带的装备箱里取出了一颗定时炸弹安在路边，"走吧。"

车子驶离十分钟后，定时炸弹上的倒计时归零，然而，炸弹没有爆炸，电子屏在冒出了一缕白烟后，黯淡下去。

这条街区的尽头便是警察局，警察局旁边一百米的旅馆内，范雨希披着外套，站在窗边，等待孔末与众人归来。她来回走动着，心里焦虑不安，实在找不到事情做，只好收拾起众人因仓促转移而随地摆放的行李。她在整理奎查的背包时，一张照片从包里掉落出来。

范雨希捡起照片仔细地端详。照片上是奎查与一个小女孩的合影，奎查穿着一身研究员状的白袍，站在一个看起来像研究室的地方，怀中抱着只有几岁大的小女孩。

范雨希的心跳突然加快，发了疯似的翻包，从里面找出了那份刊登了巴士事故遇难者照片的报纸。她迅速浏览，很快找到了一个小女孩的照片。

两个小女孩竟然是同一个人。

"糟了！"范雨希大呼不好，给朱晓打去电话，没人接，又给孔末打电话，依旧没人接。

范雨希将所有人的手机都打了个遍，全都没有人接。她不敢耽搁，一咬牙，穿上鞋子跑出了房间。

"小希！"

当范雨希跑出旅店后，忽地听见一道熟悉的声音唤她。

第 20 章
脱逃

　　大巴事故发生后，警察和救援队姗姗来迟，被通知的家属也都冒着倾盆大雨前来确认。

　　有人欢喜有人忧，断桥下充斥着侥幸生还者的笑语和痛失亲人的哀号。一个男人跌跌撞撞地赶到事发现场，在拥挤的人群里寻找女儿，但一无所获，终于，他在救护车旁看到了受了轻伤的呼利呷，带着满心不安走了上去："教授，我的女儿呢？"

　　"奎查，我……"呼利呷遮遮掩掩，最终还是指向了一张铺着白布的担架。

　　奎查的双腿像被抽了骨头，倏地变得无力，半爬半挪地来到担架旁，战栗地掀开白布。白布下是一具被碾得只剩下半个头颅的幼小尸体。奎查满脸铁青，放下白布，不知哪来的力气，他一下站了起来，四处张望，大声喊着女儿的名字。

　　呼利呷阻止了奎查："奎查，对不起，这就是你的女儿！"

　　奎查含着眼泪，歇斯底里地摇头："不可能。我的女儿没有死！我只有她一个亲人，她不能死！"

"对不起。我没有完成你的嘱托，将她平安带回家。"呼利呷抱着奎查，放声大哭。

奎查是呼利呷在大学研究室里的助手，今天因为加班，没有时间接放假的女儿回家，便托恰好顺道的呼利呷接她回家。

奎查瘫坐在女儿的尸体旁，哭得声嘶力竭。

人们是健忘的，事故发生后一年，除了遇难者的亲人和幸存下来的人，所有人没再提起这场事故。直到有一天，一家报社在遇难者悼念日这天刊登了一个自称是事故幸存者的匿名采访。

奎查拿着报纸，冲进呼利呷的研究室，愤怒地质问："报纸上说你抛下了所有人，包括我的女儿，独自逃生，这才导致了不可挽回的事故！"

呼利呷紧张地夺过报纸，心虚地瞟了一眼，然后匆忙地将其丢在地上："胡说八道！报社为了博眼球，在胡言乱语！"

"如果这是真的，我要了你的命！"奎查捡起报纸，恐吓过后，离开了研究室。

自那之后，奎查每天都会拿着报纸，四处寻找幸存者。可是，所有人都不愿提起那场噩梦，将他轰出门外。

奎查日复一日地蹲在幸存者的门外，看着他们合家团圆，嬉笑打骂，一次又一次梦见女儿被碾成肉酱的尸体和生前天真稚嫩的笑脸。不知从什么时候开始，他仇恨不公的命运的种子在心头埋下。他无法接受自己的女儿死了，而这些原本也该一同命丧黄泉的人却好好地活着，过着快活的日子。

"无论是真是假，我都要你们陪葬！"奎查将报纸踩在脚下，眼神变得不再善良。

废楼前，众人正要上车回旅店，朱晓终于掏出手机，发现了范雨希打来的十几个未接来电和一条语音留言，嘀咕着："这丫头打这么多电话干什么？"

包一倩看了手机："她也给我打了。"

"我的也是。"齐佑光应和，"咱们进楼前，担心楼里有人，都把手机设置成静音了。"

朱晓打开了范雨希的语音留言："奎查是凶手！"

众人听清范雨希的留言后，惊得迅速转身，这才发现搀扶着呼利呷的奎查与他们站得很远，手里的刀子架在呼利呷的脖子上正要行刺。

"住手！"朱晓喝道。

奎查恶毒的眼神在他们的身上扫过："我费了这么大的力气，才借助你们的力量找到了他，为什么要住手！"

"你是假记者！"朱晓冷声说。

"曾经我是呼利呷的助手，这些年，那些该死的人都被我神不知鬼不觉地杀死了。原本呼利呷也将死于'意外'！"奎查的情绪激动，"可是，你们出现了，竟然查到了我不想让你们知道的线索！"

"所以，你故意接近我们，误导我们的调查！"包一倩破口大骂，"你好卑鄙！"

"几天前，或许呼利呷察觉到当年的幸存者正逐一死去，便藏了起来。我不知道他去了哪里，见你们有些手段，便故意接近你们，借你们之手找到了他！"奎查笑得脸上的肉直颤。

朱晓恍然大悟："米伦家的煤气是你搞的鬼！"

当天，奎查试探熟睡的米伦是死是活时，佯装吓得往外跑，实际上是去厨房关窗户、割煤气管了。

奎查默认了："你们知道，呼利呷明知会有危险，为什么不向警方报案吗？"

"报道是真的？"

"没错！他为了活下去，独自逃生，害死了半个巴士的乘客，包括我的女儿！"奎查揪过呼利呷的头发，"他在救援队赶到之前，以金钱作为承诺，买通了所有的幸存者，极力掩盖他的丑闻！大家都在同一辆巴士上，凭什么我的女儿死了，他们却可以活着？"

奎查才是真正的凶手，这些天，范雨希卧床不起，很少观察奎查的表情，这才没有发现端倪。

"你是变态吧！你的女儿死了，就要大家一起死？"包一倩朝着奎查的方向吐了口水。

"他该死，那些帮助他隐瞒丑闻的人也该死！"奎查用力过猛，竟生生地将呼利呷的头发扯离了头皮。

呼利呷痛呼一声，醒了，见状双腿打战，高声呼救。奎查一刀扎进呼利呷的右胸，威胁道："老实点！"

"对不起，对不起，饶了我！"呼利呷不顾疼痛地求饶。

"闭嘴！"奎查将刀子拔出，对着伤口又捅了一刀。

呼利呷胸前的伤口鲜血直流，终于闭上嘴，不敢出声了。

"朱队，虽然右胸内没有心脏，但是如果伤及肺脏，恐怕有生命危险。"齐佑光偷偷提醒。

朱晓吆喝："奎查，你想怎么样？"

"放我走！否则，我杀了他！"奎查威胁着，又把刀子架在了呼利呷的颈部。

"你带着他走了，就更没有人能阻止你杀他了。"朱晓说。

"不放我走，大不了一起死！"奎查突然将摄像机的镜头摘下，里面竟然装着一个倒计时十分钟的定时炸弹。

"那玩意儿是真的还是假的？"包一倩眯着眼观察。

"应该是真的。奎查是'全科教授'的助手，知识丰富，成功策划了那么多专业性强的杀人计划，对他来说，制作定时炸弹不是难事。"孔末分析道。

包一倩心生退意："老朱，要是为了救人而把咱的命都搭进去，不值得。"

"你们先退。"朱晓深吸了一口气，"我的职业病犯了，没法儿见死不救。"

就在这时，另一辆疾驰的车开到了废楼，井娅、蒋海、白洋和秦力从车上下来。朱晓的额头上又冒出了几颗汗珠，心中的压力更大，孔末迅速切换了人格，包一倩和齐佑光也都做好了殊死搏斗的准备。

井娅观察了废楼前的局势，顿时猜出了真相："你才是凶手？"

蒋海掏出枪对准孔末和朱晓一干人，嘲笑道："计划赶不上变化，要是没遇上这档事，你们早该撤离了。"

井娅向奎查伸出了手："手机给我。"

奎查一手挟持呼利呷，一手从兜里掏出了一个手机。当天晚上，克劳西被奎查设计触电身亡，朱晓和范雨希离开案发现场后，穿着防电服、躲在暗处观察的奎查走了出来，捡起了地上那个奇特的手机。井娅和蒋海是在奎查也离开之后，才发现克劳西的尸体的。

"要手机可以，替我杀了他们，然后放我走。"奎查明白眼前的两拨人是敌人，迅速想出了对策。

"奎查，把手机给我，我保证你的安全。就算你把手机还给他们，他们也不会放过你的。"朱晓高声喊道。

"我从不受人要挟。"井娅将毒枪对准奎查。

"如果你敢动手，我现在就把手机丢给他！"奎查举起手机，眼看就要丢给朱晓时，井娅放下了枪。

白洋发现了奎查脖子上挂着的摄像机中的端倪，提醒道："距离爆炸只剩九分钟了。"

井娅不再耽搁，吩咐道："蒋海，动手！"

蒋海立即扣动扳机，对着孔末等人疯狂开枪。朱晓和孔末带着包一倩和齐佑光迅速躲到了车后，顷刻间，子弹将车射击得千疮百孔，一颗子弹射穿车身，打进了包一倩的锁骨。

蒋海一口气将身上携带的两支枪和备用的子弹全部打光了，对着白洋喊："你的装备箱呢，我没子弹了。"

"车上呢。"白洋说完，跑向车子。

"齐大夫，照顾好包一倩。"朱晓说罢，趁着枪响沉寂，冲向了蒋海。

井娅举起毒剂枪，正要扣动扳机，一把匕首飞射过来割破她的手腕，毒剂枪掉在了地上。她还没反应过来，孔末便飞身跃来，将她踢飞出去好远。

朱晓攻向蒋海，一脚踢向他的胯下。蒋海连眉头都没皱一下，反手将朱晓打翻了。孔末腾出手，捡起小刀刺向蒋海。蒋海躲过后，和孔末徒手肉搏，秦力也动手相助，一拳打中孔末的胸口。孔末觉得五脏六腑都移位了，却不得不强撑着与蒋海和秦力对战。

朱晓吃力地从地上爬起来，对着孔末喊道："快来不及了！"

白洋从装备箱里取出自制气枪，看向奎查胸前的定时炸弹，只剩下两分钟了。他没有犹豫，提枪对准正观察着战斗的奎查，一枪击穿了他的左肩。

奎查倒地后，井娅冲上前抢回了手机，朱晓则将呼利呷搀扶起来，朝着远处跑去："跑远点，要爆炸了！"

齐佑光闻声后，扶起受伤的包一倩迅速撤离。孔末和蒋海正打得难舍难分，双方都不肯服输，但也不得不暂时罢手，朝着远处跑去。

平地一声雷，炽热的风浪卷起满地的砂砾，掀翻废楼下的两辆车，推倒了跑出很远的众人，就连高耸的废楼都晃动了几下，仿佛随时会轰然倒塌。来不及撤退的奎查被当场炸死，血肉横飞。

朱晓将嘴里的灰吐了出来，双耳的嗡鸣许久才散去。呼利呷受伤晕厥，朱晓将他放在一旁，急忙确认其他人的安全。

幸运的是，这场爆炸只带走了奎查一个人的性命。

"接着！"白洋给蒋海和井娅一人丢了一把气枪。

蒋海接过枪后，又对准了正想撤离的朱晓和孔末等人："再走一步，我就要了你们的命！"

朱晓和孔末不约而同地望向四周，车子被炸飞后，周围空荡荡的，没有任何能够躲避子弹的遮掩物。

"确认一下手机。"白洋说。

井娅用虹膜识别开启了手机，确认后说："没有问题。"

突然间，白洋动手抢过手机，往后退了数步。

"白洋，你干什么！"井娅慌张道。

"抢手机啊。"白洋无赖般回答。

井娅气得对着白洋开枪，然而，气枪却怎么也使用不了。

"你当我傻呀？真的给你们枪来对付我？为了防止你们乱动我的装备箱，我早就动了手脚，里面的枪械全都用不了了。"白洋无情地嘲讽，将自己手里的气枪也丢了。

"白洋，你敢背叛我们！"蒋海咬紧牙根，双眼充血，"你是警方的人？"

白洋对着朱晓喊："井娅的手机需要用她的虹膜才能开机，现在手机已经开机，里面有你们想要的信息。解决了他们之后，放我走，我把手机给你们。"

"你不是警方的人，你是方……"井娅忽地改口，"另一派的人！"

朱晓打量着白洋，一时之间无法接受情势的转变，愣愣地说道："成交。"

白洋老实地将手机丢给了朱晓，朱晓接过手机后，又将其递给齐佑光："你们到一边，把里面的信息全部传给南港支队！"

"蒋海，秦力，还愣着干什么！"井娅彻底着急了。

朱晓和孔末上前对峙，白洋也暂时与他们站在了一边，共同拦住蒋海和秦力。

蒋海揶揄道："朱晓，你就是一个废材，白洋没了武器，也和废材没什么两样，也就孔末还有点用。你们三个加在一起也不是我们的对手，当真不怕死？"

"加上我呢？"这时，一道冷峻的声音传来。

井娅大惊："关闻泽！"

关闻泽朝着众人缓缓走来，令井娅和蒋海不敢相信的是，他非但没有死，而且没有受伤。

井娅转瞬间明白过来，对白洋怒声道："又是你搞的鬼！"

"不错。"白洋笑嘻嘻地回答。

井娅监控了关闻泽的通信，却没有提防白洋。姜妍得救后，白洋第一时间找到关闻泽，向其坦承了自己的身份，告诉他姜妍得救的消息，并给关闻泽穿上了两层防弹衣，演戏给井娅看。

蒋海往后退了一步，心里再清楚不过，关闻泽的战斗力很强，更不要说加上另一个战斗狂人孔末了。他在空气里嗅到了死亡的诡异气息，问："'毒姐'，怎么办？"

"我们这一派完了。"井娅扫了一眼发完信息站起身的齐佑光，绝望地说，"撤进楼里！"

此时，警笛从远处隐隐约约地传来，井娅果断地带着蒋海和秦力冲进了废楼。

朱晓带人追赶，追至楼顶时，竟然看见井娅三人毫不犹豫地跳下了八层高的大楼，被齐佑光搀着的包一倩吓得捂住了眼睛。

白洋走到天台的边缘，向下望去。井娅、蒋海和秦力三人抓着从楼顶垂到地面的长绳，双脚踩着高楼的外壁，滑到了楼下。废楼处，早有一个陌生的男人等候着他们。

包一倩不可置信地道："这也行？"

朱晓望着井娅四人的背影消失在远处，没有再追赶。他知道，即使现在马上下楼，也追不上了。

"难怪他们要往废楼里跑。听说猎手榜第七的家伙极其擅长极限运动，一直不知道是谁，想来就是他了。"白洋望着远处，"井娅还是有几分谋略的，竟然瞒着所有人，早早地在废楼里安排了这么一个家伙。"

关闻泽和白洋听见越来越近的警笛声后，转身向楼道走去，这时，朱晓将他们拦住。

"朱队，您要食言？"白洋收起了笑脸。

"暗光果然有两派，你这一派的老大是谁？"朱晓问白洋。

"朱队，我记得您在支队里很聪明，怎么一到曼口就傻了？您觉得我会告诉您？"白洋摊着手。

"既然这样，不要怪我食言。"朱晓不愿放关闻泽和白洋离开。

"不是我说，现在你们是伤兵败将，不够关闻泽打，赶紧把伤兵送到医院去吧。"白洋平静地从身上掏出了一个遥控器，"您觉得，我对付井娅这么危险的人物，不会在楼道里安排些遥控炸弹？您知道我的代号是什么吗？

'武器库'！"

朱晓与白洋对视："你想和我们同归于尽？"

"如果要去坐牢，还不如拉你们一起死。试试看？"白洋举起遥控器，手指放在了按键上。

孔末刚想动手，朱晓拦住他，让出了一条道："走吧，和你们一起死不值得。"

关闻泽和白洋离开不久后，警车终于姗姗来迟。

朱晓慢慢地走下楼道，正沉浸在今夜巨大收获的喜悦中时，包一倩从地上捡起被白洋扔掉的遥控器，大喊："朱队，咱们上当了，这遥控器连电池都没有！"

"妈的！"

第 2 1 章
头颅

在范雨希的记忆里，无论是晴天，还是阴天，恭临城总是孤寡一人伫立在偌大的院落里，抬头望着天空，如今，那道负手而立的背影从神采奕奕渐渐变得龙眉皓发，挂上了拐杖。

范雨希每一年陪着恭临城过寿辰，都会替他细细地梳理随着岁月逐年增长的白发。那么多年来，唯一不变的便是恭临城脸上一如既往和蔼的笑容了。

范雨希还记得，九岁那年，因追问父亲身份无果与范巧菁怄气出走的那个雨天。她撑着伞，转乘了不知多少站公交车，跑到了连她也不认得的地方。夜幕降临，她蹲在一条湿答答的胡同里，听着忽远忽近的猫吟和犬吠，顷刻间，初生牛犊的勇气消失得无影无踪。当夜里捡拾破烂的披头散发的老婆子走进胡同里时，她吓得丢了伞，鬼吼鬼叫地跑上了大街。寒冷的深夜，南港大街上人影稀疏，她在街边懊悔地狂奔着。她想回家，喝一碗热腾腾的甜汤，窝进暖和的被褥里，可是却记不得回家的路了。当她筋疲力尽地倒在地上时，是记忆中宽厚且温暖的双肩背起了她。

后来的范雨希才知道，恭临城听说她离家出走后，罕见地斥责了范巧菁，带着人翻遍了南港，亲自寻她。那一天，恭临城来来回回奔走了十几公里，连伞都顾不上撑。恭临城背着她回家后，发了一场持续数天的高烧，她被拦在病房外，数次求见而不得。她以为恭临城再也不肯见她，直到许多天后，病房的门才终于打开。

"恭爷，您生我的气了吗？"

"丫头，我是怕把病传染给你呀！"恭临城的脸上仍旧带着亲蔼的笑意，只是双唇没了血色。自那之后，恭临城落下了时至今日仍无法痊愈的病根，每到寒冬，总会剧烈地咳嗽。

范雨希把那件事牢牢地记在心里，再也不敢闯祸，直到许多年后，仍然会想起当时恭临城对她说的那句话："丫头，我愿意护着你一辈子，只希望你无灾无难。"

恭家大院被查封的那一天，南港支队发布警讯：恭临城因涉嫌多起故意杀人罪而被通缉。南港一片哗然，谁也没想到不久前才协助警方取缔南港达和破获毒品案的恭家大院竟然与传说中不为人知的暗光有关系。

南港支队外的十几辆警车走走停停，时不时地有警察羁押犯罪嫌疑人进支队。

"江队，技术队通过联系方式锁定了朱晓传来的名单上的犯罪嫌疑人的身份和位置，已经全部逮捕，无一人漏网。"赵彦辉推门而入，宣布了大快人心的消息，"我已经按照程序申请曼口警方协助，一旦发现恭临城的踪迹，即刻逮捕，遣返回来。"

"老赵，你又立功了！"江军乐呵呵地说。

赵彦辉摆了摆手："我哪敢请功啊，部署策略的是京市，在外跑动的是朱晓。不过，您那么确定恭临城会前往曼口吗？他老谋深算，恐怕不会去找朱晓报一时之仇。"

"但他会去找范雨希。"江军意味深长地笑道，"老赵，你应该看出来了，恭临城对你家闺女是真心好。"

"我谅他也不敢对她不好！"赵彦辉怒而拍桌，旋即如梦初醒，"江队，您最终决定不把那丫头召回来是这个目的！"

江军点头："恭临城在南港的眼线和帮手众多，若真的想逃，未必不能成功。天大地大，一旦恭临城逃亡出境，咱们鞭长莫及。倘若这个世界上还有谁能让他牵挂，便只有范雨希了。范雨希在哪儿，恭临城便最有可能去哪儿。我这算是替恭临城规划好了路径。"

"妙！"赵彦辉竖起大拇指夸道，接了一个电话后，脸顿时变成了猪肝色，"什么！是谁？"

朱晓在电话那头支支吾吾地说："我们找旅店调了大门的监控录像，掳走范雨希的人是恭临城……"

赵彦辉咆哮："朱晓，你三番五次让范雨希身陷险境，要是救不回她，我扒了你的皮！"

曼口，尚且晴朗的蔚蓝天际，一朵黑压压的乌云孤寂地随风飘动，正悄悄酝酿着一场暴雨。

井娅跪在地上，战栗地抬眼偷瞄恭临城的表情。恭临城坐在椅子上，闭眼轻抚龙头拐杖，并没有如她预想中的大发雷霆，但恭临城表现得越是平静，越是令她胆寒。

"恭爷，是我错了。"井娅死命地求饶。

"起来吧。"

井娅不敢起身，恭临城缓缓地睁开眼睛，略显老态地撑起身体。秦力站在一旁伛偻着背，蒋海则高昂着头。

"终于走到这一天了，我的心里又喜又忧。"恭临城云淡风轻地说，"喜的是，方涵终于成功地将我踩在脚下，接过了我的班；忧的是，这一天竟来得如此突然，出乎我的预料。"

"恭爷，再给我一次机会，我会杀了白洋，杀了关闻泽！"井娅心惊肉跳，时刻关注着恭临城手里那根随时可能变成杀人利器的拐杖。

"'毒姐'，我记得你说过，猎手榜上的每一个人都经过你的千挑万选。我想知道，为什么猎手榜第四的白洋成了方涵的人，你都毫无察觉。"蒋海落井下石道。

"你不也丝毫没有察觉？"井娅咬牙道，"方涵和白洋的确有手段，从我手里获得了所有猎手的名单和联系方式，但是，警方是怎么知道恭爷身份的？"

"你在怀疑我？"蒋海反问。

"我手机里的猎手名单不涉及恭爷的名字。知道恭爷身份的除了我们几个，只有近期被替换到恭家大院看守姜妍的几个猎手，方涵搭救姜妍时，把他们也掳走了，警方不可能是从他们口中知晓恭爷身份的。"井娅死死地盯着蒋海。

蒋海冷笑道："方涵与恭爷相斗，就不能是他向警方告的密吗？"

"方涵若是要向警方告密，早在刚猜测到恭爷身份时就那样做了。"

蒋海驳斥："你当南港支队蠢吗？在没有任何证据的情况下，随便有人告个密，就会发出通缉令？"

"够了！警方必然已经掌握了证据，才会下令抓我。"恭临城不怒而威，忽地想起了最后一次与朱晓通话，"早些时候，朱晓的反应就有些古怪，现在想来，那时候，他就已经有所察觉了。"

井娅仍跪在地上："恭爷，接下来，咱们要怎么做？"

"找到孟萧，带他和范雨希一起离开。"恭临城说着，扫视内屋的门，此时，范雨希正在屋里熟睡着。

"王雅卓来到T国后，杳无音信。"井娅汇报道，"朱晓为了找人，还请求一个自称'沈探'的华人侦探帮助，我们已经核实过，沈探徒有虚名，想来，朱晓等人还未觅得王雅卓的踪迹。"

"姓沈？"恭临城突然皱起了眉头，"为什么不早些向我汇报？"

井娅掏出手机，翻出一张偷拍的照片，递给恭临城："就是这个人。"

恭临城眯着眼睛打量了一番沈探的照片后，失声笑道："我恭临城何其有幸，竟间接与此等人物交手了。"

井娅一惊："恭爷，您认得这人？"

"近二十年来的警界传闻中有两个不可不谈的人物。一个是警方顾问、侦查学教授李可，他不仅教导出江军这样叱咤一方的优秀警察，更是协助警方屡破重案；另一个是后起之秀方涵，他凭借过人的头脑，以卧底的身份，破获多起奇案，取缔当年影响最恶劣的犯罪团伙。"恭临城叹道，"李可名声鼎沸的那些年，警界群英并起，渝市出了两位不可不谈的警察，被称作南区和北区的破案王。"

井娅看着照片上流里流气的沈探，诧异道："难道……"

"不错，他是渝市破案王之一，沈承。后来出于一些外界不知的原因，离开警队，下落不明。警方为了保护侦查机密，不再对外公开他的资料，久而久之，知晓他的人便不多了。"恭临城接过话，"我曾因机缘巧合，知悉了关于此人的些许消息。原来，破案王来到了清万。"

"他这么厉害，会不会已经有了王雅卓的下落？"

几个月前的夜晚，一对和旅行团走散的情侣误入清万的一个村子。

"这是拉达村，是清万当地最出名的'鬼村'，听说经常闹鬼！"男人背着偌大的行李包，吓唬身旁的女人。

女人四处打量，望着远处夜色中半隐半现的屋子，不自觉地缩进了男人的怀里："咱们还是走吧。"

男人的嘴角露出一抹坏笑："来都来了，咱们逛逛吧。"

"可是周围都没人。"女人的呼吸急促，每一次风吹草动都让她紧张不已。

男人环视四周，这才意识到不对劲："咱们好像走到村子的角落来了。"

"回去吧！"女人疑神疑鬼地说，"大晚上的，怪吓人的。"

男人还未回答，便听见一阵窸窸窣窣的声音从不知什么方向飘过来，像是僧人在虔诚地诵经，又像是婴儿在凄幽地啼哭。男人再侧耳仔细听时，那声音又消失在了村落里。

"你听见了吗？"男人问。

女人的心弦紧绷着，指着一个方向："好像是从那里传来的。"

那是一片林子，林子里的树在微风和月影下张牙舞爪。男人向前看去，犹疑着迈动脚步，女人拉住他，使劲地摇头，男人轻拍女人的手："不打紧，我去看一眼。"

女人只好站在原地，等着男人回来。

男人走进林子时，屏住呼吸，脚步放慢，心跳莫名地加速。他端着手电筒，将脑袋探到树后，瞄了一眼黑漆漆的草丛，见什么也没发现，终于长舒了一口气。他转身冲着女人挥手，大喊道："放心，没东西！"

女人突然捂着嘴，指着男人尖叫。

男人的背脊发凉，身后刮起了一股凉风，好似有什么东西正在后面飘来飘去。他的双腿像钉在地上，怎么也跑不动，只好慢慢地扭过脖子，朝身后看去。林子里的风刮得更猛了，空中正有一个圆滚滚的东西在迅速地飞来飞去。

男人冒出了一身冷汗，还未看清那东西的模样时，它就不见了。下一秒，又有什么东西从树上掉落下来，他不自觉地伸手接住，低头一看，那竟是一颗血淋淋的人头，正瞪着两只眼球，直勾勾地凝望着他，嘴里还发出怪笑。

男人尖叫一声，连滚带爬地冲向女人，和女人一起跑走了。

落在地上的那颗人头忽地慢慢升了起来，面朝情侣逃走的方向凝视一会儿后，缓缓地飞到了树上。

"虽然他不再是警察，但这些年扎根清万，想必为警方提供了不少偷渡到T国的犯罪分子的线索。凭借他的能力，必定已在这里建立了深厚的人脉和通达的眼线。"恭临城对着井娅勾了勾手指，终于让她起了身。

"我去把他掳来！"井娅说着就往外走。

蒋海冷嘲热讽道："'毒姐'，你已经是朱晓等人的手下败将，若不是留了个心眼儿，瞒过我们所有人在废楼里事先安排了宣尚烨，恐怕早就死在废楼了，如今再去，恐怕有去无回。"

恭临城面前站着的除了井娅、蒋海和秦力，还有另外一个身着运动服的男人，正是以擅长极限运动而立足猎手榜第七的猎手宣尚烨。

"蒋海，你的意思是，你不肯帮我了？"井娅质问。

蒋海不屑地看了一眼对恭临城毕恭毕敬的秦力和宣尚烨，笑而不答。

"井娅，你不必去，我自有打算。"恭临城说着，又说透了蒋海的心思，"蒋海，你认为如今我大势已去，不想再替我卖命了，是吗？"

"你安排方涵当你的接班人，如今，他做到了，你不会找他报仇。至于南港支队，你想报仇，也没那个实力了。"蒋海嘲讽，"你现在唯一想做的就是找到孟萧，带上他和范雨希一起逃走。我从不与如此窝囊的人为伍。"

"你要走便走吧。"恭临城轻轻地挥了挥手。

蒋海大步地向外走去，并警惕着秦力和井娅的动静，随时准备反击。

"蒋海，如若有一天，你遇上了猎手榜上第三的猎手，切记，不要逃。"恭临城的声音从蒋海的身后飘来，"那样，你会死得没那么痛苦。"

蒋海的脚步戛然而止，猛地回过头："你吓唬我？"

"我从不吓唬人。"恭临城淡然道。

蒋海忽地想起了曾经看过的猎手榜名单：榜首关闻泽，榜次蒋海，第四白洋，第五井娅，第六秦力，第七宣尚烨，第八吴点点，第九小R。十人之中，唯有零序猎手孟萧和排行第三的猎手还未露面，而唯一连名字都没有的只有排行第三的神秘猎手。他心里揣测，排行第三的猎手如此特殊，必然是恭临城安排的不输于关闻泽的棋子。

"待我找到孟萧后，就恢复你的自由，如何？"恭临城说。

蒋海想了想，点头道："好，反正我也要杀孔末和朱晓，就再与你合作一次。"

忽然间，内屋的门被推开，范雨希的双眸含泪，面色惨白地走向恭临城。

秦力拦在范雨希的面前，她冷冷地喝道："滚开！"

秦力刚想动手，恭临城便叹了一口气："让开。"

范雨希绕过秦力，来到了恭临城的面前，盯着恭临城脸上被岁月侵蚀的沟壑，悲痛欲绝："你们说的，我都听见了。"

"我没有再瞒着你的打算。"恭临城难得地露出了一抹和蔼的笑容。

"我宁可你瞒着我一辈子！"范雨希的胸口像被刀扎一样疼，压抑在心头的怒意倏地迸发，举起握在手里的刀子，扎进了恭临城的肩膀，"你说过，你要护着我一辈子，让我无灾无难，这就是你守护我的方式吗！"

井娅上前去阻止，却被恭临城一个眼神阻止。恭临城忍着痛："丫头，我早已经将你当成了亲人。这个世界上，我最不愿意伤害的人只剩你了。"

范雨希无力地后退，苦笑着问："你害死了我的妈妈，还不算伤害我？"

"我希望你留在我的身边，但她要将你带走。"恭临城捂着肩头的伤口解释。

"杀母之仇，不共戴天！"范雨希的双目猩红，二十多年来，她从未如此恨过一个人。

井娅担心范雨希危及恭临城的性命，擅作主张将她打晕了。

恭临城将范雨希搂在怀里，无奈地叹了一口气："我早就料到会有这么一天。所以，我必须找到孟萧。"

井娅震惊道："恭爷，这才是您找孟萧的真正理由？"

"孟萧虽与我有手足之情，但生死各安天命，如今，我的身份已经曝光，更不怕警方从他口中探知我的身份。可是，他还不能落到警方的手里。"恭临城轻轻地替范雨希整理细碎的发丝，宠溺地说道，"我要这丫头能陪在我的身边，无论是痴了，还是疯了，只要忘却这段记忆，不再恨我就好了。"

第22章
荒村

沈探进旅店前，接到了"双喜"发来的消息：时候到了。他抬起头，望向原本只是一缕，现今已占据整片天空的乌云，嗅着暴雨前空气中特殊的气味，喃喃自语了一句："是啊，时候到了。"

天黑了，众人寻了范雨希一天一夜，依旧没找到踪迹，只差报警了。朱晓查看监控录像，发现范雨希是被恭临城电晕掳走时，狠狠地甩了自己两巴掌，直到现在还无法原谅自己。

"老朱，找人要紧，先别自责了。"包一情轻拍朱晓的肩膀。

朱晓揪着自己的头发，咬着牙说："如果我早一点告诉那丫头真相，她就不会一点防备都没有！"

孔末安慰道："朱队，小希接二连三地生病、受伤，我知道，您是不敢打击她。我们中的任何人都觉得这个真相非常震惊，更不要说她了。"

这时，沈探走了进来，包一情马上问："有消息了吗？"

"没有，附近都找遍了，也没找着人。"沈探摇头。

"你不是自称神通广大吗，怎么连一个人都找不着！"包一情一着急，忍不住吼道。

沈探无奈地摊手："我再有神通也需要时间，这人刚丢一天，我上哪儿给你找去？"

"沈探，如果再找不着范雨希，或许她会有危险。"齐佑光担忧道。

"不会。"朱晓和孔末同时说。

孔末见朱晓正发愁，替他向众人解释："几次交手，暗光都没对小希动手，上一次，井娅误伤小希后，神情恍惚，如果我猜得不错，恭临城下了命令，不允许伤害小希。恭临城虽然坏，但对小希的疼爱恐怕是真的。"

"那也不能让她落到恭临城手里，他可是'天叔'！谁知道那老家伙狗急跳墙后，会做出什么事来！恶魔就是恶魔，我们不要妄想恶魔的情感那么复杂！"包一情的话又一次让大家陷入担忧。

沈探慢悠悠地说："虽然没有范雨希的下落，不过我倒是有了王雅卓的行踪。"

朱晓猛地抬起头，后知后觉地问："我几次请求你都被你以价格原因拒绝了，我记得，我只提到让你帮我找人，从未提及王雅卓的名字，你怎么知道我要找的人是王雅卓？"

沈探坐在椅子上，跷起了腿："小子，回去向江军打听打听我的名号，这么些年，我的性格和样貌变了不少，但江湖里的威名总该没变。"

"难道，你是'双喜'！"朱晓笃定道。他离境后，"双喜"传来情报的频率更加密集，他不止一次地怀疑"双喜"也身在T国。

沈探摇头："我不是。"

"真的？"朱晓将信将疑地问。

"真的，这么憨的代号不适合我。"沈探的表情忽地严肃，"王雅卓来到T国后，我在清万和曼口两地积累多年的眼线第一时间捕捉到她的踪迹。但是，她行踪不定，为人谨慎，每一次刚发现她的行踪，又让她给跑了。"

"她来T国干什么？"朱晓问。

"她往返多地，好像正在找人。"沈探说。

"方涵被暗光挟持，王雅卓行动自由却又躲着警方，想必是暗光以方涵的性命胁迫她做事。那王雅卓要找的人很可能也是暗光要找的人。"朱晓分析着，又觉得矛盾，"可是，京市市局刑侦总队和南港支队查出暗光也在追寻捕王雅卓的下落，倘若王雅卓真的被胁迫，暗光又怎么会失去她的踪迹？这王雅卓到底是黑是白？"

"找到人后就真相大白了。"沈探说，"我的人发现，昨天，王雅卓夜探拉达村，就在刚刚，她又一次摸黑进了拉达村，我怀疑拉达村里有王雅卓要找的人。"

"拉达村？"包一情忍不住问，"一个村子，她去那么多次干什么？"

"拉达村是清万的一个村子，很大。王雅卓两次夜间探查，未必能摸透，因此，我怀疑明天夜里，她还会去。这是我们找到她的绝佳机会。"沈探把车钥匙丢给了包一情，"去开车吧，从曼口到清万需要一些时间，立刻出发。"

众人匆匆收拾完行李后，沈探的工作手机响了，电话里传来一道苍老的声音："我要一个人的下落。"

"沈氏探馆，寻人八百人民币起，您是要定位小三呢，还是要定位奸夫？"沈探笑嘻嘻地问。

"我要孟萧的下落。"

沈探微微一笑，把手机开了免提，朱晓分辨出恭临城的声音后，怒斥："恭临城，把范雨希放了！"

"拿孟萧的下落来换。"

"孟萧？"朱晓啐了一口，"我不认识什么孟萧！"

恭临城沉默片刻后，意识到朱晓等人还未查出孟萧的任何线索，改口道："那就拿王雅卓来换。"

朱晓刚要回答，沈探抢过话："后天清晨，天刚亮的时候，带上范雨希，拉达村见。"

"这是你们的最后一次机会，不允许报警。"

通话结束后，朱晓皱眉问："真的要换？以人换人，警界没这套解救人质的规矩。"

沈探抡起雨伞，指着被倾盆大雨肆虐的窗子说道："在我这儿没规矩。"

车子在暴雨中疾驰了一夜，走走停停，终于在隔天傍晚抵达了清万。

途中，众人已经听沈探介绍了拉达村的情况。拉达村是清万的旅游景点，因"鬼村"的传闻而闻名，吸引了大量胆大的游客。传闻，拉达村曾发生过一起灭门惨案，至今凶手没有落网，后来，死者一家生前居住的屋子成了赫赫有名的"凶宅"，总有人目睹离奇诡异的人影在那儿出现，久而久之，拉达村内的居民人心浮动，纷纷搬离，拉达村因此成了荒村。近年来，随着清万当地的游客量增加，这一座废村成为年轻人寻求刺激之地。

"这么玄乎？"包一倩将车子停在了拉达村外，看着零星的几个游客，不信任道，"要真有怪异的事发生，就不会有游客趋之若鹜了。"

沈探不置可否，说："拉达村里发生的事只是清万当地的传闻罢了，是真是假，和咱没关系。但是，我刚刚查到，拉达村里有一个角落，自三四年前开始，便没有人敢去，即使是游客，也会在导游的警告下，绕路而行。"

"为什么？"朱晓问。

"三四年来，不断地有目击者宣称在那片林子里看到过四处乱窜的人头，听到过婴儿的啼哭声。"沈探说，"就在几个月前，又有一对情侣误入村角后被吓疯了，在医院待了好几天才恢复正常。"

"我不信。"包一倩咽了口唾沫，硬着头皮说。

"今晚去看看就知道了。"沈探说。

包一倩立即打起了退堂鼓："找王雅卓要紧，改天再探村角吧。"

"王雅卓进了拉达村后，接连两夜直奔村角。我的眼线正是因为诡异的传闻，才不敢进树林。咱绕不过去这地方。"沈探撑着伞，下了车，"趁着天黑，咱们进村，在村里等着王雅卓现身，只有今晚抓到了王雅卓，明儿天亮，咱们才有资本和恭临城谈。"

很快，大家来到了村角的树林前。天还没黑，但林子里的光线很弱，雨水从繁密的枝叶上倾泻下来，打在堆满落叶的草地上，一眼望去，树林就像是一个漏水的巨型帐篷。

朱晓和沈探走在最前面，包一倩和齐佑光居中，切换了人格后的孔末护在队伍的尾部。大家提心吊胆地一路朝前，但直至穿过林子，怪异的事也没有发生。包一倩长舒了一口气："我就说是假的吧？"

齐佑光指向前方沿着潺潺溪水建起的一片木屋："那里有人住！"

沈探环视木屋外长达几十米的篱笆，迟疑道："我自以为摸透了清万的每一个角落，想不到，有人竟然在这里建了十几间木屋。"

朱晓看了看手表，又望了望成片的木屋，说："今儿下雨，天黑得快，都这会儿了，木屋里还没亮灯，也闻不到饭香，我觉得是没有人住了。"

孔末打开手电筒，率先越过篱笆，进入其中一间木屋。屋子里，床铺、灯具和厨具一应俱全，他按下木墙上的开关，灯却没亮。不一会儿，齐佑光跑了进来，说是在木屋后发现了一台发电机。此处的供电源自那台发电机。

朱晓翻开衣柜，往里面瞄了一眼，只发现了一件落在底部的衣衫，继而做出推断："住在这里的人应该搬走了，而且走得很急。发电机和其他用品虽然值钱，但转移不易，他们只能舍下。但衣服是必需品，又轻便，所以他们全都带走了，剩下的这件应该是不小心落下的。"

齐佑光和包一倩又查探了其他木屋，发觉果真如朱晓所说那样，衣柜都被搬空了。

朱晓被最大的那间木屋吸引，推门走了进去。这间木屋与其他木屋不一样，没有摆放床具，倒是堆了好几个高达两米的铁笼子，铁笼子里还放着食盆和水盆。包一倩打了一个哆嗦："这笼子长宽高各两米，这么大的空间，好家伙，他们该不会在这里面养了几头熊吧？"

齐佑光拿起饭盆在鼻前嗅了嗅，迅速说："除了饭的味道，还有残留的药剂味。"

"什么药剂？"朱晓问。

齐佑光摇头："无法分辨。"

沈探在一张桌子上找到了一些医用器械，齐佑光立即认了出来，那些东西里，简单的器械有听诊器、血压计和氧气袋等，稍高级的器械有心率监测仪、麻醉机和呼吸机，甚至连抢救心脏骤停的病人的除颤仪都有。

"这些人究竟在这里干了什么？"朱晓莫名地觉得身体发冷。

"齐大夫，过来看看这是药箱吗？"沈探将齐佑光唤到一个大纸箱前。

齐佑光立即动手将箱盖掀开，却什么也没看到："这种纸箱的确常用来装药。"

"里面那张纸会不会是药的清单？"包一情指着纸箱内被大家忽略的一张纸说道。

朱晓弯腰将那张纸捡了起来。纸上密密麻麻地写满了英文，他只看懂了几个字：进药清单。他立即将纸递给齐佑光："看看这些人进的是什么药。"

"全是用于治疗精神疾病和心理疾病的药，还有几种药是被严禁使用的致幻剂。"齐佑光看向屋里那几个铁笼子，倒吸了一口凉气，隐隐地有所猜测，"如果这些药用量过度，很可能诱发癫痫，致人产生幻觉，甚至使人精神失常。比如进药单上的马普替林可以诱发狂躁症。"

朱晓又一次翻箱倒柜，没有发现其他东西。

独自在外绕了一圈的孔末走了进来，对大家说："来。"

大家跟着孔末进了另外几间木屋。木屋里一片狼藉，显然被人搜查过。朱晓分析道："是王雅卓。她凭借一己之力，找了两个晚上。如果今晚她还来，目标应该是剩下的几间还没被她搜过的房间。"

"那咱们先找找？看看她究竟在找什么！"包一情说着，立即动手。

孔末则来到了小溪旁，在草地上找到了几个可疑的坑。坑是人挖开的，每一个坑都有半米深，里面放置着诸多烧尽的木炭。他回到木屋向众人汇报时，包一情找到了一个厚厚的本子，对着所有人大喊："快来看看！"

本子上密密麻麻地写满了英文，齐佑光接过本子，看过后，再一次倒吸了一口凉气："看来我猜得没有错。"

"说来听听。"朱晓说。

"你们听过'SP'吗？"齐佑光的脸上写满了惊诧和愤慨。

"齐大夫，别卖关子！"包一情催促。

"Simulate Patients，简称'SP'，是'标准化病人'的意思，又称'模拟病人'，指的是经过标准化、系统化培训后，能够准确表现病人的实际临床问题的正常人。"齐佑光将本子递给了朱晓，"这是一本试验记录，记录了对众多正常人试验品进行'标准化病人'培训的记录。本子的主人正尝试将一个正常人变成精神病患者。"

包一倩大呼不可能："正常人怎么可能变成精神病患者？"

朱晓翻阅着试验记录本，断断续续地翻译："最近一年，共有三个人接受了'SP'试验，试验对象的年龄分别为二十岁、三十岁和四十岁，均为男性，试验期为十二个月。试验结束后，三个人回归正常生活，其中有两个人患上间歇性和完全性失忆症，忘却了某段特定的记忆，同时患有重度狂躁症，最后均不堪重负而自杀了，另外一个人患上痴呆症，至今留在精神病院治疗。"

"试验者让试验对象食用大量的精神类药品和致幻剂，并通过极其严厉的酷刑和摧残心理的行为对试验对象施压，使试验对象的心理和精神崩溃，又通过反复的心理暗示或明示，达到洗脑和催眠的目的，操控人脑的某段记忆甚至所有记忆，以获得试验的成功。"齐佑光看过试验记录内记录的手段后，怒火中烧。

令大家更意想不到的是，试验期结束后，试验者会放不知从哪里掳来的试验对象回归正常生活，继续观察他们的一举一动，并在试验记录本的最后一栏进行长期跟踪记录。试验记录本是在一间木屋的抽屉里找到的，看上去像是复印件，而非手写的原件。大家推测，原件已经被试验者撤离时带走了，复印件是不小心遗落的。

"这根本不是'标准化病人'！试验者为他实施的毫无人性的禁忌试验戴上了一个冠冕堂皇的帽子！"身为医生的齐佑光最清楚不过，真正经过训练后的"标准化病人"所表现出来的临床症状并非真正的病状，"标准化病人"的存在为众多医学难题提供了新的研究思路，意义重大，绝非如此肮脏。

孔末将从火坑旁找来的东西递给朱晓，但朱晓正仔细翻阅那本试验记录，没伸手姜。沈探将头凑到孔末手里扫了一眼，不确定道："这是烧过的锡纸？哪儿来的？"

"溪边。"孔末黑着脸，担忧范雨希安危的他喜怒无常，"自己去看。"

包一倩到溪边查探过大大小小的火坑后，跑了回来："齐大夫，外面有好几个火坑，还有这锡纸，和那试验者做的试验有什么关系？"

齐佑光陷入沉思之际，朱晓忽地双腿一软，幸好早就候在一旁的沈探扶住了他。

朱晓觉得头晕目眩，将本子颤颤巍巍地递给了沈探："是我看错了吗？你替我看看这一页记录的试验对象的名字是谁……"

"哟，这好像是第一个被试验者记录为成功的试验，发生在好多年前，试验地是京市。试验记录上记载，试验对象成了一名精神分裂者，经试验后，善良、正义的性格变得阴狠、暴戾。试验者在试验结束后，对试验对象进行了长达多年的远程观察，上面记录试验者加入了……"沈探捧过试验记录，大声念着，突地语气骤变，"加入了暗光，如今成了暗光第二派的首领！"

包一倩一听，大喜："这试验者记录得这么详细！咱们得来全不费功夫啊！试验对象叫啥名字？"

"方……方涵。"沈探念出了试验记录上的名字后，冷汗从脸颊滑落。

此时，木屋里传来了一道轻盈的脚步声。

第 2 3 章
试验

南港支队的办公室里，赵彦辉彻夜未眠，等待着营救范雨希行动的消息。

"老赵，对朱晓那小子有些信心，这家伙是我带出来的，绝非善茬。"江军喝着茶，劝说道。

"被绑的又不是你的女儿，你说得倒轻巧！"赵彦辉情急之下，意识到自己说了错话。

江军并不恼怒，放下茶杯，反问："你知道，为什么我极力推荐朱晓这小子来查方涵失踪的案子吗？"

"听说他视方涵为榜样。"赵彦辉不知其中的细节，但印象中，每逢提起方涵，朱晓便十分兴奋。

"记得'滚雪球案'中，朱晓因没能救下受害者而情绪失控吗？"

"记得，当时那小子一下子就蔫了，还发了一场高烧。我记得您说过，有年腊月，京市发生了臭名昭著的'腊月挟持案'，歹徒当着他的面杀了人质，'滚雪球'的案子勾起了他的回忆。"赵彦辉回忆起当时与江军的交谈。

"那时候，朱晓只是市局总队里的一个小警察。'腊月挟持案'发生后，这小子萎靡不振，终日活在自责与内疚里，原本精明干练的一个小伙子，愣是两年没有建树，反而不断犯错，一度到了要被调离刑警队的程度。"江军回想起了朱晓垂头丧气的模样，笑道，"恰巧，那一年，方涵结束了漫长的卧底任务，恢复警籍。"

方涵恢复警籍的前一天，在公安烈士墓里祭拜牺牲的战友，江军带着朱晓陪同悼念。

方涵的传奇经历传遍警界，朱晓为之震撼。朱晓也不曾想到，方涵竟会注意到躲在角落里默默发呆的他。

"你看上去有心事？"那是方涵对朱晓说的第一句话。

朱晓紧张地点头，随后又摇头。江军惋惜地向方涵诉说朱晓的经历："是根好苗子，可惜迈不过心里的坎，明儿就要被调离刑警队了。"

"你想当刑警吗？"方涵对朱晓说了第二句话。

朱晓沉默了，他不知道自己是否还有资格待在刑警队。

"这个世界上，每天都会有人死，我们肩上的警徽赋予了我们救人的职责，我们可以救下许多人，但不能救下所有人，多一个刑警或许能多救一个，少一个或许就少救一个。"方涵对朱晓说了第三句话，"如果还想当刑警，就留下，不想当刑警，还有很多警察部门可以去，都是为了正义，没有分别。"

方涵的三句话像灯塔一样，为迷航在浩瀚海洋上的朱晓指明了方向。

"因为方涵，深陷泥潭、险些无法自拔的朱晓找回了站在警徽前宣誓的那一天的初心。"江军欣慰道，"我果然没有看错他这根好苗子。自那之后，这小子像打了鸡血，努力地工作，只为了成为像方涵那样优秀的警察。"

"所以，没有人比朱晓更加上心地调查方涵失踪的案子。"赵彦辉明白了江军的良苦用心。

天放晴了。

"是王雅卓，动手，抓她！"沈探透过木窗，看清来人靓丽的身影。

孔末第一时间蹿出木门，将匕首架了王雅卓的脖颈前。王雅卓刚想挣扎，匕首便轻轻划破了她的皮肤，随之而来的是一道几近暴走的威胁："想活，别动！"

王雅卓沉声："放我走，你想要什么，我给你。"

孔末用力地将王雅卓摁在地上，丝毫不肯放松，王雅卓是唯一可以换回范雨希的筹码，他怎么会轻易放她走。

"你要找的是这个吗？"朱晓的眼睛充着血，手捧厚厚的试验记录，踏着前所未有的沉重步伐，走到了王雅卓的面前。

一束光映在王雅卓的脸上，照亮她娟丽白皙的面容，她强忍着刺眼的光，看清了朱晓和一干人的样子，最终目光落到了沈探的身上："他曾帮你破过一起案子，放过他，放了我。"

沈探唏嘘地叹息："这么一说，我想起来了。当年，方涵途径渝市，替渝市警方破了一起'食人魔'的案子，的确与我有几分交集。不过，今儿我说话不算数，我们这儿有一位正义的警察一直视他为榜样。"

王雅卓又看向朱晓，蹙眉问："你想怎么样？"

"这份试验记录是真的吗？"朱晓不敢相信一直被他视作榜样的方涵竟然是暗光的另一只黑手。

"我说是假的，你信吗？"王雅卓反问。

朱晓攥紧手里的试验记录，对着夜色弥漫的林子吼了一声，回音飘荡在荒村里，许久才散尽。他伸出手背，狠狠地咬了一口，疼痛仍旧无法使他冷静下来，鲜血从嘴角渗出，他声音战栗："他对我说的那些话是在放屁吗！"

王雅卓跪在地上，神色复杂："如果警方没有选中他去当卧底，让他带着屈辱离开警校，让他面对同伴和亲人的牺牲，他绝不可能走上这一步！"

"他失踪的这些年，警方耗费了多少警力去找他，而他竟然是警方最大的敌人！"朱晓歇斯底里。

"看来我极力想要隐瞒的事是瞒不住了。"在众人没有察觉时，伴随着一道苍老的哀叹，数道脚步声传来。

沈探望向恭临城，神情陡然严峻。井娅的手里挟持着昏睡的范雨希，孔末怒道："放开死女人！"

"恭临城，我们约定的时间还没到。"沈探提醒道。

"我猜得不错，你们是要赶在约定时间前，抓捕王雅卓。"恭临城拄着拐杖，望向沈探，"初次见面，幸会。"

"朱晓，现在可不是难过的时候。"沈探提醒。

朱晓凶神恶煞地望向恭临城："试验是你搞的？"

恭临城端详四周，感叹道："我早该想到，孟萧会找一个不易察觉的人继续进行他的试验。"

"孟萧，是试验者的名字？"朱晓沉声问，"为什么要这么做？"

"他想让方涵接手暗光，替他继续猎杀警方的线人和卧底！"王雅卓看向恭临城的眼神中充满仇恨，"他让方涵经历了非人的痛苦！"

"痛苦？"恭临城的面部扭曲，"余严春和他的线人让我走上了亲手杀死妹妹的道路，这种锥心之痛又有谁能了解！余严春就算死一百次，也难消我心头之恨！我要所有给警方卖命的卧底和线人都为我的妹妹偿命！"

"恭临城，害死你妹妹的不是余严春，也不是他的线人和卧底，而是你！"朱晓怒喝。

"一派胡言！"恭临城几近癫狂后，又恢复了平静，"即使你们知道了方涵的身份，那又如何？凭他的能力，不会让你们抓住的。这些年，他不断探知我的身份，寻找孟萧的下落，但你们真的以为，当他杀了我和孟萧报了仇后，就会回归警队吗？"

朱晓的大脑嗡嗡作响，今夜经历的一切令他彷徨得无法思考。

"你们是不是一直不知道那卷录影带是什么？"恭临城兴致勃勃地介绍起了那卷录影带的由来，"试验结束后，方涵被成功洗脑，我放他回警队担任卧底。我知道，他必将遭遇重重常人无法忍受的痛苦。你以为，是那卷录影带让他彻底疯癫了吗？那卷录影带不过是孟萧在他心里留下的一把钥匙而已，真正让他步入黑暗的是那把钥匙开启的仇恨。同伴牺牲、失去亲人，当他有足够的理由仇恨警方时，我送去了那把钥匙。"

"混账东西！"朱晓忍不住破口大骂，若不是范雨希还在对方手上，早就冲上去搏命了。

"王雅卓，我可以救你，但你必须告诉我孟萧的下落。"恭临城又看向王雅卓。

"如果我知道孟萧在哪儿，还会在这儿被抓吗？"王雅卓的眉头逐渐舒展，嘲笑道，"我的确找到了他的行踪，但我来到这儿时，他已经有所察觉，带着人撤了。这些天，我夜探拉达村，不过是为了寻找他去向的蛛丝马迹罢了。"

恭临城仔细地思考了一番，觉得王雅卓没有撒谎。

"恭临城，你的身份曝光后，我查到了你和孟萧的隐晦关系。他是你最信任的旧友，不过，依你连亲妹妹都能动手杀死的性格，不会为了一个已经分道扬镳的故人而亲自涉险。"王雅卓意味深长地说，"你找孟萧是要对那女娃子进行试验，让她变痴变呆，忘记你杀了她的母亲，长伴你左右吧？"

孔末一听，眼前浮现出范雨希被囚在铁笼里，终日被注射不知名的药剂、遭受非人待遇的画面，脑袋一热，松开王雅卓，动手夺人。

蒋海在恭临城的示意下，前去阻拦孔末，二人厮打在一起，短刀相接，在夜里摩擦出丝丝火花，短时间内，两人难分伯仲。

王雅卓刚要起身，包一倩机警地上前，又把刀子架在了她的脖颈上。

沈探伸手要人："恭临城，王雅卓可以给你，按照约定，放了范雨希吧。"

"她没有孟萧的下落，于我无用。"恭临城说罢，转身带着扶住范雨希的井娅撤退。

众人上前追击，这时，秦力跳了出来，随手举起一块几百斤重的巨石砸向众人。大伙好不容易躲开后，沈探亲自迎敌，眼花缭乱的招式看得包一倩目瞪口呆，眼见秦力节节败退，惊呼："沈探可以啊，一直装傻充愣，结果这么能打！"

朱晓朝着恭临城追去，宣尚烨没有战斗力，井娅不得不将范雨希推给他，掏出毒剂枪，对着朱晓扣动扳机。朱晓左躲右闪，数次险些中枪，又一次从地上爬起来时，井娅将枪口抵在了他的脖子上："再动一下，你就没命了。"

"今夜，只要你们都死了，方涵身份的秘密就算保住了。"恭临城冷漠地看向朱晓，"王雅卓，得救后，回去转告方涵，不要辜负我对他的期望。我年事已高，半只脚已经踏进了棺材里，活不了多久，别再想着找我，多杀几个线人和卧底才是他真正应该干的事。"

孔末和沈探分别与蒋海和秦力搏斗着，腾不出手帮忙，包一倩控制王雅卓，齐佑光没有战斗力。朱晓觉得死亡将近，正要硬着头皮搏命，忽地看见宣尚烨朝他使了一个眼色。

朱晓不明所以，只能死马当活马医，猛地朝井娅攻去。

"不知所谓！"井娅不屑地冷哼，扣动了扳机。

就在此时，宣尚烨突然放下范雨希，踢动脚下的滑板。滑板向井娅撞去，枪口偏离，这一枪射空了。井娅还没明白是怎么回事，手腕就被朱晓拧住，慌张挣扎之际又开了一枪，而这一针毒剂竟直直地扎进了自己的脖子。

井娅倒地，身体迅速地颤动，不久后便口吐白沫，失去了知觉。她至死都不会想到，有朝一日，竟会死在自己的毒剂下。

朱晓第一时间拖起倒地的范雨希往回冲，回到齐佑光身旁时，宣尚烨已经乘着滑板，将包一倩踢倒在地，救起王雅卓，手里还多了一支枪，此时正拿枪口对准众人。蒋海等人的枪械早在废楼一战时就已用尽，没想到，宣尚烨身上还藏着武器，只是一直没有拿出来。

恭临城的眼角抽搐，饶是向来冷静的他，此刻也不自觉地慌了："你也是方涵的人？"

宣尚烨的脚轻轻踩着滑板："恭临城，你果然老眼昏花，错信了一个又一个人。"

恭临城眼底的惊诧慢慢散去，绝望地摇头笑道："我一手创立的猎手榜竟然接连有两个人被方涵渗透。天要亡我！"

"要杀他们吗？"宣尚烨问王雅卓。

"身份已经曝光，杀他们也无济于事，尽快撤离，免得多生事端。"王雅卓冷冷地扫视众人，看到正在给南港支队发信息的齐佑光后，摇头道，"恭临城得以落网，就当方涵送给警方的礼物。从此，方涵与警方恩断义绝。"

朱晓迫于枪口的威胁，只得目送王雅卓和宣尚烨远去，冲着他们的背影大吼："转告方涵，我一定会抓到他！"

秦力见恭临城大势已去，霎时无心恋战，对着沈探举起双手："我投降！"

"你不投降也不是我的对手！"沈探飞起一腿，将秦力踢晕后，才揉着腰，人畜无害地说道，"老了，老了，太多年不动手，骨头都生锈了。"

蒋海心头慌张，被步步紧逼的孔末钻了孔子，刺中了腹部。他捂着肚子，狗急跳墙，借力来到恭临城身边，把刀架在恭临城的脖子上，威胁道："放我走，否则我杀了他！"

发狂的孔末看见范雨希已经得救，不再为难蒋海，顾不上让齐佑光查探身上的几道刀伤，将范雨希紧紧地搂在怀里，轻声唤她。

朱晓从地上捡起了井娅掉落的毒剂枪，对准蒋海和恭临城："蒋海，现在自首为时不晚。"

蒋海吐了一口唾沫："我就算死，也不会自首！"

包一倩指着蒋海嘲笑："蒋海，你现在挟持的是死上一百遍都不够的'天叔'，你觉得这个人质对我们来说有震慑力？"

蒋海丧心病狂地冷笑："朱晓，你们警方不是满口仁义道德吗？别说恭临城未经审判，就算是死刑犯沦落为人质，你们也得救，对吗？"

包一倩见朱晓迟迟没有动手，焦急道："老朱，你要想清楚了，今儿放蒋海走了，天大地大，日后到哪里寻他？"

范雨希被孔末轻声唤醒了，吃力地睁开眼睛，看向老态龙钟的恭临城，心里百感交集，有一丝怜悯，但更多的是怨恨。

"丫头，我坏事做尽，但从未想过害你。"恭临城沙哑着声音，凝望范雨希的眼神仍然宠溺有加，"事已至此，我活在这个世界上已经没有意义，但你一定要好好活下去。希望我的死能让你不那么怨我，哪怕只减少一分也好。"

突然，恭临城抽出龙头拐杖上的利刃，果决地刺进了自己的胸口。

蒋海失去谈判的筹码后，转身逃跑。

朱晓开枪了。

蒋海的耳畔传来了几道枪响，背上传来了几道细微的知觉。他越跑越远，眼前逐渐发黑，不久后倒在地上，慢慢闭上了眼睛。临近死亡的那一刻，他终于感受到了一丝疼痛。

恭临城在范雨希的视线中倒地，范雨希的眼角掉落一滴泪珠，将头埋进孔末结实的胸膛，不愿再看恭临城一眼。

朱晓无力地瘫在地上，贪婪地闭上了眼睛，只想好好地睡上一觉。

第 2 4 章
歌犬

恭临城死了，井娅和蒋海也死了。近期，他们的尸体将被送回南港，侥幸活下来的秦力很快将被遣返。朱晓等人因正当防卫而未被清万警方追究责任，但清万警方以破坏治安为由，责令他们在七天之内离境。

死气沉沉的沈氏探馆大门紧闭，门上悬挂着"暂停营业"的牌子。范雨希把自己关在房间里，一天一夜都没出来。沈探看着着急的孔末在范雨希房间外来回徘徊，头晕目眩："小子，别晃来晃去的成吗？"

朱晓木讷地坐了一整天，忽然推开孔末，一脚将房门踹开了。范雨希蜷缩在床下，屋里没有开灯，窗帘紧紧地拉着，一丝光线也没有。朱晓打开窗，把雨后的阳光迎进了屋，可是，范雨希的眼睛像死去的人一般，任凭突如其来的光线刺激也毫无波澜。

孔末心疼得想上前抱住范雨希，但沈探将他拉住了。

朱晓一屁股坐到了范雨希的身边，陪着她发了一会儿呆，才慢悠悠地说："七天内，我们要回去，现在剩下六天了。"

范雨希的双眼积了一层雾蒙蒙的泪水，直勾勾地盯着地板，轻声抽泣：

"我什么也没有了。"

"丫头，咱同病相怜，你最亲近的人，我最信仰的人，都成了我们的敌人。"朱晓摸着下巴，苦笑了一声，"那又有什么大不了的？你想清楚了，是要这么一直沉沦，灰头土脸地回去，还是趁着这些天再做些什么。"

范雨希没有反应。

"如果你觉得恭临城和井娅死了，你的仇就算是报了，那就当我说的这些话是放屁。"朱晓拍着屁股站起身，走到门外时，又停了下来，"你不是一无所有，你还有孔末，还有我们。"

朱晓说完，强拽着不肯走的孔末出了房间，替范雨希轻轻地把房门关上，才骂骂咧咧地说："范雨希要疯，你也陪她疯？"

"是。"孔末说。

"你怎么这么没脑子？"朱晓恨铁不成钢地咬牙切齿，"范巧菁之死，整个暗光都难辞其咎！你要是真的想安慰这丫头，就拿出点实际行动来！"

孔末听了，觉得有道理，问："怎么做？"

"我是把尸体拖出拉达村后报的警，我暂时对警方隐瞒了拉达村里的秘密。"沈探说着，掏出孔末在火坑旁找到的锡纸片，"秦力被遣返前，一定会接受讯问，到时候就瞒不住了。咱们在清万搞出这么大动静，警方没追究咱们的责任，已是万幸，不可能再同意咱们继续调查。咱们要赶在警方之前，再去拉达村摸摸，说不定能找到孟萧的线索。"

包一倩小心翼翼地问："老朱，你的状态没问题吗？"

"能有什么问题？"朱晓摆摆手，强撑着疲乏的身躯往外走，背影落寞极了。

大家再次进入拉达村的林子时，正是中午最热的时候。大家休整的这一天，沈探没闲着，找人仔细地询问了几个近些年来自称误入拉达村而看到"飞头"的目击者。

沈探对比了几名目击者绘声绘色的描述，发现他们的说辞惊人地一致，排除了他们撒谎的可能。

"你们听过降头术吗？"沈探突然问。

"怎么说起这个了？"包一倩走在沙沙作响的林子里，疑神疑鬼地朝四处张望。

"不论是清万，还是曼口，都流传着许多神乎其神的传说，这与当地的宗教信仰息息相关。"沈探解释，"拉达村飞头的传闻与降头术的传说十分相似。"

降头术是流传于当地的一种巫术，可以向某人或某物施行某种法术。

"传说中，降头术分为药降、鬼降、血咒等。而拉达村飞头的传闻与传说中的飞降类似。"沈探停下脚步，详细地介绍，"飞降又称飞头降。据传，法力高强的降头师利用符咒对自身下降，让自己的头颅能够离身飞行。"

包一倩听明白了："你的意思是孟萧利用几乎全民皆信的传说，达到彻底阻止行人进入林子的目的？"

"不错。若是普通的闹鬼，还有胆子大的人会来一探究竟，但对于当地人来说，谈'降'色变，能施行飞降的降头师必定法力高强，就算是胆子大的人，也不敢来骚扰大师清修。"

"试验记录里记录了孟萧用于试验的多种手段，除了使用各种摧残精神和心理的药物，严厉的酷刑也经常使用。受害者的精神、心理和生理遭受虐待，开业的动静肯定不小。"齐佑光愤慨道，"他这么做的目的是不让人靠近，从而发现他的秘密。"

"老朱，你怎么看？"包一倩问一路沉默的朱晓。

朱晓有些心不在焉，包一倩又唤了他好几声才有反应："什么？"

包一倩叹了口气："沈探，老朱这状态真不行。"

沈探看在眼里，对孔末说："让另外一个孔末出来吧，他帮得上忙。"

"树林后的木屋成片，绝对不止孟萧一个人居住。他出逃至南港，绝不会带大批的人手，而是更可能在清万本地找帮手。"孔末切换人格后，迅速做出推断，"沈探，清万当地有谁能营造出飞降的假象？"

"能变出这戏法的人不少，比如一些招摇撞骗的法师。"沈探不屑道。

"法师？"包一倩听得一头雾水。

"这是当地对修行者的称呼。"沈探一边解释着，一边与众人来到了溪边的火坑，"孔末的推断有道理，孟萧很可能找了本地人帮忙。但要锁定帮手的身份，必须找到更多的线索。"

大家来到了溪边，地上的几个火坑旁伫立着五根木桩，木桩上安置着灯台，灯台里是烧尽的蜡烛。五根木桩恰好将地上的火坑包围，蜡烛很细，不像只用于照明的。

众人第一次来到这儿时，由于天色太暗，没人发现这些灯台。

"这些灯台摆放的位置好像很讲究。"孔末提醒。

沈探打量了一会儿后，嘴里吐出了两个字："仪式。"

"有人在这儿进行了某种类似祭祀的仪式？"齐佑光不解道，"他的试验需要用到这种仪式吗？"

"或许这里的秘密不止那个试验。"孔末想起火坑里找到的锡纸片，对大家说，"再四处找找！"

王雅卓和宣尚烨进了一条隐蔽的巷子后，谨慎地瞄了瞄周围，确定没有人跟踪后，进了一栋民宅的院子。

方涵早已等候多时，见到王雅卓，紧绷的脸露出一抹笑容，搂过她，轻声问道："没受伤吧？"

王雅卓轻轻地摇头："没有，但是你的身份瞒不住了。"

方涵收敛了嘴角的弧度："那又怎样，没人能抓住我。"

关闻泽和宣尚烨安静地伫立在一旁，白洋蹲在角落里，细心地整理着装备箱，眼角的余光不停地偷瞄着身后的一群人。

方涵来到关闻泽的面前，捏住了他的脖子："我早就说过，你会替我办事的。"

"我要见我的母亲。"关闻泽没有反抗，冷漠道。

"她很安全。"方涵说。

关闻泽面无表情："无论她是在恭临城手里，还是落到了你的手里，对我来说，都不安全。"

方涵松开了手，放肆地笑道："但我比恭临城讲诚信。等替我办完事，我会让你见她。"

"说吧。"关闻泽不卑不亢地说。

"找到孟萧。"方涵提起这个名字，脖子上的青筋陡然暴起，"我要他死无葬身之地！"

白洋趁着众人不备时，偷偷地从装备箱里取出一个手机，指尖迅速在屏幕上按动，这时，身后的一声惨叫吓得他立即住手，藏好手机。

宣尚烨的肩膀上多了一柄刺入一半的小刀，他跪倒在方涵面前，丝毫不敢反抗，只能低着头，任鲜血流淌。

"这是你没能将恭临城带到我面前的惩罚。"方涵拔出小刀，欣赏着刀刃上的血，"下一次，如果你们没把孟萧带到我的面前，惩罚可就不止如此了。"

白洋迅速转过身，屈身低头，汗珠从额头滴落到滚烫的地面，瞬间蒸发。比起恭临城，白洋觉得有时平静、有时狂躁的方涵更加恐怖。

傍晚，大家被晒得大汗淋漓，脸上蜕了皮。

他们在草地旁发现了一片松动的可疑土壤，朱晓昏昏沉沉的，失去了推理的能力，只得干些苦力活，从木屋里找到铁锹后，马不停蹄地开始挖土。不久后，他挖到了什么东西，扔掉铁锹，铆足劲儿改用手刨。

当朱晓把埋在土里的东西捧在手里时，所有人都震惊了。

那竟然是一个只有成人巴掌大小的人头，黑色和褐色相间，像涂上了一层黏糊糊而又被烤焦的涂料，眼眶里没了眼球。朱晓不再胡思乱想，暂时把方涵的事抛到脑后，轻轻地抚摸人头，良久才挤出一句话："质地坚硬清脆。"

包一倩惊得直跳脚："老朱，这该不会是真的人头吧？"

朱晓不敢妄自推断，将人头递给齐佑光后，拿起铁锹继续挖土。二十分钟后，一个大坑被掘了出来，坑里埋藏着三个大小相似的人头，以及四具质地相同、颜色相同的无头身躯。

齐佑光检查过人头后,惊得合不拢嘴:"这真的是人的头骨。根据头骨和身骨的大小判断,这些受害者都是婴儿。尸体呈干尸状,不像是被风干的,而是被烤干的。"

"我大概知道火坑里的锡纸片是干什么用的了。"孔末冷静地分析,"受害者的身上应该被涂抹了特殊的涂料,之后被包裹着放在火坑里烤,才呈现出干尸的模样。"

包一倩义愤填膺:"孟萧这个死变态,连这么小的婴儿都不肯放过!"

朱晓站了起来,擦了擦额头上的汗水,指着地下:"我们才掘出一个小坑,就发现了四具婴儿的干尸,真不知道这地下埋藏了多少个受害者。"

这时,警笛从远处传来,众人来不及深挖,只得先行离开,回到沈氏探馆时,范雨希正坐在大厅里细嚼慢咽地吃东西。

"丫头,你肯出来了?"朱晓看向面色憔悴的范雨希。

"你说得对,我不想就这么回去。下一次去祭拜妈妈的时候,我希望能给她带去好消息。我要振作起来。"范雨希强行咽下最后一口食物,"你们查得怎么样?"

孔末将在拉达村里的所见所闻复述了一遍后,说:"清万警方应该已经讯问了秦力,所以查到拉达村里了。那么多婴儿干尸,足以让警方重视。这样也好,警方和我们兵分两路,我就不信孟萧能逃得掉!"

夜里,警方通过媒体公布了拉达村里的重案:警方经过挖掘,竟在拉达村里找到了十几具尸首分离的婴儿干尸。

沈探从婴儿失踪案着手,托警察局内的朋友翻找近年来相关的卷宗,发现近些年,清万时常发生婴儿遭窃或遭抢的案子,其中最重大的一起是两年前发生在清万医院的"偷婴案"。案发当晚,有几个人冒充医护人员进入清万医院的婴儿病房,抱走了近十个刚出生没两天的婴儿。事后警方调查,发现几个犯罪嫌疑人都戴着口罩,相互配合的手法十分娴熟,有人负责进入婴儿病房,有人负责打掩护,有人负责转移。"偷婴案"在清万引起了巨大的轰动，警方全力搜查，但最终不了了之，只发现了蛛丝马迹："偷婴案"的犯罪嫌疑人与清万其他几起偷婴和抢婴的犯罪嫌疑人是同一拨人。

"人贩子吗？"范雨希疑惑道，"偷了婴儿，不拿去贩卖，怎么反而烧了，埋在地里？"

"孟萧的试验、飞降、婴儿的干尸、人贩子。"孔末尝试将所有线索串在一起，却一时没有头绪，"有个疑点，既然是人贩子，为什么要选择刚出生的婴儿动手？"

人贩子犯罪团伙在运输受害者时，路途艰辛，为了掩人耳目，甚至会长时间将受害者藏在诸如箱子的密闭容器里。刚出生不久的婴儿生命脆弱，嗷嗷待哺，根本无法抵抗沿途的摧残，想要让他们活下去，不仅不能虐待，反而要好吃好喝地照顾。

"一般的人贩子不会选择幼婴动手。毕竟养活他们的成本太高，如果养不活，他们就白费劲了。"沈探加入了讨论，问发着呆的朱晓，"你觉得呢？"

朱晓托着下巴，发着蒙，思维与众人完全不在同一个频道。方涵的事对他的打击太大了。

"你们听过《唱歌犬》的故事吗？"孔末突然发问。

《子不语》里有一篇《唱歌犬》的故事，讲的是卖艺人常牵着一只"较常犬稍大，前两足趾，较犬趾爪长，后足如熊，耳鼻皆如人"的会唱歌的狗上街卖艺，街边的人纷纷被吸引。后来，县令查过才知道，"唱歌犬"是用三岁小孩做成的。卖艺人先用药使其身上溃烂蜕皮，再敷上狗毛烧成的灰，等待小孩长出狗毛。没有人知道要死多少小孩，才能成功造出一只"唱歌犬"。

"在故事里，小孩儿十不存一，但换作现实，真这样做的人，小孩儿一定全死了。如果明知婴儿会死，还执着于偷婴，那么，或许他们需要的就是婴儿，无论是死是活。"孔末不确定地揣测。

"我出去一趟。"沈探听后，忽地站起身，出了沈氏探馆。

清万的一处墓地，沈探将一摞钱递给守墓人。

"有专门供给死去婴儿的坟墓吗？"沈探问。

守墓人见钱眼开，赶紧点头："大部分人死了都去火化了，能为刚出生不久就亡故的婴儿买坟墓葬的都是富贵人家，整个清万只有这个墓园有。"

沈探在守墓人的带领下，来到了墓园的一角，查探墓碑后，转身揪住了守墓人的衣领："坟墓被挖开过？"

守墓人一惊，双腿直哆嗦，不肯承认。

"坟墓的水泥开了角，明显被挖开过，后来又灌上了。"沈探信誓旦旦道。

守墓人在沈探的逼问下，只得承认。几个月前，守墓人打扫墓园时，发现许多座坟墓被刨开过，因惧怕担责任，便没敢上报。后来，又有一个死去的婴儿下葬，当天晚上，守墓人没有睡觉，蹲在草丛里等待。果然，夜半时分，有两个人偷偷地进了墓园，挖开坟墓，将婴儿的尸体取出来后，又悄悄地在坟墓里灌了水泥。守墓人刚想将他们抓个人赃俱获，但对方跑得太快，一眨眼就溜了。

"自那之后，他们就再也没来过。"守墓人结结巴巴道，"所以我就没有报警。"

"孔末推测得不错，这群人只需要婴儿，不在意死活。"沈探想着，又问，"他们还干了什么？"

"好像往坟坑里撒了一些什么。"

沈探不顾守墓人的阻拦，找来工具挖开了最新被盗的一块坟墓。坟墓里空空如也，早就没了尸骨，只剩几张黄色的符。

第 25 章
童子

沈探回到探馆后，连夜带着大家动身前往清万郊区的村落。

"据说，一些进入世俗的法师，为了自立门户，会在符上留下与众不同的符文。"沈探坐在车后座，向众人解释，"我托人打听了一下，从坟里挖出的几张符出自一个叫作昂坤的黑袍法师之手。"

包一倩开着车，忍不住好奇："黑袍法师又是什么？"

"因背叛信仰或犯了重戒，远离城市而隐世修行的法师，被当地人称作黑袍法师。传闻，黑袍法师的法力都十分高强。"沈探不得不又一次讲述起当地的传说。

早年间，昂坤默默无闻，近年来，他的名号突然伴随着飞降响彻清万郊区，吸引了不少前去祈求的信徒。

"昂坤精通飞降？"孔末断定道，"绝不是巧合，看来他和拉达村脱不了干系。"

沈探还告诉大家，当地人十分重视坟墓之事，深信挖人坟墓会遭怨灵报复。因此，他推测掘坟的人在坟里放入符咒是为了消灾。

一个小时后，大家来到了村子，稍作打听，便找到了昂坤的住处。朱晓敲门无果后，踹门而入。屋里充斥着浓郁的烧香的味道，孔末嗅了嗅，断定："香刚灭不久，人刚走，或许能追得上！"

孔末即刻切换人格，与朱晓冲出门去，包一倩驾车随行，以备不时之需。

齐佑光开了灯，顿时，狭小的屋子亮了起来。范雨希看着满地狼藉的屋子和卧室内开着的电视，推测昂坤是看了新闻，知道东窗事发，于是匆忙收拾行李逃亡了。

沈探的直觉异常敏锐，直接从床底翻出了一颗血淋淋的人头，仔细一看，原来是一颗用橡胶做成的栩栩如生的假头，头上缠绕着透明的钓线，轻轻一晃，假头的眼珠便会晃动，并且闪闪发光，嘴里还会发出阴森的怪笑。

"这些骗子用的工具倒是越来越高科技了。"沈探调侃，将假头丢到了一边，"用钓线把假头悬到树上，就算是飞降了，要是沈氏探馆好好学学这手段，早挣大发了。"

范雨希继续搜查屋子，没一会儿，齐佑光在一个柜子里发现了一个黑色的大匣子，打开后，吓得尖叫了一声。

匣子落在地上，从里面掉出了一个巴掌大小的人偶。人偶表面油亮油亮的，镀了一层金色的箔，双眼是画上去的，直勾勾地盯着众人，嘴角也是绘的，正扬着诡异的弧度。

范雨希凝重道："这是什么？"

"'金童子'。"沈探仿佛早有预料一般，平静地说，"当地的人供奉它，以遂心愿。"

齐佑光震惊地盯着地上的人偶："沈探，'金童子'是怎么做成的？"

"如今大部分的'金童子'都是由坟地的泥土烧制而成的。但是，在古时候，'金童子'不是这么来的。"沈探指着地上的人偶，"拾起来仔细瞅瞅。"

人偶掉在地上后，头摔掉了一角，齐佑光胆怯地将它捧起来，仔细端详。

"自古以来，当地人认为'金童子'拥有超自然的能力，因此趋之若鹜。"沈探稍作停顿，继续说，"古时候的'金童子'，是由死婴制作而成的。"

范雨希听后，脸色变了："难道那些人在拉达村里进行的仪式是制造'金童子'？"

"没错。"齐佑光的手颤抖得停不下来，轻轻地将人偶放下，"这人偶是人的干尸！"

"被埋在拉达村的那么多具尸首分离的婴儿尸体应该是制作'金童子'时的失败品，被遗弃掩埋进了土里。"沈探说。

这时，朱晓和孔末带着包一倩回来了。他们找遍了周遭，没有发现昂坤的下落。

"不过，我们找附近的人问了，有一个住在清万市区的痞子经常来找昂坤，名字叫布酷。"

后半夜，包一倩开车载着众人回到清万市区，找到了布酷的住宅。在路上，神通广大的沈探托人打听了布酷的情况。今年布酷二十多岁，没有亲人，居住在清万市中心，曾因赌博坐了几年牢，出狱后至今无业，游手好闲，认识了一大批闲散人员。

朱晓等人来到布酷家门外后，按了许久门铃也不见有人开。这时，孔末发现窗户没关，便攀上四层高的窗台，先行进屋。然而，孔末进屋后，让众人等了近十分钟，才一脸凝重地将门打开。

"怎么了？"朱晓问。

"死了。"孔末沉着脸回答。

沈探到车上取了几双脚套和手套，叮嘱大家穿戴上后，才让大家进屋。房子很大，窗外的风吹进屋内，扬起了一股浓重的血腥味。布酷就倒在血泊里，眼珠瞪得溜圆，身上有许多小牙印，胸口上插着一把生锈的剪刀，死状十分惨烈。

齐佑光蹲到尸体旁，检验过后，说："致命伤在胸口。尸体身上的牙印应该是死后留下的。牙印很小，看上去不是成人干的，更像是小孩咬的。根据血迹的凝固程度和尸体温度判断，死亡时间不超过两个小时。"

朱晓愤而砸墙："咱们来晚了一步！"

"还有别的发现吗？"孔末再一次切换人格，问。

"我需要点时间。"齐佑光立即着手进行更加详尽的检查。

范雨希在布酷的房子里搜查了一番，从抽屉里找出了一份租契。这栋房子是布酷在两年前租的，租期三年，再过几个月就期满了。她还在床底的匣子里找到了一些金子和现金。

"这房子挺大，又位于市中心，对比当地的经济水平，租金对无业的布酷来说，应该不低。"朱晓打量着房子说。

范雨希将租契递给了朱晓："一租就是三年，看来他有来钱的手段。屋里的财物没有丢失，凶手不为财，你觉得是为了什么？"

"杀人灭口。"朱晓晃了晃晕乎乎的脑袋，艰难地使自己聚精会神，嘴里蹦出这几个字，"布酷和昂坤都与拉达村的勾当有关。"

"朱队，尸体身上的每一道牙印都一模一样，而且伤口组织很平整，不是咬的。"齐佑光站了起来，"有人使用某种用锋利金属制成的牙具模型在尸体上留下了几十道印子，想制造出死者被小孩咬得面目全非的假象。这骗不过警方，法医只要查探每一道印子上的唾液就能拆穿。"

"凶手的目的不是骗警方，而是要借警方之口，将尸体的惨状传出去。警方不信，有的是人信。"孔末沉思片刻后，推测道，"昂坤是黑袍法师，很可能是制造'金童子'的主谋或主谋之一，他有信徒，但为了保险起见，不会亲自售卖'金童子'。"

"你是说布酷是昂坤与买家的中间人？"朱晓反问。

"不错。布酷游手好闲，唯一的优点便是认识的人多，适合担任中间人。他没有职业，但能租得起市中心的大房子，还经常去找昂坤，如今又被疑似杀人灭口，不是中间人，是什么？"孔末逐一分析。

朱晓习惯性地摸着胡楂儿，点头："有道理。"

"哪有小孩能杀死一个成年人，还留下满身的牙印。凶手这么做是为了营造布酷死于'金童子'的假象。"孔末继续讲，"会通过布酷购买'金童子'的买家对'金童子'反噬的传闻必定深信不疑。等警方公布布酷的死状，就算被警方找到，那些买家也会担心遭到'金童子'的反噬，从而拒绝向警方坦白。"

"凶手杀死布酷，不仅封了布酷的口，还堵上了知情买家的嘴！"朱晓凝重道。

"老朱，接下来怎么办？"包一倩问。

"马上撤离。"朱晓大手一招，"匿名报警！"

次日，警方公布了布酷的死讯，并根据匿名者提供的线索，搜查了昂坤的家，发现了真人"金童子"的秘密。清万警方对昂坤发出了通缉令，并对经布酷购买了真人"金童子"的买家们发出悬赏令和赦免令，声称只要自首，并且提供线索，不仅能获得高额赏金，还不被追究责任。

如若换作往常，清万警察局的门口早该被挤爆了，然而，悬赏令发出许久后，清万警察局依然冷冷清清。一切都如同孔末预料的那般，买家们生怕冒犯了"金童子"，遭到反噬，不敢向警方透露任何线索。

沈探往警察局跑了一趟，给众人带回了消息："警察局调查了布酷的通信，发现他很少用手机与人联络，少数几个联络人已经被排除了'金童子'买家的嫌疑。"

"不通过手机联络，怎么当中间人？"朱晓疑惑道。

"别着急。"沈探继续说，"布酷的住宅外有一个公用电话亭，我让人找了附近的摊贩打听。摊贩们说，经常看到布酷手里拿着一个本子进电话亭打电话。"

"这样说来，布酷是通过线下结识买家，留下联系方式后，用公共电话与买家联络，最后又在线下完成交易。"孔末推算着问，"咱们在布酷的家里没找到电话簿，那警方找到了吗？"

"没有，应该是被凶手带走了。"沈探说，"我找到一个卖'金童子'的集市，又约了布酷的几个朋友，但是分身乏术，朱晓，你陪我去趟集市吧。"

"那我和孔末去见布酷的朋友。"范雨希说。

一个小时后，范雨希与孔末在一间茶馆里与布酷的几个朋友碰了面。这些人得到沈探允诺的好处，知无不言。他们说，布酷是一个喜欢炫耀的人，不久前刚向他们炫耀即将搬进属于自己的大房子。

"他要买房了？"范雨希打听了布酷即将买下的房子的地址后，又问了其他问题，"近期他与什么人见了面？"

由于语言不通，范雨希只得借助翻译软件和他们艰难地交流。一个多小时后，范雨希和孔末才出了茶馆。

"布酷和知名模特勾搭上了？还每天去找她？"范雨希回想起布酷朋友们说的话，将信将疑，"这个模特该不会也是买家吧？"

孔末陷入沉思，没有立即回答。

二人找到了一栋大房子，询问过主人后，发现布酷果真与主人签了房屋买卖的合同，而且已经付了定金。主人称，他在签合同时要求布酷把钱付清，但布酷死乞白赖地恳求，承诺过些日子一定把尾款补齐，于是，他给了布酷一段时间。

范雨希算了算日期，约定付尾款的日子是两天后。

"布酷没能把钱付清，说明身上钱不够，但又敢签合同、付定金，你觉得是什么原因？"孔末问。

范雨希明白孔末的意思："他手上应该有一笔即将完成的订单，完成后，可以得到一大笔钱。"

"不错。布酷朋友口中的知名模特给布酷带去了一笔买卖，而且是一笔足以让布酷买下一栋大房子的买卖，所以布酷才会每天去见她。"孔末说道，"布酷还没收到钱，说明交易还没完成。这么大的买卖，你觉得昂坤会因为布酷死了，就放弃吗？你要知道，布酷的电话簿可落到凶手那儿去了。"

"事不宜迟，咱们立刻去找那名模特！"

南港支队里，沈诺推着李教授进了赵彦辉的办公室。

"李教授，'双喜'传来消息，请求与朱晓会面。"江军说。

"请求？他是个野路子，与其说是请求，不如说是告知。"李教授拉过身后的沈诺的手，笑道，"你的哥哥自从到了清万，性格大变，也成了野路子。两个野路子见了面，更不会理会咱们的意见了。"

"确实是告知。'双喜'说，他和沈探已经安排好了，让咱们不必担心身份泄露的问题。"江军无奈道。

"江队，李教授，这'双喜'究竟是何方神圣啊。听说，他行动自由，权限很高。"赵彦辉忍不住问。

江军端起茶盏，慢声细语地说："老赵，不如你猜猜？"

众人谈论着朱晓和沈探时，这二人来到了清万最大的集市。朱晓逛了一圈，发现的确有人卖"金童子"，但大多价格便宜，没有"真材实料"，偶尔有卖得贵的，自称"金童子"里注了婴孩的骨灰，被法师开过光，难辨真假。

"全他妈是骗子。"朱晓觉得烦躁，"回去吧。"

沈探看了看手表，笑道："时间还早，不着急。"

"在这儿能问出什么来？"朱晓问。

"这是普通的集市，当然问不出什么。"沈探笑嘻嘻地说，"你想问的，我已经通过黑市替你问清楚了。清万和曼口的黑市里的确有人卖真人烧制而成的'金童子'，不过，卖家不是咱们要找的人。"

在黑市里，真人"金童子"的价格不菲，如若出自名师之手，一尊的价格高达两百多万T国货币。由于真人"金童子"与道德有悖，甚至涉嫌犯罪，一直上不了台面，只能在黑市里流通。

"黑市里的卖家制作'金童子'所用的都是堕胎、流产的婴尸，最多也就是向人买下夭折的婴儿尸体使用，不会干偷婴、盗墓这类勾当。"沈探说，"昂坤应该是看上了贩卖真人'金童子'的暴利，所以才集结了一拨人，干起了这宗买卖。"

朱晓暗自吃惊："这么贵？"

"可不是。"沈探分析，"孟萧进行他所谓的'SP'试验，必须购买大量的药剂和器材，那些玩意儿价格不菲。"

"我懂了！"朱晓一拍脑门儿，"拉达村不仅是孟萧进行试验的大本营，还是昂坤制造真人'金童子'的老巢。孟萧与昂坤合作，利用贩卖'金童子'的暴利，维持他一心痴迷的试验！"

突然，朱晓的手机响了，收到一条信息：到集市第三十号帐篷。信息后面标注着发件人的代号："双喜"。

"'双喜'约我见面！"朱晓抬起头，忽地发现沈探已经不知去向了。

朱晓穿过拥挤的人群，好不容易才找到第三十号帐篷。集市里的每一家摊贩使用的都是外观一致的帐篷，营业时，打开帐篷，不营业时，关上帐篷。现在临近黄昏，已经有不少摊贩将帐篷关上了。第三十号帐篷的布帘垂着，与其他歇业的帐篷看上去无异，很难引起别人的特别关注。

朱晓四下看看，确认没有人注意自己后，掀开布帘，走了进去。

闷热的帐篷内站着一个又高又瘦的男人，正背对着朱晓。

"你是'双喜'？"朱晓问。

"双喜"缓缓地转过身，平静地对朱晓伸出了手："你好，我们又见面了。"

"方涵！"

第 26 章
模特

那年，孟萧看着被他摧残得精神错乱的方涵，拿起笔在试验记录上书写，抑制不住心头的激动："目标已忘却部分记忆，精神分裂试验成功！进入试验最后十天！"

十天后，方涵将被孟萧带离荒野上的仓库，回归正常的生活。

恭临城戴着面具，轻轻地鼓着掌走了进来，盯着昏迷不醒的方涵："孟萧，恭喜你！"

"为时尚早了，按照我的计划，还需要十天。"孟萧收起兴奋的表情，"十天后，我会离开南港。"

"真的要走吗？"恭临城挽留。

"既然早已经说定了，何必多说？"孟萧取出针筒，给方涵注射了一剂药水，"方涵即将成为我的第一个试验成品，日后，我会托人跟踪记录试验后几年他的动向。若有人以我的名义找到你，请你不要为难他，并告知他方涵的近况。"

"试验真的已经成功了吗？"恭临城仍然觉得神奇。

孟萧将录下的录影带递给恭临城："他已经是一个思想捉摸不透的精神病患者，仇恨的种子已经在他心里萌芽。在合适的时候，将这卷录影带交给他。他会有多痛恨警察和卧底的身份，取决于今后他将经历什么。"

　　"京市负责卧底的警察正在寻他，必定是有不平凡的任务要交托给他。"恭临城接过录影带，眼里露出一抹狡黠，"在他成为卧底之后，我会让他因卧底身份而尝尽痛苦！"

　　恭临城和孟萧离开仓库后不久，一道纤细的身影悄悄地推开生锈的铁门，来到了方涵的面前。

　　方涵睁开眼睛，虚弱道："你又来了，你到底是谁？"

　　从几十天前的夜里开始，精神恍惚的方涵总能在夜深人静的时候，看到一个蒙着面纱的女人，悄悄地进入只剩他一人的仓库。一开始，他以为是幻觉，但时间一天天过去，终日被孟萧注射不知名药剂的他脑袋非但没有变得浑噩，反而越发清醒。

　　方涵终于知道，这个蒙着面纱的女人不是幻觉。每一个夜里，孟萧离去后，她就会出现在这里，神不知鬼不觉地替换孟萧为第二天的试验准备的药剂。他问女人是谁，女人从不肯说，只压低了声线告诉他："孟萧想让你变作一个疯子，如果想尽早离开这里，就装得像一点。"

　　孟萧和恭临城都不知道，每天注射进方涵体内的药剂早已被调了包。女人为方涵免去了药物的痛楚，却无法替他免去孟萧的毒打和言语上的洗脑。一年来，方涵人不人鬼不鬼地配合着孟萧演戏，熬过了三百多天生不如死的日子。

　　今天，女人终于自报家门："他们叫我'撒旦'。"

　　"你的目的不是救我。"方涵强撑着沉重的眼皮，嗓音沙哑。

　　"都成了这副模样了，脑子还能保持清醒，难怪'天叔'想培养你接手暗光。""撒旦"替方涵松了绑，问道，"为什么觉得我的目的不是救你？"

　　方涵被束缚的身体得以暂时解脱，却十分虚弱，别说逃跑了，连呼吸都十分困难。他强行挤出了一句话："你若要救我，第一天进入这里的时候就带我走了。"

"暗光由我一手创立，但'天叔'夺了我的权，险些杀死我。""撒旦"的声音阴冷，"他做梦也不会想到，我活了下来。"

"'天叔'是谁？"

"我不知道。""撒旦"老实说。

"撒旦"和"天叔"的身份只有孟萧知情，孟萧重义气，就算死，也不肯向彼此透露对方的信息。

一直以来，"撒旦"都知道孟萧建了一个秘密基地进行其为之痴迷的试验。她侥幸活下来后，偷偷来到这里，无意中听到了"天叔"和孟萧之间的谈话，知悉了二人的计划。但是，老奸巨猾的"天叔"始终不肯摘下面具和变声器，她百般探知"天叔"的身份而不得。

"你要利用我？"方涵说透了"撒旦"的心思。

"不错。""撒旦"坦率地承认，"如今，整个暗光都听命于'天叔'，就算我知道了他的身份，也无济于事。我之所以救你，是为了与你合作，探出他的身份，并重新拿回属于我的暗光。"

方涵剧烈地咳嗽了两声："我凭什么要帮你？"

"因为你也想知道他是谁！""撒旦"又将方涵绑上，把绳索恢复原样。

"我会寻求警方的帮助。"方涵的语气有些松动。

"你那么信仰警方，可在这生不如死的三百多天里，他们在哪里？""撒旦"冷笑，"我能从你的眼神里看出来，你对警方失望，甚至怨恨警方，这可不是孟萧靠被我替换的药剂能够造就出来的眼神。"

方涵觉得头脑昏昏沉沉的，很快闭上了眼睛，在完全失去意识前，听到了"撒旦"的脚步声和说的最后一句话："你还有很长的时间考虑，是要回归警察的队伍，还是与我合作。"

当朱晓看清方涵的脸时，下意识地将手探向腰间，这是作为一个警察最慌张而又最本能的动作。

方涵当然知道朱晓没有携带配枪，轻松地坐在地上，拍了拍身前的地面："没有椅子，将就着坐吧。"

朱晓的大脑一片混沌，迟迟没有反应过来："你是……'双喜'？"

"是不相信我，还是觉得我不会给自己起这么蠢的代号？"方涵笑起来，莫名地让朱晓觉得心头温暖，就像当初第一次相见时那般。

"到底是怎么回事？"

方涵叹了一口气，向朱晓讲起自己非人的经历。

朱晓听后，如梦初醒："你假装配合'天叔'，又假装配合'撒旦'！"

"我花了许多年时间，在南港支队的配合和你与一众线人的帮助下，总算解决了恭临城。但是，'撒旦'的身份犹未可知。"方涵唏嘘不已，"一晃这么多年过去了，我总是装成一个喜怒无常的疯子，有时连自己都分不清自己究竟有没有疯癫。"

朱晓越听越激动，眼角噙着两滴泪珠："这么说，你没有背叛警方！"

"你觉得我会背叛？"方涵笑着反问。

朱晓心虚地摇头，席地而坐："当然不会，谁说你背叛了，我跟谁急！"

"朱晓，我与你仅有过一面之缘，但你为了寻我，甘愿接下最危险的任务。感谢你。"方涵诚恳道。

"应该的，这是任何一个警察的职责。"朱晓被夸得有些不好意思，乐呵呵地笑。

"知道我身份的人不多，先前在南港，我不敢轻易暴露身份，是因为'撒旦'在我的手下里安插了眼线。"方涵收敛笑意，变得严肃，"来到清万后，我察觉白洋有问题，怀疑他已经倒戈'撒旦'，所以仍然不敢轻易与你接触。"

"白洋这家伙果真不是善茬！他潜伏到南港支队、潜伏到恭临城的身边，又潜伏到你的手下，没想到竟然是'撒旦'的人。"

"只是怀疑罢了，还不确定。"方涵说。

朱晓紧张地问："那今天的见面……"

"放心，为了调查孟萧的下落，我们也到集市调查'金童子'的线索。白洋就在附近，但有王雅卓和沈探替我们掩护，集市人多，他一时半会儿发现不了。"方涵不敢轻易浪费时间，迅速说明，"我假装加入暗光后，又向'撒旦'表明愿意和她合作，但一直没有得到她的真正信任，因此，她才会在暗中安插眼线到我的身边，观察我的一举一动。"

"接下来要怎么办？"朱晓问。

"她几乎从不与我见面，与我通话时使用变声器，通信做了防定位处理，想查出她的身份并抓到她只有两个法子。"方涵向帐篷外瞄了一眼，确定没有危险后，继续说，"第一，让她彻底信任我，现身与我见面；第二，找到孟萧，孟萧知道她的身份。"

"一个女人竟然有这么大的能耐！这样的人恐怕不会轻易信任你。"朱晓琢磨着，"看来咱们必须尽快找到孟萧。"

"当年，孟萧是道上著名的掮客，为人机警，从不轻易暴露与任何人的关系。我也是在恭临城的身份曝光后，才查出了孟萧与恭临城之间的关系。"方涵给朱晓递了一份关于孟萧的资料，"孟萧极度痴迷精神病学，曾经为了偷师，屈尊到精神病院干起又苦又累的观察员差事。希望这份资料能帮助你。"

"包在我的身上！"朱晓拍着胸脯保证，"我一定找到孟萧替你报仇。"

"当年，我也遇到过一起类似的案子，希望你破得比我漂亮。"方涵站了起来，轻拍朱晓的肩膀，"我原本不打算这么早暴露身份，但我听沈探说，我是你的精神支柱，还听说你的状态不怎么好。"

"呸！胡说八道！"朱晓只比方涵小了几岁，但在方涵面前像极了一个孩子。

如今，朱晓终于明白，深藏不露的沈探之所以迟迟不肯答应替他找王雅卓，是因为时机未到。

"那就好。"方涵点了点头，"听我说，接下来的行动非常关键，一步都不能出差错。"

二人在帐篷里谈了近半个小时，方涵才迅速出了帐篷，蹿进拥挤的人群后没了踪影。

范雨希和孔末买了一场时装秀的门票，坐到了T台的前排。他们要找的模特叫作艾慧尔，是风靡清万和曼口两地的时装名模，这场时装秀，便是艾慧尔的主场。

范雨希和孔末坐下时，时装秀已经开始了。T台上，一个又一个身材高挑的模特扭动着性感的腰肢，昂首阔步地踏着猫步。许久后，一个金发碧眼的混血模特双手插在腰间，在全场震耳欲聋的欢呼声里，踩着细碎的步伐，来到了T台前方。

"漂亮。"范雨希忍不住赞叹，"她就是艾慧尔。"

"要不要去后台看看？"孔末提议。

舞台的后方是休息室和化妆间，现在演出正在进行，所有工作人员都在舞台入口处待命，休息室和化妆间空无一人。范雨希和孔末趁机进入，一间一间地查探，很快找到了贴有艾慧尔名字的化妆间。

艾慧尔的化妆间显然要比其他模特的大上不少，范雨希和孔末走进来后，反手将门上锁。

范雨希第一时间翻艾慧尔的背包，随手一掏，竟然掏出了好几个"金童子"，惊得险些脱手。孔末及时接住，仔细观察后，判断这些"金童子"是用泥土烧制而成，并非由真人做成。

"很多人传言，演艺圈的人一生大起大落，时常寄希望于虚无缥缈的东西，现在看来传言不假。"孔末将几只"金童子"放回了艾慧尔的包，"如果我猜得不错，艾慧尔是想通过布酷买几只真人'金童子'。"

据传，传统的真人"金童子"比使用骨灰制作而成的"金童子"更加灵验。朱晓揣测，艾慧尔本有供养"金童子"的习惯，有了门路之后，自然会供养更加灵验的真人"金童子"。

"如果直接问她，她肯定不会坦白。"范雨希发愁道。

"不需要直接问。"孔末在梳妆台上找到了一个手机,尝试着输入密码,但没能打开。

范雨希想了想,说:"我向'机器'求助。"

孔末皱起了眉头:"你知道'机器'是谁?"

"不知道,不过,为了以防万一,朱晓给了我'机器'的联络方式。"范雨希摇头,没有察觉到孔末脸色的异样,打给了"机器"。

"机器"指挥范雨希操作艾慧尔的手机,成功绕开锁屏密码,进入手机的后台,又指导范雨希登录事先准备好的邮箱,安装了一款只会悄悄运行的软件。

范雨希完成一切操作后,将手机放回原处,带着孔末匆匆忙忙地离开了化妆间。

朱晓与沈探会合后,兴冲冲地朝着沈氏探馆的方向走去。

"哟呵,这下高兴了?"沈探调侃。

"哪有功夫,查案要紧。"朱晓在心头窃喜。

"知道他身份的人不多,为了避免敌人起疑,这件事不要告诉任何人。"沈探叮嘱。

"知道了。"朱晓翻着孟萧的资料,"他这么痴迷精神'SP'试验,恐怕不会轻易罢手。结合孟萧落在拉达村的试验记录来看,这些年,他寻找的试验目标类型广泛。"

朱晓走着走着,突然停下了脚步,沈探问:"怎么了?"

"方涵给我的资料上记录孟萧曾经就职观察员的地方是京市第二精神病院。"朱晓顿时发现了不对劲,"我有印象,曾经,京市第二精神病院发生了一起绑架事件,好像就是孟萧离职的那一年。"

当年,京市第二精神病院的一位知名精神病学医生遭到不知名歹徒绑架,半年后遇害,被抛尸在京市郊外。这起案子至今未破。朱晓立即给京市的同事打去电话,请求传来这起案子的电子卷宗。

朱晓收到卷宗后,果然发现了端倪,大胆地进行了猜测:"不会有这么巧的事，人一定是孟萧绑的。"

"他绑了一个精神病学的医生去做试验？"沈探蹙眉。

"孟萧对所谓的'SP'试验极度痴迷，分析其性格，恐怕成功将普通人训练成精神病人不被他认为是成功的，只有把一个精通精神病学和心理学的专家训练成自己想要的模样，才能满足他的胃口。"

朱晓推测出了孟萧实施那起绑架案的动机。只不过，当时的孟萧在技术和材料不够齐全的情况下，操之过急，导致失败，不得不杀人灭口，而如今，孟萧在拉达村又一次宣告多起试验成功，必定自认为技术纯熟，加之秘密被警方发现，很可能再一次向最难的目标发起挑战。

"清万有知名的精神病学或心理学专家吗？"朱晓焦急道。

天黑了，众人围着桌子坐在沈氏探馆里，气氛十分压抑。

朱晓和沈探依旧晚了一步，当他们急匆匆地赶到清万最大的精神病医院时，院内最知名的女医生西凡已经不知所踪。他们摸查过后，确定西凡已经遭到绑架。

"现在唯一的希望寄托在'机器'的身上了。"范雨希沉重道，"'机器'监控了艾慧尔的通话，只要孟萧和昂坤联系她，我们就能锁定他们的位置。"

"老朱，咱们要不要通知清万警方一起行动？"包一倩担忧道，"那些人好像不怎么好惹。"

沈探也提醒："到了清万，当地的犯罪嫌疑人可比暗光的猎手还要危险。当地人只要经过申请，就可以合法持枪，持枪人数大约占总人数的十分之一。"

"沈探，你在警察局里有朋友，当初井娅也能从警察局打听到消息，这是不是代表孟萧和昂坤也有可能提前获知警察局的行动？"朱晓考虑过后，担心孟萧和昂坤事先知情，难以抓捕，觉得不宜报警，但又事关众人安危，不敢私做决定，于是让众人举手表决，"同意报警的举手。"

大家你看我，我看你，竟然没有一个人举手。

"果然是一群胆大的家伙。"沈探伸了个懒腰，弯腰从桌下掏出了一把手枪，"我能贡献的只有这个。"

包一倩捂住嘴："你有枪！"

"子弹管够，但枪只有一把，你们自己分配。"沈探将腿搭到了桌上。

"你有枪怎么不早拿出来！"朱晓想到众人数次涉险，差点儿丢掉性命，就一肚子火。

沈探补了一句："忘了说了，这是麻醉枪。"

朱晓翻了个白眼，差点骂脏话。

此时，"机器"发来了消息：目标与艾慧尔联系了。

第 27 章
交易

　　许多年前，方涵完成了警方交付的卧底任务，去往公安烈士墓祭拜在任务中牺牲的干警。悼念的人群散去后，江军派人封锁了墓园，推着李教授来到方涵的跟前。

　　"方涵，你想好了吗？明天就能恢复警籍，你真的愿意继续当卧底？"江军问。

　　早在几年前接受卧底任务的第一天，方涵就向上级如实报告了被暗光掳走，接受非人试验的经历。这些年，暗光的行动极其隐蔽，就算警方用尽手段，别说取缔暗光了，就连暗光的相关信息都查不全。

　　"这些年，我在执行任务时，总有一双眼睛在暗处盯着我的一举一动。我能感觉到，'天叔'终于要对我动手了。"方涵凝重道，"我拒绝恢复警籍，请求继续卧底。"

　　"太危险了。"江军犹豫道，"你要面对的不仅是'天叔'，还有'撒旦'。"

　　"难道他们不知道自己的任务很危险吗？"方涵神色坚定地指着一座座

224

墓碑，经过这些年的磨砺，他早已经不是那个初入警校的年轻人了，"除了我，没有人能接近'天叔'和'撒旦'。"

李教授静思片刻，平静道："无论是'天叔'，还是要重新夺权的'撒旦'，恐怕都不会轻易信任你，你毕竟是警察，又刚立了大功。"

"所以，接下来的卧底任务很艰巨，连我都不知道要花上多长时间才能彻底赢得他们的信任，甚至不知道我能不能活着完成任务。"方涵细心地整理了手中的警帽，端正地扣在头上，"但是，只要我还活着，就一定会把暗光连根拔起，把'天叔'和'撒旦'送入法网！"

"双面卧底！"赵彦辉听江军道出"双喜"的真实身份后，惊讶不已，"方涵同时对'天叔'和'撒旦'隐瞒了身份，他是怎么做到的！"

"当年，方涵为了让'天叔'坚信孟萧的试验已经成功，在不阻碍警方侦查工作的前提下，在卧底期间经手的每一起刑事重案里都撒了谎。那些谎言为他接触的案件蒙上了传奇的面纱，比如，'鬼叫餐案'。"江军提起了方涵侦破的案件中最广为人知的"鬼叫餐案"。

"鬼叫餐案"的卷宗记录，死者之一的老九在死后离奇现身，与方涵见过面。赵彦辉恍然大悟，这竟然是方涵对所有人撒的谎。

"不错。方涵为了骗过'天叔'，将自己伪装成一个具有明显的精神分裂倾向的精神病患者。"江军解释，"'天叔'老谋深算，若是方涵服软，反而会起疑心。所以，他加入暗光后，反其道行之，没有贸然接近'天叔'，而是以报复为由，公然与'天叔'为敌，大肆夺权。直到'天叔'死前，都以为自己培养了一个合格的接班人，殊不知，方涵背后还有未死的'撒旦'。"

"而'撒旦'不知，方涵的身后还有警方！"赵彦辉由衷地赞叹，"江队、李教授、方涵和你下了好大一盘棋！"

"方涵加入暗光后，又假意与'撒旦'合作，对付'天叔'，但是，'撒旦'十分谨慎，这么多年来，他始终没有机会与'撒旦'近距离接触。可以肯定的是，即使到了今天，'天叔'一派被灭，他也还没能完全取得

'撒旦'的信任。"江军凝神道，"咱们的行动已经到了最后一步，也是最重要的一步。"

深夜，包一倩驾车疾驰，带着众人直奔曼口南部的山坡。

不久前，昂坤亲自联系了艾慧尔。"机器"通过监听获取到交易信息后，给众人发来了信息：交易地点，曼口南部山坡上的破庙；交易时间，隔天晚上十一点。

"机器"还监听到了更多的消息。昂坤十分重视与艾慧尔的交易，即使遭到警方的通缉，也想将钱捞到手后再逃。正如孔末和范雨希预测的那样，艾慧尔一次性向布酷订了十尊"金童子"，交易金额达到几千万T国货币。十尊"金童子"相当于要十个婴儿的命，这段时间，昂坤正在紧锣密鼓地寻找目标，想来如今终于完成了制作。

"王雅卓夜探拉达村之前，先进行了数天的观察。"朱晓揣测，"昂坤一定是起了疑心，这才撤离了拉达村。"

"艾慧尔人在清万，昂坤为什么要选在曼口交易？"齐佑光疑惑道。

"那个破庙的位置大致在这儿。"沈探取出了一张地图，手指在图上戳了戳，"曼口南部临海，交易地点距离入海口只有几公里。"

"他们想在交易完成后，偷渡出逃！"

大家猜透昂坤选择破庙为交易地点的用意后，更加不敢掉以轻心。经过一夜的颠簸，包一倩终于在隔天傍晚将车子开到了破庙所在的山坡下。沈探留在清万的耳目汇报，艾慧尔为了完成这起交易，将原定于今晚的表演推了，买了火车票，预计夜间十点左右抵达目的地。

"老朱，怎么办，咱硬闯吗？"包一倩的双手搭在方向盘上。

"他们应该有枪，硬闯一定吃亏。"朱晓想了想，说，"就算要硬闯，也得知道他们有多少人、多少把枪。"

"怎么探？"

"我有办法。"孔末忽然说。

范雨希听孔末将计策说完，想都没想："我反对。"

"小希，你有更好的办法吗？"孔末说着，切换了人格。

　　夜里十一点，明月高高地悬在山腰上。七名枪手端着枪，将上山和下山的每一条小径堵住，所有人都知道，今晚的生意事关重大，完成交易后，他们就会离开T国。事关生死，所有人都打起了十二分精神，严防死守。

　　经过几十年的风吹日晒，破庙早已缺砖缺瓦。月光下，幽静的破庙里传来一道时而低沉、时而高昂的诵经声，让人听不懂的经文透着几分阴森。破庙里也有四个持枪的枪手，围着随地而生的篝火站着，将在火堆旁打坐诵经的僧人拥簇起来，悉心保护。

　　炙热的火焰将原本非常闷热的空气烤得滚烫，火光冲天，浓烟四散，但僧人却不为所动，往火焰里撒了一沓纸符，继续阴阳怪气地诵读经文。不知道过了多久，有人说："法师，人来了。"

　　昂坤睁开眼睛，从地上站了起来："让她进来。"

　　艾慧尔走进了破庙，身旁跟着一个脸色发黑的男人，竟然是孔末。

　　孔末万万没想到另一个孔末毫不犹豫地将他推进了老虎窝。不久前，另一个孔末提议在山下拦截艾慧尔，以向娱乐报刊曝光她供养"金童子"的秘密要挟她配合大家的行动，再找个人跟随艾慧尔进庙查探敌人的情况。沈探同样身手不凡，但常在清万露面，很可能被昂坤认出来，而其他人功夫欠佳，难以应对危机。于是，他在另一个孔末的提议下，成了此次任务的首选。

　　孔末的内心憋着气，不是因为被委以如此危险的任务而生气，而是因为朱晓送行时的担忧："这家伙是挺能打，上警校时枪法也不错，可惜就是没脑子，怕穿帮。"唯一令他感到开心一些的只有范雨希发自内心的千叮万嘱了。

　　"你没告诉我会带人来。"昂坤警惕地盯着孔末。

　　孔末沉着脸说："我是她的保镖。"

　　艾慧尔赶忙回答："这么晚了，我带个保镖上山不奇怪吧？"

　　昂坤打量了二人许久，不再追究："钱带来了吗？"

艾慧尔在心里长舒了一口气，暗道自己机警，在进破庙前，教孔末说了一句T国语。艾慧尔向孔末使了一个眼色，孔末僵硬地将手里的大箱子举了起来。昂坤刚要接箱子，艾慧尔便阻止："法师，能不能先给我看一下货？"

"你不相信我？"昂坤将手缩回去，对着孔末勾了勾手指，"把箱子给我。"

孔末听不懂他们的谈话，情急之下，又说了唯一学会的T国语："我是她的保镖。"

"你听不懂，不会等沈探给你翻译吗！"顿时，孔末耳朵里传来朱晓急切的责骂，"他让你把箱子给他！我就说吧，这小子没脑子的！"

临行前，沈探将压箱底的带有摄像头的微型通信器送给了孔末。此时，正坐在车上的众人不仅可以听见孔末所听、看见孔末所见，还可以与孔末交流。

昂坤怪异地扫视孔末一眼，又一次催促："把箱子给我！"

孔末一路细数着敌人的数量：除了昂坤，庙外七人，庙内四人，一共有十一名持枪的枪手，没发现孟萧。

艾慧尔见枪手围了上来，立即从孔末的手里抢过箱子，递给了昂坤。昂坤这才罢手，打开箱子，确认钱财无误后，才走到火堆旁的供台前，将台上的黑布拉下，露出笑脸："我从不食言。"

供台上放着十尊形态各异的金色人偶，月光洒在它们亮堂堂的脸上，嘴角的诡笑令人不自觉地头皮发麻。

"我已经为它们诵读过经文，你可以将它们带走。"昂坤说。

艾慧尔志忑地抱起其中五尊"金童子"，孔末迟迟未动，直到耳边传来朱晓的命令："既然已经摸清了敌人的战斗力，你们先撤出来吧。"

孔末抱起余下的五尊"金童子"，跟着艾慧尔缓缓地往庙外走去。

昂坤将钱匣子收好，掏出手机，发现孟萧发来了一条附有多张照片的信息："这是南港警方已曝光的线人，如果遇上，注意安全。"

昂坤滑动照片，看到了孔末的照片，大惊失色："抓住他们！"

孔末听到动静，迅速转身，将手里的"金童子"扔向追赶上来的枪手。

"金童子"砸中了两个人的头，顿时碎开，另外两名枪手立即开枪，孔末纵身一跃，将艾慧尔推到一边，从腰间掏出唯一的一把麻醉枪，扣动了扳机，伴随着两道枪响和惨叫声，两名枪手倒在了地上，痉挛片刻后，昏睡过去。

艾慧尔怀里的"金童子"早已经摔得粉身碎骨，她来不及去收拾，尖叫着往外爬。

庙外的枪手听到枪声，迅速拥进庙内，孔末藏在庙门后，等着他们进庙时，又一次持枪上阵，近距离击晕了两个敌人。剩下的五名枪手不敢再与孔末硬碰硬，揪起落荒而逃的艾慧尔，对着孔末大喊："出来！"

孔末听不懂，继续藏匿，不理会他们的叫嚣。枪手们没想到孔末竟然不顾艾慧尔的死活，一下子慌了神，想进庙，怕孔末突然从哪里蹿出来；想撤，又不能撇下庙内的昂坤，顿时进退两难。

孔末经历一轮激战，耳朵里的通信器不知掉在了何处，无法与朱晓等人联系，只能躲在一尊破碎的佛像后，屏住呼吸，不敢发出任何动静，以免暴露藏匿的位置。他借着篝火的光，偷偷观察着庙内的动静，此时，昂坤不知躲到了哪里。

"出来！"庙外的枪手又一次叫嚣。

这一次，孔末听到了艾慧尔的惨叫，隐隐约约猜出了枪手的意思，原本不打算理会，但脑海里忽然浮现出范雨希的影子。范雨希的内心深处无比善良，换作是她，一定会救人。他想到这儿，从佛像后面跳了出来，举着双手，缓缓走出破庙。

"把枪放下！"枪手挥动着手里的枪。

孔末通过手势，明白了对方的意思，松开了枪。

孔末扔枪的一瞬间，五名枪手将枪口齐刷刷地对准孔末，正要开枪之际，倏地听见身后传来刺耳的鸣笛声，慌乱地扭过头，眼睛几乎要被明亮的远光灯刺瞎。

枪即将落地的那一刻，孔末飞起一腿，将枪踢回到了手中，对着光束下的五人连开五枪。

艾慧尔捂着眼睛尖叫，枪声落下后，才发现身边的五个枪手都已倒地，而她毫发无损。

范雨希从车上跳下来冲向孔末，牵住他的手："没事吧？"

孔末摇头，凝重地望向庙内破碎的木窗："昂坤跑了。"

包一倩踩下油门，按了按喇叭："上车！追！"

"一个人靠着一支多发型的快速麻醉枪解决了十一名枪手。"车上，沈探对孔末竖起大拇指，"朱晓，你从哪儿找来了这等神人？"

齐佑光也激动道："看来咱们先前的担忧都是多余的，孔末一个人就能搞定。"

"我看上的人能有错？"朱晓用力地拍了拍孔末的肩膀，"论起枪法，我看孔末不输给关闻泽多少！"

换作往常，孔末一定会因朱晓拿他与关闻泽比较而回嘴，可此时，他却闭口不言。车里太暗，范雨希无意间摸到了一股滚烫的液体，借着月光仔细一看，竟然是血。

"孔末！"范雨希惊呼。

包一倩开车赶到时，一个枪手仓皇地开了枪，枪声隐没在刺耳的车笛声中。孔末的肩膀中了弹，强撑着上了车，此刻，已经因失血过多而昏厥过去了。

齐佑光检查过孔末的伤势之后，立即说："必须立刻去医院，否则，不仅这条手臂保不住，他的命也会丢掉。"

"停车。"朱晓当机立断，跳下了车，"我去追，你们去医院！"

孔末再一次睁开眼睛时，肩头的疼痛使他倒吸了一口凉气，闻着病房浓重的消毒水味，顿时明白了："这家伙受了伤就放我出来替他挨疼！"

"你醒了。"范雨希欣喜道。

孔末肩头的子弹被取了出来，昏迷了两天后才醒过来，听范雨希描述起当晚激烈的战况后，问："昂坤呢？"

"抓到了。"范雨希给孔末递了一杯水，"昂坤跑到山下时，被朱晓和沈探合力擒住了。他们报了警，曼口警方将山上的十一名打手和昂坤都逮捕回警察局了，不过，孟萧还没落网。"

"孟萧得知昂坤被捕后，一定躲起来了。想抓他有些难。"孔末担忧道。

"如果孟萧不知道昂坤被捕呢？"范雨希突然笑道。

昂坤被擒后，朱晓打开昂坤的手机查看了几条与孟萧之间的联络信息，发现二人约定一个星期后碰面。昂坤与孟萧联手制作并贩卖真人"金童子"所得的暴利五五分账。他们从拉达村撤离后，兵分两路，孟萧先行逃走，昂坤留下来继续交易。

"在拉达村里，孟萧从不允许其他人靠近放置铁笼的木屋。所以，没有人完全清楚孟萧干的勾当。"范雨希解释，"西凡应该是被孟萧掳走的，昂坤不知情。昂坤被警方通缉后，为了躲避侦查，与孟萧联系的次数很少，而且大都通过信息联络。所以，朱晓决定冒充昂坤，与孟萧保持联络，在约定时间与孟萧碰面，将他擒获。"

"清万警方不是责令我们七天内离境吗？我们没有时间了。"孔末捂着肩头的绷带。

"'机器'根据信号源确定了孟萧的位置，他已经偷渡回国了。"朱晓走了进来，"你好好养伤，大夫说，如果你的手臂再受创，以后就废了。"

第 28 章
机器

南方的海岛城市，春光明媚，绿树荫荫。

为了将余下的犯罪分子一网打尽，曼口警方同意了沈探的请求，肃清警察局里的情报贩子，暂不对外公布昂坤被捕的消息。根据"机器"对信号源的探查和昂坤的供述，朱晓确定孟萧已经偷渡回国，逃到了海市。

许多天过去，朱晓冒充昂坤与孟萧通过信息联络，终于撑到了约定碰面的前一天。

"孟萧的落脚点位于海市辽阔海域之上的一座无人岛上。"朱晓用手指着一张地图，对大家说，"南港已经请求海市市局刑侦队协助我们抓捕孟萧。"

昂坤多次去过无人岛，每逢T国警方追查得紧，孟萧便会带他们偷渡到无人岛，等待风头过去后，再回清万作案。昂坤招供，无人岛地势较高，孟萧在岛中的山脊上放置了一台观测距离为二十公里的望远镜，四周海面的动静尽收眼底。岛上还配备多艘快艇，一旦孟萧通过望远镜发现异动，便会乘坐快艇逃离，由于清万的精神科医生西凡被孟萧绑架，因此，岛上至少有一名人质。为了保证人质安全和防止孟萧逃窜，海市市局刑侦队在综合考虑之下，放弃使用警用直升机和警用船只登岛的计划。

"昂坤的船只已经从曼口开到海市，明儿，我们会驾驶昂坤的船只登岛。孟萧看到昂坤的船只不容易起疑。"朱晓介绍了基本情况，说，"据昂坤供述，孟萧有近十名手下，枪弹充足。鉴于此次行动极度危险，你们所有人都不用参加，由海市特警执行任务。"

"老朱，这话说得太不够意思了吧？"包一倩不乐意了，"难道咱们之前的行动不危险？现在想着撤下我们了？"

"那是在T国，没辙。现在回了国，情况不一样了。"朱晓强硬道，"这也是南港支队和海市市局的一致决定。"

"参加这次行动的都是警方的精英。"齐佑光拽了拽包一倩的衣角，"连沈探这样的高手都自觉留在清万了，咱们就别瞎搅和，给朱队添乱了。"

"各位，我从一个默默无闻的小刑警一步一步走到今天，一刻也不曾松懈过。有人羡慕我升职比他们快，但我觉得肩头的压力越来越重。因为有太多人的安全握在我的手里，或许就在一念之间，便有人会死去。"朱晓感慨地对着大家鞠躬，"你们出于不同的原因答应为我办事，提供情报，甚至觉得我不择手段、威逼利诱，但我仍然感谢你们陪我冒过险，破过案。你们和所有公安干警一样，是人民的英雄！"

范雨希默默地坐着，观察着朱晓的神色，心头满是不祥的预感。

夜里，海市医院的病房里，孔末刚喝了药，一个女人进了病房。

孔末惊讶道："孔笙，你怎么来了？"

"是朱队托人把我带到海市来的。"孔笙攥住孔末的手，"哥，你怎么又受伤了？"

孔末轻轻地抚摸孔笙的脑袋："没事，别担心。"

孔末和孔笙聊了许久，范雨希也来了。孔笙见范雨希有话要说，便主动回避。孔末听范雨希说完朱晓的计划后，担忧道："我的心里有一丝不安。"

范雨希点头："朱晓在向我们说明计划时，总是刻意不与我对视，我总觉得他有事瞒着我们。"

孔末仔细地想了想，决定道："咱们跟着他们一起登岛吧。"

范雨希咋舌："你想干什么？"

"为了保护人质安全，不被孟萧的望远镜发现端倪，除了昂坤的船只，警方部署的增援警力至少距离无人岛几十公里远，一旦岛上发生激战，警力增援必然不能第一时间赶到。"

"可是，就算咱们跟着一起登岛，恐怕也帮不上忙。"

"咱们的确帮不上忙，但是另一个我帮得上。"孔末劝说，"曼口一战，你该知道他的枪法如何，虽然没能成功当上警察，但比起海市的任何警察，他都不逊色。"

范雨希摇头拒绝："你的手臂已经成这样了，我不同意。你忘了吗，大夫说如果你的手再受重创，以后就废了。"

"你要看着朱队白白去送死吗？"孔末压低声音，严厉地问。

范雨希一怔："你的意思是朱晓刻意向我们隐瞒了此次任务的危险性？"

"不错。昂坤的船不大，再怎么硬塞，也只能塞进十来个人，十几个警察对付近十名火力充足的亡命之徒，本就未必能大获全胜，再加上歹徒有人质在手，警方必然畏首畏尾，一旦警方在交火中落于劣势，增援又迟迟赶不到，他们必死无疑！"孔末分析道。

范雨希回想起朱晓说的那番感人肺腑的致谢词，犹豫了。

"另一个我的枪法能抵得上好几名精英警察，虽然我的左手受伤了，但不影响右手开枪。"孔末坚决道，"我们与朱队出生入死，决不能坐视不管。"

"朱晓不会同意我们一起去的。"范雨希为难道。

"我有办法。"

孔末将嘴凑到范雨希的耳边，说了几句话后，范雨希立即去做准备了。

孔末下了病床，将房门锁好，这才给方涵打去电话，说道："明天，我要在岛上解决朱晓。"

"你想清楚了吗？一旦走上这条错路，就无法回头了。"

孔末冷笑："他们都想让我消失，我恨他们！但是我可以原谅其他所有人，唯独朱晓必须死！"

凌晨时分，一艘渔船正在朝着无人岛驶去。

"差不多了。"宣尚烨拿着望远镜，说，"这里距离无人岛五公里，如果再往前开，岛上的人就不会相信我们只是无意间通过的夜航渔船了。"

"那就在这里下水吧。"白洋对着方涵笑道，"你竟然连孔末都能拿下，果真厉害。"

方涵冷漠地扫了白洋一眼，白洋立即闭上了嘴。宣尚烨背上氧气瓶，率先下了水，白洋紧随其后。

关闻泽神色复杂地说："我要范雨希活。"

"只要你听话，就如你所愿。"方涵承诺道。

关闻泽这才跳下甲板，潜入水中，朝着无人岛游去。

王雅卓望着黑茫茫的夜色，担忧道："这么黑，能游到岛上吗？"

"放心吧。"方涵对宣尚烨十分有信心。

宣尚烨根据夜间的水温、水压和潜水距离，为所有人配备了潜水服和氧气瓶，一切都在他的掌握之中，甚至连船只的停靠坐标和下水的位置都是他计算出来的。他极其擅长各类极限运动，长距离潜水也在他所长之中。

"你把船继续往前开，与海岛保持距离，以免孟萧起疑。"方涵背上了氧气瓶，戴上氧气罩，"替我联系朱晓，我们已经登岛，我会在不暴露身份的情况下，假装抢夺孟萧，暗中为警方提供协助。"

"需要告诉朱晓，孔末的计划吗？"王雅卓问。

"不必。"方涵跳入了水中。

他们在冰凉的水中，摸着黑不知游了多久，终于攀上了一块礁石。白洋筋疲力尽地提起湿漉漉的装备箱，指着高耸的岩壁，喘着粗气："怎么上去？"

"我看过小岛的地形图，这是岛上的悬崖，只有从这里登岛，才能隐藏身形。"宣尚烨从随身携带的背包里取出了几套登山装备，"用这个。"

"登上去后，直接杀进去？"白洋将身上的潜水服脱下，"孟萧可不是吃素的，你有把握？"

方涵摇头："等。"

"等什么？"白洋问。

"渔翁之利。"

天亮后，朱晓穿上防弹衣，与海市的十名精英警察上了船。天公不作美，阴晴不定的海面上突然坠起了豆大的雨珠。朱晓站在甲板上，望着没能被天气预报预测到的雨幕，心里忐忑不安。

"朱队，有一艘快艇朝我们靠近了。"有警员汇报。

朱晓的心里一惊，取过望远镜，看清了快艇上的两个人，眉头紧蹙："让他们过来。"

孔末和范雨希驾驶快艇靠近大船后，朱晓破口大骂："你们唱的这是哪一出？"

"朱队，让我上船。"孔末喊道。

"胡闹！"朱晓指着范雨希，"这丫头乱来，你也陪着她？"

"和小希没有关系，是我的主意。"孔末将范雨希护在身后，"朱队，我知道这次任务很危险，但你还是让我们上船吧，免得误了昂坤与孟萧约定碰面的时间。"

范雨希这才知道，孔末是要硬逼着朱晓答应。

朱晓见二人的快艇横在大船前，没有让开的意思，着急地看了一眼手表，招手："滚上来！"

孔末大喜，突然将范雨希打晕在快艇上，自己登上了船。

"所有线人里，最能惹麻烦的就是你们两个！"朱晓怒瞪孔末，"你这手臂是不想要了？"

"我已经通知包一倩来接小希回去了，别担心。"孔末淡然地笑道，"朱队，给我一把枪吧，我会让你知道，我能帮得上忙。"

"给他一支枪、一件防弹衣。"朱晓对身后的警察说。

"朱队，这不合规矩。"那名警察拒绝道。

"怎么着，你还想让他手无寸铁地面对歹徒？特殊情况，特殊处理，出了问题我来扛！"朱晓催促道。

那名警察只好跑进了船舱里，没一会儿，取了一把枪出来："朱队，防弹衣是按人分配的，没有多余的了。"

朱晓拿过枪递给孔末，又将穿在身上的防弹衣脱了下来："给老子穿上，你要是死在这岛上，我一定挨处分。"

孔末没有拒绝，接过防弹衣后，穿在了身上。

"让他出来吧。"朱晓说。

孔末点了点头，平静的眼神突然变得暴躁。

中午，仍旧大雨滂沱，海面起了雾，能见度很低。朱晓躲在船舱里，给孟萧发去了昂坤事先招供的登岛暗语，不一会儿，孟萧回复了消息，同意他们的船只靠岸。

船只靠岸后，一名警察戴着斗笠，穿着蓑衣，对着岸上迎接的两个人招手。两名歹徒的手里端着枪，没有发现端倪。伪装的警察确认附近只有这两名歹徒后，对着身后做了一个手势。

顿时，朱晓带着众多警察冲出船舱，对着他们一顿扫射。所有的枪支都配备了消音器，两名歹徒在无声无息中倒在了血泊里。

"孔末与我一个小组，其余人按照计划分头行动。"朱晓果断地下命令，"上级指示，歹徒危险性极高，可以直接击毙！"

无人岛很大，昂坤无法详细地绘制出孟萧等人在岛上的栖息点，只模糊地告诉警方，岛上的四个方位一共有四个哨点，每个哨点有两名歹徒望风，一旦发现异动，会立即鸣枪通知其余哨点的同伙。孟萧在四个哨点的中心搭起了屋子，不允许别人靠近。

于是，警方兵分四路，计划悄悄靠近哨点，秘密擒下歹徒，阻断他们向孟萧通风报信，以确保人质的安全。朱晓的任务是悄悄接近屋子，营救人质。

朱晓举着枪，利用岛上茂密的草丛隐匿身影，带着孔末朝岛中缓慢前进。这时，一台微小的机器在他们的头顶盘旋。

"那是什么？"孔末问。

"无人机。"朱晓对着无人机招了招手，"你到前方查探。"

微型无人机具备通信功能，得到朱晓的指令后，迅速朝前飞去。

"谁在操控？"孔末冷冷地问。

"'机器'。"

"这是警用无人机？"

"'机器'精通精密仪器改装。岛上的地形复杂，障碍物极多，'机器'改装了一款警用无人机，以更好地适应岛上的探查。"朱晓发觉孔末的话突然变多了，"继续前进，事后解释。"

"'机器'也藏在船上？"孔末又问。

"是。等此次任务结束后，我带你见'机器'，有件事我必须给你一个交代。"朱晓停下脚步，神色凝重地转身，看清孔末的眼神后，吃惊道，"你没有切换人格！"

"'机器'是孔笙！"孔末咆哮着，将枪口抵在了朱晓的额头上，"放下枪！"

朱晓用力地喘着气，把手里的枪丢到了一旁："你什么时候知道的？"

"孔笙不是一个会撒谎的女生。"孔末冷笑，"你能将另一个我蒙在鼓里，觉得也能骗过我吗？"

从朱晓瞒着孔末，偷偷将孔笙纳为线人的第一天，头脑聪明的孔末就已经发现了。朱晓一开始看上的并不是孔末，而是患有超忆症的孔笙，在孔末的万般阻拦下，朱晓才不得不改变目标，转而培养具备两个人格的孔末。孔末早该想到，贪婪的朱晓不会只满足拥有他，而放过拥有过目不忘的能力的孔笙。

"'机器'，多么冰冷的代号啊！"孔末咬牙切齿，"你知道，超忆症

238

给孔笙带去了多大的痛苦吗！"

孔笙的大脑就像一台机器一样，过目不忘，学习能力强得惊人。朱晓在暗中培养她学习各类知识和技能，短短两年，她竟然掌握了诸如黑客技术、应用物理学、应用化学、法医学、侦查学甚至范雨希用了十几年才摸到门槛的微表情学。

"我承认，我想把孔笙培养成全能型的线人，作为线人的替补。"朱晓咽了一口唾沫，"但是……"

"你记得吗？"孔末打断朱晓的话，"当我同意接受人格融合治疗，心甘情愿从这个世界消失时，向你提出的那个要求？"

朱晓回想起了孔末说的那段话："她比任何人都聪明，但这不是她的优点，而是她时刻想摆脱的包袱，这些年，她经历的痛苦不比我和另一个我少，甚至超过我们千倍万倍。正因如此，当初我们才会那么反对让她当你的线人。"孔末郑重地说，"我们都希望她能平平凡凡地过一生，不想让她遭遇任何危险。所以，等我离开这个世界后，我不允许你打她的主意。"

"我甘愿用我的离开换取你的仁慈！那是我对你最后的请求！"孔末的双眼血红，"可是，你食言了。我真庆幸，人格融合治疗失败了，否则，我就没有机会向你报复了！"

这才是孔末投靠方涵，想向朱晓报复的真正原因。

"在这个世界上，我唯一在乎的人只剩孔笙了。你们所有人都认为我该消失，作为主人格的另一个我应该留下，甚至连孔笙也这么认为，我知道，总有一天，我会离开这个世界的。可是，你让孔笙干这么危险的事，我怎么能放心地离开！只有你死了，一切才会结束！"孔末一拳将朱晓打翻。

朱晓脚下一滑，向悬崖跌去，好在抓住了一丛坚韧的草，才得以活命。

孔末将脚踩在了朱晓的手上，狂笑道："再告诉你一个秘密，我投靠了方涵。你们所有人都放弃了我，和你一样，他也只是想利用我，不过，我不在意，因为他能帮我杀了你！"

"你是方涵的人！"朱晓一惊。

孔末疯狂地笑道："不错。"

朱晓忍受着手背传来的剧痛："我们没有放弃你，方涵也是！"

"什么意思？"

"方涵是卧底！"朱晓咬牙道，"我想，他在你迷失的时候，接近你，控制你，目的是不让你走更多的错路！他没有告诉任何人你有异心，甚至连我都是通过你刚刚说的这些话才知道的。他觉得你还有救！"

"不可能！"孔末瞪着双眼。

"你想想，方涵有给你布置过任何会让你坠入无尽深渊的任务吗！"朱晓手里揪着的那丛草微微松动。

孔末呢喃着："你骗我！昨晚我就告诉他我要杀你，如果他是警方的人，那他为什么没有通知你！"

朱晓的身体一颤，眼神里多了一抹怀疑。

第 2 9 章
爆炸

几年前，方涵失踪，加入了暗光。

那一个深夜，消失多年的"撒旦"带着几名持枪的打手再度出现，将方涵逼进了一条胡同里。

"我一直在等你出现。"方涵凝望"撒旦"的面具，平静道。

"我也一直在等'天叔'给你寄去那卷录影带。""撒旦"说。

方涵摇头："不，你其实是在等我看到录影带后的反应。"

"说来听听。""撒旦"饶有兴致地说道。

"如果我不理会那卷录影带，继续当我的警察，那你这辈子都不会再出现在我的面前。"方涵走到"撒旦"面前，"而如果我选择将计就计，接近'天叔'，你就会出现。"

"然后呢？""撒旦"往后退了几步，保持警惕。

"但是，你无法确认我是要与你合作，揪出'天叔'，还是与警方串通一气，同时打击'天叔'和你。所以，你不会对我摘下面具。"方涵将手背在身后，丝毫没有要动手的打算，"今晚你之所以会出现在这里，必然已经筹备良久，排查了附近，确认没有警方的踪影，才敢拦下我。"

"所以，你的决定是什么？""撒旦"问。

"我在成为卧底的第一天，就向警方汇报了你和'天叔'的存在。"方涵说着，突然伸出了手，"但是，卧底的这些年，我亲眼看着伙伴和亲人死去，那种痛苦日日夜夜折磨着我。我本可以不走上这一条路，这都是他们害的！"

"你会怎么做？""撒旦"没有贸然与方涵握手。

"利用警方对我的信任抓到孟萧，揪出'天叔'，为你报仇，也为我报仇。"方涵继续将手僵在二人之间，"事成之后，我会恢复警籍，找一个你的替死鬼，再在警队里与你配合，报复警方。"

"你不问我为什么要组建暗光，与警方为敌？"

方涵摇头："没兴趣知道，我甚至连你的身份也不感兴趣。"

"你想让我怎么做？""撒旦"问。

"'天叔'以为你已经死了，这些年，你躲躲藏藏，必然积累了不少实力。我要夺权，需要你的帮助。"方涵看向"撒旦"身后的手下。

"最后一个问题。""撒旦"说，"我凭什么相信你？"

"我不需要你的相信，也知道你不会相信我。"方涵的嘴角闪过一抹戏谑，"我只需要达到我的目的。"

终于，"撒旦"将手伸向方涵。

倾盆暴雨将朱晓与孔末的对谈淹没。

朱晓慌了神，但为了稳住孔末，选择撒谎："他告诉我了！但我信任你，相信你不会真的干错事！孔末，不要真的走上没法儿回头的错路！"

孔末盯着朱晓，狐疑道："你在给我机会？"

"不错。孔末，方涵和我都在给你机会，没有人想过要利用你！请你抓住机会，不要一错再错！"朱晓被大雨淋得睁不开眼，"方涵没有放弃你，我也没有放弃你，所有人都不会放弃你！"

就在这时，那架无人机迎着暴雨，晃晃悠悠地飞了回来，孔笙的声音从无人机里传来："哥，你干什么！"

孔末举着枪，抬头看向无人机的摄像头，苦笑："孔笙，哥就算是死，也会保护你。从今以后，你再也不用给朱晓当线人了。"

"哥！朱队从来没有胁迫过我！"无人机里传来孔笙焦急的声音，"是我主动要求给他当线人的！"

孔末一怔："怎么可能！"

"哥，是真的！你知道吗，不止你和另一个你想成为优秀的警察，继承爸爸的遗志，我也一样！你们总是保护着我、照顾着我，可是，我就像一个废物，只能在忘不掉的回忆里，永远当一个被人保护的小女孩！"孔笙啜泣着，"朱队第一次找到我们兄妹的时候，我的心里就已经做了决定，愿意成为他的线人，但你们极力反对，为了不让你们担心，我才偷偷地去找了朱队。"

朱晓从孔末口中得知了孔笙的遭遇后，心生怜悯，不愿让孔笙陷入危险，于是拒绝了。可是，孔笙一次又一次地找上门，甚至跪在他的面前请求他答应。

"你知道，朱队为什么会被我打动吗？"孔笙哭得凄厉，"我告诉他，我想成为和你们一样的人，希望能像你们保护我一样，在你们最需要我的时候，也能保护你们！"

孔末的心猛地一痛，往后退了两步："你为什么这么傻，你知道这有多危险吗！"

朱晓的手终于从孔末的脚底抽出来，另一只手也揪住了那一丛草。

"哥，我们都是爸爸的孩子啊！你们不怕危险，我也不怕！"孔笙坚定道，"哥，对不起，现在，请让我保护你们！"

朱晓正要攀上悬崖，手中的那丛草终于被连根拔起。他惨叫一声，朝着悬崖下坠去。忽然，一只手抓住了他的手腕。

最终孔末还是没有走上错路，在千钧一发的时刻，切换了人格。他肩膀上的伤口裂开了，疼痛使他无暇疑惑眼前发生的事，拼了命地将朱晓往上拽。鲜血顺着他的肩膀滴到朱晓的脸上，顷刻间又被大雨冲刷干净。

朱晓的眼眶发热："小子，你不要你的手臂了吗？"

"一条手臂换你一条命。值了！"孔末咆哮一声，终于将朱晓拉上了悬崖。

朱晓和孔末躺在草丛上，大口地喘着气。岛上忽然传来几声枪响，警方的登岛行动终于被发现了。

朱晓从地上站起身，对着狼狈不堪的孔末说："你原路回船，孔笙会照顾你。我有很重要的事要去确认！"

孔末点点头，发现身上正穿着朱晓脱给他的防弹衣时，想叫住朱晓，可朱晓跑得很快，已经消失在了雨幕之中。

警方与各个哨点的歹徒发生激烈的枪战时，正在屋内给西里注射药剂的孟萧听到枪响，迅速挟持西里往外撤去。但是，他没跑出多远，便被恰好跑来的朱晓发现了。

朱晓将枪口对准孟萧："举起手，放了人质！"

孟萧凶神恶煞地嘶吼道："放我走！否则我杀了她！"

朱晓为了人质的安全，不敢强行动手，只能一步一步地将孟萧逼退。几分钟后，他们来到了悬崖边上。朱晓又一次警告："孟萧，你已经无路可退了，不要再做无谓的反抗！"

"放下枪，否则我就和人质一起跳下去！"孟萧发狂道。

"那就跳啊！"

朱晓的身后传来一声呼啸，转身一看，竟然是方涵。

孟萧看见方涵，忽然一脸痴迷，宛如正在打量一件艺术品："方涵，我们又见面了。"

方涵对满心疑惑的朱晓摆手，示意其不要说话，转而对孟萧说："恭临城死了，你知道吧？你想知道他是怎么死的吗？"

孟萧警惕地问："怎么死的？"

"我和警方配合，击毙了他。"方涵扬着嘴角，大步走向孟萧。

孟萧惊得全身发抖："你怎么会和警方配合？"

"因为你对我的试验根本就没有成功。"

孟萧的心里像响起了一道巨雷："我的试验怎么会失败！不可能，你骗我！"

对于孟萧而言，试验失败才是最大的打击。

"因为'撒旦'帮了我。"方涵趁着孟萧失神，将他手里的枪夺走，把昏迷的人质拽了回来。

朱晓趁机大喊："孟萧，告诉我，'撒旦'是谁！"

"'撒旦'没死？"孟萧像疯了一样掉眼泪，"她破坏了我的试验，她不仁，那就别怪我不义！"

就在孟萧马上要喊出"撒旦"的名字时，枪声响起，一颗子弹直直地射透了孟萧的脑袋。朱晓猛地回头，看见关闻泽和白洋握着枪从不同的方向跑到方涵的身边，脸色顿时变了。

"方涵！"朱晓的背脊发凉，尽管早有预料，却仍然不可置信，"你为什么没有告诉我，孔末要杀我？"

方涵邪笑道："明知故问。"

"你记得当年在墓园里对我说的那些话吗！你记得在集市里和我谈论的信任吗！"朱晓崩溃了，一步步后退，"你不配当一个警察！"

方涵大步朝朱晓走去，将枪口抵在他的胸前，连开数枪，一把将他推下了悬崖，亲眼见他坠入大海后，才轻轻地吹了吹枪口："我从来没有把自己当成一个警察。"

白洋沉声扫了一眼悬崖，沉声说："宣尚烨应该已经准备好了撤退的船，走吧。"

"你走吧。"方涵的嘴角扬起，"关闻泽，你留下，是时候为我做一点事了。"

朱晓坠进了冰凉的海水中，胸前的疼痛令他窒息。天放晴了，乌云后的那一缕阳光透过蔚蓝的海平面，洒在他的脸上。他依稀记得，自打他出生之后，从来没有见过这样美好的风景。他的意识越来越模糊，身体止不住地往海底沉，终于什么也看不见了。

一个月后。

南港城送走了春天残留的些许凉意，正式进入温暖的季节。南港的街头依旧繁华，车来车往，一刻也不曾安静。南港支队的警察们照常出警、收队，办案大厅里人头攒动。

一个月前的海市激战最终以一场震天巨响的大爆炸而结束。方涵的卧底警察身份得以光荣恢复，南港支队副支队长朱晓不幸牺牲。在缅怀朱晓的同时，方涵再度潜伏的传奇卧底经历又一次变成人们茶余饭后的谈资。

方涵恢复警籍后，暂时被借调到南港支队，协助南港支队进行对暗光的收尾侦查。

没有太多人知晓海市无人岛上那场爆炸的细节，方涵进入南港支队后，偶有谈起：孟萧因挟持人质而被朱晓击毙后，白洋引爆了事先布置好的炸弹，炸死朱晓，随后与宣尚烨乘船逃离，方涵侥幸生还，逮捕了猎手关闻泽。

"孟萧被击毙前，透露了'撒旦'的身份，南港和京市警方已经发出通缉令，相信不日就会落网。"方涵在南港支队的会议室里指着一张通缉犯的照片宣布。

照片上的人是一名早就被公安部通缉的在逃女犯。不久前，"撒旦"找到了这名女犯，以其举家性命要挟其充当自己的替罪羔羊。

至于方涵卧底暗光期间招揽的所有猎手，大部分在方涵的劝告下自首，一小部分企图逃亡的猎手也都被警方拦截捕获。

"方队，你忍辱负重，潜伏敌人内部这么多年，此次不仅取缔了暗光，还查出恭临城和'撒旦'的身份，真是大功一件，前途一片光明。"赵彦辉落寞道，"可惜了朱晓那小子，连尸体都被炸成了灰，一根骨头也找不到。"

方涵的眼底露出一抹阴狠，旋即恢复冷静："白洋、宣尚烨和一干'撒旦'的手下还没落网，这起案子还不算完。"

"我会继续审关闻泽，看能不能问出些什么。"赵彦辉起了身。

"不必了。"方涵拦住他，"把他带到审讯室，我亲自审。"

几分钟后，关闻泽被铐到了审讯室。方涵关闭监控和录音设备后，关闻泽才开口："如果我的母亲出事，我一定会揭穿你！"

"不拿你请功，怎么赢取警方的信任？"方涵恢复了阴冷的笑容，"放心吧，你加入暗光后，一个人也没杀，又是被恭临城逼迫，坐几年牢就能出狱，到时候，我让你和姜妍见面。这些年，我会替你照顾她。"

"希望你说到做到。"关闻泽请求道，"记住你答应过我的，我要范雨希活。"

"只要她本分，我不会为难她。"方涵说罢，把监控和录音设备打开，将门外守候的警察放了进来，开始了例行的讯问，"白洋和宣尚烨逃到了哪里？"

"不知道。"

"'天叔'创建的猎手榜排行第三的猎手身份还不明朗，你知道是谁吗？"

"不知道。"

恭家大院被解除了查封，阿二捂着耳朵，丢了一串炮仗进胡同。胡同里锣鼓喧天，前来道喜的客人络绎不绝，但范雨希却高兴不起来。

"希姐，一切都过去了。从今儿开始，您就是恭家大院的新主人了，怎么垂头丧气的？"阿二笑嘻嘻地问。

"替我应付客人。"范雨希叹了口气，进了院内，坐在椅子上发呆。

朱晓死后，范雨希总是细想与朱晓相识的经过，心中百感交集。

孔末带着孔笙去了京市，心甘情愿地再次接受由刘佳主导的人格融合治疗；包一倩退出了改装车俱乐部，踏踏实实地回到出租车公司上班去了；齐佑光也回到了医院里，继续当医生，只是改变了研究方向，再也不钻研蛇毒治疗了。半个月前，朱晓的追悼仪式结束后，一干线人的心仿佛散了，再也没有联系，生怕回想起朱晓生前对大家说的最后一段致谢词。

"希姐，赵……赵彦辉来了！"阿二突然慌张地跑了进来。

"赵彦辉？"范雨希纳闷儿着，"让他进来吧。"

赵彦辉捧着礼物来，数次欲言又止。

"赵队，您这葫芦里卖的是什么药啊？"范雨希盯着他手里捧着的礼物，"给人送礼，影响不好吧？"

"小……小希，"赵彦辉十分紧张，立即改口，"范小姐，只是一点心意，不值钱。感谢你对南港支队做出的贡献。"

"甭谢了，我不是在帮南港支队，只是单纯地帮朱晓而已。"范雨希提起朱晓的名字，心又"咯噔"一沉，"我还有客人，赵队自便吧。"

赵彦辉看着范雨希离去的背影，还是将想说的话藏在了心底。

范雨希找了一块清净的地方，没坐一会儿，阿二又匆匆忙忙跑了进来："希……希姐，又有人找你！"

"谁啊？"范雨希不耐烦道。

"孔笙。"

范雨希立即站起来："快让她进来！"

孔笙进了屋，范雨希迎着她坐下，给她倒水："你不是去了京市吗，怎么又回来了？"

"哥正在接受治疗。我思来想去，决定找你商量。"孔笙朝门外扫了一眼，确定没有人后，才压着声音说，"朱队的死很可能有蹊跷。"

"什么！"范雨希大惊。

孔笙取出手机，给范雨希播放了一段拷贝的录像。那是朱晓正拽着悬崖边上的草挣扎时的画面，当时，孔笙操纵无人机查探归来时，拍摄下了这一幕，经过她改装的无人机配备了高清摄像头和高音质录音设备，远远地就能捕捉到朱晓和孔末的表情与交谈。

"你觉不觉得朱队对哥撒了谎？"

范雨希看过视频后，额头上冒出了汗水："方涵没有将孔末要杀他的消息告诉他！"

第 30 章
终局

范雨希十分笃定，朱晓是为了稳住孔末，才撒了谎。孔笙成为"机器"后，也接触了微表情学，看过视频后，得出了与她一致的结论，这更令她坚信方涵有问题。

"孔笙，你听着，立即回京市去。"范雨希迅速做出了决断，"孔末的手臂受了重伤，谁都不知道能不能痊愈，也不知道他能不能人格融合成功，变回一个正常人。现在他最需要你，你绝对不能出事。"

"可是……"孔笙犹豫道。

"你放心，我能解决。"范雨希说服孔笙后，立即筛选了一批与她一起长大的街头痞子，布置了监视方涵行踪的任务。

中午，范雨希又来到南港支队找到了方涵，方涵在办公室里接待了她。

"范小姐，我代表警方感谢你！"方涵亲自给范雨希倒水，"以你和孔末为首的这批线人为警方提供了许多情报，多亏了你们的帮助，我们才能屡破重案！"

"那你一定知道，我能观测人心了？"范雨希反问，"心里有鬼的人都怕与我对视。"

方涵点点头，笑着说："不如给我看看？"

范雨希盯着方涵看了许久，一时之间，竟找不到词汇形容方涵的神情。方涵的目光深邃，显然藏着许多心事，可这些心思仿佛都被上了枷锁，任凭范雨希如何努力，都无法将它们看透，甚至范雨希揣摩不出方涵是好人还是恶人。

范雨希的背脊发凉，暗道方涵的可怕。

"怎么样？"方涵不动声色地催促。

"方队长是最优秀的卧底警察，我看不透。"范雨希摇头，询问道，"今儿我找您，是想问问您，什么时候能将杀死朱晓的凶手绳之以法。"

"想不到范小姐这么关心这起案子。"

"朱晓是我的朋友，如果让我逮住害死他的凶手，我恨不得将他千刀万剐！"范雨希意味深长地说。

方涵沉默片刻后，平稳道："您放心，我们已经对白洋和宣尚烨发出通缉令，他们插翅难飞！"

范雨希走时，方涵亲自相送。方涵望着她离去的背影，眼底闪过一抹杀意。

深夜，方涵悄悄地来到了一个海边的港口，等了几分钟，两道鬼鬼祟祟的人影从集装箱后面走了出来。

"什么时候安排我们离开南港？"宣尚烨心急地问。

方涵冷声道："不急，再替我干一件事。"

"你恢复了警籍，好处都你享受，坏事都让我们干。"白洋抱怨道，感受到方涵的眼神后，立马改口，"什么事？"

"范雨希可能察觉到我的身份了，我要你们杀了她。"

藏在集装箱后面的范雨希猛地一惊，立即将脑袋缩了回来。不久前，她的手下汇报，方涵只身前往岸港。她为了确认，偷偷跟来了，没想到真的撞见方涵不可告人的秘密。

范雨希确认没露马脚后，偷偷掏出手机，将摄像头透过集装箱的缝隙对准方涵等人的方向。忽然间，她发现手机屏幕上只剩下方涵和白洋两个人。她感觉到不对劲，迅速回头，看到了宣尚烨手里拿着的针筒。

　　范雨希来不及反抗，宣尚烨就将针扎进了她的脖子。她倒在地上，抽搐几下后，失去了意识。

　　"得来全不费功夫。"方涵走了过来，重重地踢了范雨希一脚，不屑道。

　　宣尚烨蹲下身，把手指放在范雨希的鼻子前探了探，笑道："'毒姐'留下的药剂还真好使，再过一会儿，就该完全没有呼吸和心跳了。"

　　"处理干净一点。"方涵说罢，离开了岸港。

　　宣尚烨找了一个木箱将范雨希装了进去，又放进去几块沉甸甸的大石头，最后将木箱推进了海里，轻松地拍拍手后，望向正坐在集装箱上玩手机的白洋："好家伙，也不来搭把手。"

　　白洋没有理会宣尚烨，继续在手机上打出了一则信息：方涵杀了范雨希。

　　京市，孔末大汗淋漓地从噩梦中醒来。

　　"哥！"孔笙听闻动静，急忙跑了进来。

　　"我梦见死女人了。"孔末望着已经大亮的窗子，突然觉得悲伤，"在梦里，她和我挥手道别，怎么也不肯留下。"

　　"哥……"孔笙低着头，"南港传来消息，她失踪了。"

　　孔末的瞳孔骤然收缩，掀开被子，跟跄着下了床，不顾众人的阻拦，执意要回南港。人格融合治疗进行了一半，成效颇好，只不过他时常觉得头疼，难以控制情绪。如今，他拥有了另一个孔末的所有记忆，脑子也变得聪明了。这是一种神奇的状态，就连他自己也无法描述清楚。

　　傍晚时分，孔末和孔笙匆匆地来到了恭家大院。阿二心急如焚："希姐已经失踪两天了，我派人找遍了也没能找着，警方那边儿也没有消息。"

　　"她为什么会失踪？"孔末情急之下，揪住阿二的衣领。

"希姐失踪的那天，让人打探方涵的下落。"阿二回答。

孔笙一怔，将孔末拉进屋内，悄悄地将她与范雨希的发现告诉了孔末。

"为什么不早说！"孔末大发雷霆。

孔笙不断地道歉："她和我都担心你的身体状况。"

"我去找方涵要人！"孔末攥紧拳头，没走几步，又冷静了下来，"不行，他一定不会承认。"

"怎么办？"孔笙问。

"死女人应该是孤身一人跟踪方涵的时候被发现了。"孔末担忧道，"但愿她还活着。"

"哥，咱们要向阿二要点人手吗？"

孔末摇头："死女人不傻，她没带人，一定是怕引起方涵的怀疑。方涵卧底了很多年，警惕心很强。"

"难道你也要一个人跟踪他？"孔笙慌神，"不行！"

"死女人笨手笨脚，我不一样。"孔末坚定道，"放心吧。"

方涵结束了一天的工作后，徒步回家时，接到了一个电话："是时候见面了。"

这已经是这些天，方涵接到的第五个电话。他不耐烦地压低声音："要我说多少次，我才刚恢复警籍，不适合见你！"

"撒旦"问："你不想知道我是谁？"

"我早就说过了，没兴趣知道。孔末回了南港，很可能是因为范雨希，在这个节骨眼儿上，我更不能见你。既然我已经给你找了替罪羔羊，你还是尽快离开南港，等风头过去，再回来东山再起吧。"方涵说罢，还没挂断电话，忽地眼前一黑。

方涵再一次醒来时，被五花大绑在一间冰窖里，周围散发着寒气，一个人也没有。他喊了近十分钟，门外终于传来了脚步声。

门被打开了，方涵看清来人的样子，吃惊道："孔末？"

"范雨希呢？"孔末嗓音沙哑地说。

"我正在派人找，"方涵挣扎着，"你先将我松开。"

"不要装模作样了，你背叛了警方！"孔末掏出小刀，抵在方涵的脖子前。

方涵的双眼微眯："你想怎么样？"

"我再问一次，范雨希在哪里！"孔末威胁道。

方涵忽然笑了："范雨希蠢，你的方法也没有比她聪明多少。你觉得我会告诉你？"

孔末担忧得心烦意乱："不要挑战我的耐心。"

"我很好奇你会怎么做。杀我？杀了我，你永远不会知道她的下落。"方涵玩味道，"报警？你觉得警方是会信我，还是信一个绑架警察的精神病患者？"

孔末的心中怒意难平，可竟然拿方涵没辙。

方涵想了想，突然笑道："你去一个港口的桥墩下找一个木箱，兴许能找到范雨希。"

孔末一愣："你杀了她！"

"你去看看就知道了。"方涵平静道，"兴许她没死呢？"

孔末反问："你想引开我？"

"你可以猜一猜。"方涵笑道，"万一猜错了，可别怪我。"

孔末犹豫了一会儿，又一次狠狠地将方涵打晕，离开了冰窖。他来到了方涵说的那个港口，跳入水里，摸索了许久，果真看到了一个沉在水底的木箱。他的心情忐忑不安，迅速取出身上的小刀，将木箱撬开。

碎木板晃动着浮上水面。孔末将木箱全部撬开，夜间的水底漆黑一片，他用尽全身力气，拖着木箱上了岸，也顾不上休息，往里面望了一眼，眼泪顿时从眼角晕开。

方涵被人唤醒时，已经被松了绑，发现身前站着一群人，为首的是戴着面具的"撒旦"，白洋就站在她的身后。

"白洋果然是你安插在我身边的耳目。"方涵揉着发疼的后颈，看着

"撒旦"熟悉的身形，早有预料地说，"这么多年，你始终没有放弃监视我。"

"你们先出去。""撒旦"下了命令后，白洋带着一群人出了冰窖。

方涵站起来，舒展了腰板，问："你是来杀我的，还是来救我的？"

"你觉得呢？""撒旦"反问。

"更像来杀我的。已经有替罪羔羊替你顶罪，只要我死了，这个世界上就没人再威胁到你了。"方涵坦然道，"从前你不肯与我见面，最近几天却接连联系我，就是为了杀我。"

"撒旦"从身上掏出了枪，怪笑了几声："你猜到了我的用意，所以不肯与我见面？"

"孔末给我提供了机会，警方只要稍作调查，就能知道是他绑了你。""撒旦"给枪上了膛。

"你要嫁祸给孔末？"方涵显得十分冷静，"果然是高招。不过，你不好奇孔末去了哪儿吗？"

"撒旦"的语气突然有些急促："他人呢？"

忽然间，冰窖外传来了几声枪响，"撒旦"大惊，正要开枪，反被方涵擒住，摁在地上。"撒旦"挣扎之际，赵彦辉带着大批警察跑进了冰窖，将"撒旦"团团围住，关切地问："方队，白洋和外面的一群人已经被制服了，您没事吧？"

方涵没有回答，蹲到地上，将"撒旦"的面具摘了下来。

"撒旦"的脸上刀疤纵横，像爬了许多条蜈蚣，面目狰狞。赵彦辉一眼将其认了出来："辛苈？"

"你认得？"方涵问。

"辛苈出生在南港，没几岁便跟随父母出了国，成年后，因在当地犯了重罪，被提起公诉。那场官司足足进行了三年之久，最终当地法院还是因为证据不足而将她释放。她回到南港后，又一次因涉嫌故意杀人而被公安部通缉，一直没有落网。"赵彦辉介绍道。

"方涵，最终你还是骗过了我！"辛苈不再挣扎，倒显得异常冷静，

"成王败寇，我无话可说。"

"要不是我故意被孔末掳走，引你动手杀我，还不知道哪年哪月能见着你呢。"方涵从赵彦辉手里接过手铐，将辛芗铐上，"骗过恭临城容易，但想骗过你，当真不容易。我一次又一次地反转身份，差点儿与整个警界为敌，终于把你引出来了。"

"你用两条人命作为筹码来换取我的信任，你有资格当警察吗！"辛芗嘲讽道。

"别胡说！我害死谁了？"方涵微笑着问。

"朱晓和范雨希没死？"辛芗怔了怔。

方涵早就料到孔末会因范雨希的失踪而对他动手。他知道，辛芗一如既往的谨慎，只有确认冰窖周围没有警察后，才会来此，于是没有安排警察随行，而是派人蹲守在范雨希落水的地方等候，一旦孔末抵达，警察便带他去见范雨希，以此赢得孔末的信任，再由孔末告知他的被囚之地。

方涵没有料到的是，孔末非要下水确认木箱是空的，才肯跟着久候的警察去见范雨希，因此耽搁了些时间，险些误事。

方涵没有对辛芗解释，挥了挥手："带走。"

冰窖一下子空了，方涵站在原地，苦思冥想，赵彦辉试探性地问："您在想什么？"

"我本以为今晚不会是决战，还要用些日子和手段才能将辛芗引出来。"方涵叹了口气，"辛芗要杀我，本不需要亲自前来。"

此次行动，方涵下的命令是：如若没有在人群里发现戴着面具的"撒旦"，警方不要现身，危机全由他独自解决。

赵彦辉想了想："人总有着急的时候。"

方涵不再多想："是啊，总算结束了。"

天亮了，孔末和范雨希相互搀着回到了恭家大院。

孔末被蒙在鼓里，黑着脸："到底怎么回事？朱晓也没死？"

"宣尚烨的真实身份不是猎手，而是方涵安插进猎手榜的卧底。"范雨希解释，"这些年，恭临城没有重用他，他一直无法接近恭临城，直至此次T国之行。"

当晚，宣尚烨给范雨希注射的药剂只是麻醉药水而已。他为了瞒过"撒旦"，当着白洋的面将范雨希装进木箱并推进了海里。事实上，方涵早就安排了几个穿戴潜水设备的警员潜在海底搭救范雨希。

"方涵不愧是朱晓崇拜的警察，将最难以让人相信的佯死和身份反转玩出了花样。"范雨希由衷地赞叹，"他为替'撒旦'报仇，将'天叔'一干人一网打尽，又用朱晓和我的'死'，让'撒旦'确信他不是与警方一伙的，这才敢现身。"

"看来他是故意引你上钩的。"孔末推测道。

"现在想起来，当天他与我见面，字里行间向我透露他的可疑，目的就是让我更怀疑他并跟踪他，从而利用我的失踪，引你对他动手。"范雨希点头，"他猜到'撒旦'确认他真的背叛警方后，会杀他灭口，所以利用你绑架他这件事，为她制造了一次完美的杀人嫁祸的机会，引她动手。"

方涵的精密部署几乎没有漏洞，甚至连关闻泽这一环都考虑得十分周全。他没有告诉关闻泽真相，直至关闻泽被捕，还提防有内鬼接触关闻泽，继续用其母的安危来逼迫其替他掩盖秘密。此等手段更加令"撒旦"坚信他已经丧心病狂，无可救药。

"可是，'撒旦'为什么要亲自动手？"变得聪明的孔末忽然问了一个难住范雨希的问题。

清万，沈氏探馆一大早便开了门，沈探打着哈欠，对着人群吆喝："查小三，查奸夫，八百人民币起！"

"真怀疑您见钱眼开的劲儿究竟是不是装的。"屋内传来一道调侃声。

沈探回过头："朱晓，南港传来消息，你可以回去了。"

朱晓兴奋地站了起来："抓住了？"

"抓住了。"沈探回答，"现在只剩下猎手榜第三的家伙要查了，回去接下这烂摊子吧。"

朱晓回想起落水时的场景，仍像在鬼门关前走了一遭。当天，他被推下悬崖，坠入海中，以为会溺死在深海中时，一张隐藏在水里的大网将他救下了。事后他才知道，方涵带着大家登岛后，以分头查探为由，将白洋和关闻泽支开，与宣尚烨布置了那张救命的大网。宣尚烨事先谋划好他坠崖的位置，计算出他落水的范围后，将大网绑在礁石上，藏在水中。

登岛当天，海市市局为了安全起见，为众人贴身配备了第二件防弹背心。所以，方涵放心地将枪口抵在脱下第一件防弹衣的朱晓的胸口，连开数枪。但是，即使是穿了防弹衣，如此近距离地射击，依旧会造成不可逆的伤害。当方涵开枪的那一刻，朱晓的脑子一片空白，以为必死无疑。直到被等候在悬崖下的宣尚烨救起后，朱晓才得知方涵使用的是经过特殊处理的空弹。

那一天，警方登岛后，方涵和白洋等人分头寻找孟萧。方涵做了两手准备：若是孟萧直接供出"撒旦"的身份，则当场将白洋逮捕；若是孟萧没有供出"撒旦"，则放白洋逃离。当时，朱晓差一点儿问出"撒旦"的身份，哪知白洋突然赶到，击毙了孟萧。方涵无奈之下，只好选择第二个计划，转而对朱晓出手。

海市一战后，朱晓秘密地来到了清万休养生息。一切行动都在警方的掌控之中，方涵唯一冒的险便是没有将孔末的计划事先告诉朱晓，以让白洋更加相信他，向"撒旦"传递消息。

"他相信你有能力解决，也相信孔末不会真的走上歧途。"沈探说。

"太高估孔末那小子了，当时，我差点儿死在那小子手里！"朱晓回想起来，骂骂咧咧道。

沈探从口袋里掏出了一张回南港的机票："算上服务费，给我两千块钱。"

不久后，辛芗被捕的消息传遍了南港。

朱晓恢复了副支队长的职务，方涵被调回了京市。

一栋大厦的办公室内，一个戴着眼镜的中年男人看着报纸，长舒了一口气："终于结束了。"

　　中年男人走到落地窗前，俯瞰这座车水马龙的城市，戏谑地自言自语："南港支队又怎样，京市市局又怎样？你们耗尽心血，还不是只抓到了一个我的傀儡？"

【第三部完】

MEMORY
HOUSE